무도연지겁 4

武道胭脂劫

남경표국(南京鏢局)

무도연지겁 4

武道胭脂劫

남경표국(南京鏢局)

사마령 지음 · 중국무협소설동호회 중무출판추진회 옮김

중무동 중무출판추진회에서 첫 번역작을 내며

중무출판추진회(위)가 중국무협소설동호회(중무동) 내의 소모임으로 출발한 것은 2007년 6월이었다. 당시 회주였던 고죽옹 님을 비롯하여 십여 명의 회원들은 침체되어 가는 중국 무협소설 시장을 모두 안타까워하며, 중국 무협소설 명작의 번역을 추진하게 되었다.

중국 무협소설에 무한한 애정을 가지고 있는 회원들의 토의를 거쳐 사마령의 『무도연지겁』을 번역하여 출판하는 것으로 의견을 모으고 사업을 추진하였다. 이 과정에서 와룡생, 양우생, 이량, 정풍 등 신구 무협소설 작가들의 많은 작품이 거론되었지만 사마령의 명작인 『무도연지겁』이 번역 대상작으로 선택된 것이다.

이어서 중무출판추진회에서는 번역을 위한 기금 마련을 시작했다. 당시의 기금은 필자를 비롯하여 강호야우, 무림명등, 하리마오, 심랑, 황석공, 죽산, 고죽옹, 출수무심, 허중, 만면소인 등(출자 일시 순) 회원들의 출자에 의해 마련되었다. 기금이 모인 후, 연변예술대학 장익선 교수의 도움으로 중국을 통해 1차 번역을 시작할 수 있었다. 번역 계약은 그해 7월 11일 일사천리로 이루어졌고, 우리 모임을 통해 사마령의 『무도연지겁』이 번역된다는 사실에 모든 회원이 한껏 기대에 부풀어 올랐다.

2008년 1월에 기대하던 1차 번역고가 도착했지만, 이 번역고는 중국 번역가들에 의해 진행되었기 때문에 교정과 윤문이 필요한 상태였다. 그렇기 때문에 윤문을 위한 비용이 필요했고, 그것은 필자의 일부 무협소설 고본을 정리하는 것으로 일부 마련할 수 있었다. 이후에 신춘문예에 당선된 한국예술종합학교 연극원 극작 전공의 김효정 씨가 1차 윤문에 참여해줌으로써 2008년 9월에 1차 윤문이 완성될 수 있었다. 그리고 1차 윤문본은 필자가 2012년까지 틈틈이 문장을 다시 다듬고, 1차 번역고에서 번역이 누락되었던 박본 8권 분량을 새롭게 번역하여 최종 번역본을 완성할 수 있었다.

하지만 번역보다도 더 어려웠던 것은 저작권을 확보하는 일이었다. 대만의 무협소설 중 일부 유명 작가의 저작권은 분쟁 중에 있는 경우가 많이 있었다. 사마령의 무협소설도 이러한 송사에 휩쓸려 있었기 때문에, 저작권 확보를 위해 저작권자를 찾는 것도 매우 어려운 일이었다. 채륜 대표와 함께 백방으로 저작권자를 알아봤으나 결국 찾는 데 실패했다.

시간은 계속 흘러 2010년 6월, 필자는 대만에 갈 기회를 잡았다. 수소문 끝에 중국무협소설사 연구의 권위자인 임보순林保淳 교수를 만날 수 있었고, 그는 필자에게 저작권 문제를 해결해 줄 수 있다는 뜻을 전했다. 하지만 이후 동호회가 둥지를 여러 번 옮기고, 모임지기인 필자 또한 다른 바쁜 일을 핑계로 저작권 확보는 늦어질 수밖에 없었다. 이후 임보순 교수를 통해 얻은 연락처를 통해 저작권자와 연락할 수 있었고, 오랜 협상 끝에 2012년 최종적으로 채륜에서 『무도연지겁』의 저작권을 확보하고 드디어 2013년 오늘에 와서야 마침내 사마령의 『무도연지겁』을 출판할 수 있게 되었다.

이러한 형태의 중국 무협소설 번역은 중국 무협소설 시장이 점차 줄어드는 현실 속에서 우리 모임이 찾은 하나의 자구책이 아닌가 생각된다. 이번 사마령의 『무도연지겁』 출판으로 발생하는 기금 일체는 향후 중국 무협소설 명작을 번역하는데 재투자하는 것을 기본 원칙으로 하였기에 이번 출판에 기대하는 바가 적지 않다. 아무쪼록 이번 번역 출판을 지지해주시는 소요자 회주님, 함께 모임을 이루며 이번 번역 사업을 진행했던 모든 회원님들께 깊은 감사의 말씀을 올린다.

지난해 3권이 발행된 후 본 『무도연지겁』의 저작권자인 송덕령 선생의 출판 대리인이 출판사에 방문하였으며, 그 자리에서 4권 이하 마지막 권까지의 조속한 출판을 약속한 바 있다. 하지만 이제서야 4권을 발행하게 된 것은 모임지기의 입장에서 매우 아쉬운 일이 아닐까 한다. 빠른 시간 내에 강호 독자 제현께 마지막까지 최선을 다해 완간하도록 노력하겠다는 말씀을 다시 한 번 올린다. 마지막으로 이번 4권에서는 최근 중화권에서 출간된 『무도연지겁』에 생략되었던 박본 8권 분량이 시작되는 권임을 밝혀둔다.

2016년 8월

모임지기 풀잎 배상

| 추천하는 말, 하나 |

시대의 대가 사마령-무협소설의 새로운 시대적 의미

대만에서의 초기(1950~1974) 무협소설 독서 붐에서 알 수 있듯이 무협소설 읽기는 서민의 대표적인 여가 취미 생활 중의 하나였다. 내 고등학교 시절의 선생님은 1965년에 "무협소설은 사회와 민심을 안정시키는 역할을 한다"라고 말한 적이 있다. 사상이 비교적 폐쇄적이었던 당시 사회에서 정말 개방적이고 현실적인 평가였으며 지금 다시 그 시절을 회상하여 보아도 그 의미를 실감하게 된다.

세월이 흐른 후, 새로운 시각으로 사마령을 다시 보다

26부의 『사마령 작품집』은 나의 소년 시절과 동반 성장해 온 성장의 역사라고 해도 과언이 아니다. 어렸을 때는 전집이 다른 소설보다 재미있었다는 것이 기억의 전부였다. 미국에 와서 생활한 이 24년간 연구소에 취직하고 가정을 이루어 아이들의 부모가 된 후에도 늘 사마령의 전집을 다시 읽곤 했다. 어렸을 때의 이해와는 달리 전집은 해외 생활을 한 지 얼마 안 되었던 나에게는 향수를 달랠 수 있는 안식처였고 또 긴장한 생활에서 스트레스를 풀며 자유롭게 상상하는 여유를 주는 약이 되었다. 세월이 흐르고 인생의 경험이 쌓여가면서 나는 사마령의 전집을 새로운 시각으로 보게 되고 체험하게 되었다. 사마령의 작품은 한 번 읽으면 또 읽고 싶고 아무리 읽어도 싫증이 나지 않는다. 작품은 소설로서의 예술적인 아름다움을 갖추었을 뿐만 아니라, 다양한 메시지를 독자에게 전달하고 있었다. 그의 작품은 순수한 문학적인 가치와 유불도 3대 종파의 종교 학설뿐만이 아닌 천문, 지리, 의술, 풍수, 고고, 서화 등 아우르지 않은 영역이 없다. 삼라만상을 담은 방대한 내용을 책의 이야기 전개에 자연스럽게 반영시켰을 뿐만 아니라 저자의 견해를 담아 해석하고 있으며 학술적인 설명은 피하고 알기 쉬우면서도 재치 있게 쓰고 있어 독자의 접근이 편하며 큰 공감을 자아내고 있다. 독자가 작품의 생동감 넘치는 서술에 깊이 매료되어 책을 읽고 있으면 자신도 모르는 사이에 유익한 정보를 얻게 되는 것이다. 따라서 많은 사람이 여가 소설을 읽는 것은 일종의 지성적인 여행이 되는 셈이다. 이것이 지식인들이 그의 작품을 즐기는 하나의 이유가 될 것이다. 그의 작품들은 오랜 세월 속에서 검증을 거쳤으며 세월이 흐를수록 새로운 맛을 더해가고 있다.

두뇌 운동 체조

독자들은 사마령의 작품을 읽을 때면 각각 다른 느낌을 체험한다. 하지만 모든 독자가 공감하는 부분은 그의 작품은 추리와 지혜, 모략과 계책이 뛰어나 일본 추리소설이나 서양 탐정소설처럼 추리를 위한 추리와는 다르다는 것이다. 사마령의 추리는 작품 속 등장인물의 일상생활에서 자연스럽게 전개되고 있으며 인물들 사이의 역동적인 관계는 두뇌가 끊임없이 사고할 수 있게 만든다. 작품의 스토리는 한 걸음씩 세밀하게 나아가고, 합리적이며 논리적인 방향으로 전개되고 있어 좋은 사람이 갑자기 나쁜 사람으로 바뀌거나 긍정적 인물이 갑자기 부정적 인물로 바뀌는 극적인 반전이 일어나지 않는다. 다만 복잡한 인물의 심성을 현미경으로 자세히 관찰한 것처럼 드러나게 하고 있어 이야기의 결과가 뜻밖의 내용이 될 수는 있으나 그 과정은 합리적으로 엮어나가고 있다. 책을 읽는 과정은 독자가 두뇌 운동을 하는 과정이 되므로 읽고 나면 후련하고 뿌듯한 느낌이 들게 한다. 한 하이테크기업의 운영자는 자신이 사마령의 작품을 읽고 기업의 운영에 『손자병법』보다 더 많은 도움이 되었다고 말하고 있다. 나는 과감히 추천하는 바, 심리학, 커뮤니케이션학, 기업관리학, 책략학, 담판과 협상학 및 기타 관련 학문을 가르치는 교수가 사마령의 작품을 참고도서의 목록에 넣을 것을 추천한다.

생명과학의 새로운 페이지

사마령의 풍성한 창작 기법은 인성에 대한 깊이 있는 이해, 사람의 내면에 대한 통찰과 해부를 제외하고도 무예에 대한 깊이 있는 이해에서도 잘 나타나고 있다.

그의 작품인 『제강쟁웅기帝疆爭雄記』에서는 시가와 채찍 편법을 조화롭게 소화하고 있는데 한편으로 시를 읊으며 한편으로 채찍을 휘두르는 부분이 절묘한 조화를 이루고 있다. 또 『황허 강에서 말이 물을 마시다飮馬黃河』에서는 필묵으로 수묵화를 그리는 듯한 검술법으로 독자를 매료시키고 있으며 출중한 무예는 심신의 수련에서 비롯된다는 정신적인 경지를 작품의 '심령수련', '기류의 감응', '의지로 적을 극하기' 등을 통하여 보여주고 있는 바, 일종의 인생철학을 독자들에게 피력하고 있는 부분이기도 하다.

독자들은 대만대학교 이사잠李嗣涔교수가 다년간 국과회國科會의 지원 사업으로 진행하여 왔던 기공프로젝트의 부분적인 연구로 사마령 작품 속 무술묘사의 진실성을 검증하였다는 것을 잘 알고 있다. 우리 선조들의 도가 양생학과 사마령의 무협소설 속의 상상은 현대과학의 그것과 너무나 잘 들어맞는다. 이는 미래 생명과학의 발전을 위해 새로운 한 페이지를 열어놓은 것이 될 것이다. (중국에서도 기공과 같은 학문에 관한 연구가 지속적으로 이루어져 왔고 구체적인 성과를 거두면서 이를 '인체과학'으로 분류하고 있는데 필자는 근세의 서양 생명과학 영역에 큰 이바지 한 것으로 본다. 이 교수는 그의 인생 후반의 학술연구는 이 분야에 중점을 두겠다고 하였다.)

무협소설의 사회적 기능

상관정上官鼎은 사마령을 천재적인 작가로 보았고 고룡古龍, 대만 무협소설 대가은 사마령을 무척 존경하였으며 장계국張系國은 사마령을 '무협소설가의 소설가'로 추대하였으며 섭홍생葉洪生은 사마령이 대만 무협문학소설 창작 역사에 있어서 선인의 성과를 승계하고 후배를 이끄는 교두보의 역할을 하였다고 평가였고, 필자의 부친인 송금인宋今人, 진선미출판사 창시자 선생은 사마령을 '신파의 수장'이라고 높이 평가하고 있다.

그의 작품은 전통을 계승하면서도 새로운 창의성을 잘 결부시킨 부분이 독보적이다. 또한, 문자의 구성이 잘 짜여 있었으며 기승전결이 잘 조화된 것이 특징이다. 20여 부의 작품 속의 등장인물들은 저마다 개성이 있어서 비슷하게 전개된 작품은 거의 찾아볼 수 없다. 작품은 여러

부분에서 인류 사회와 법의 질서 및 예의와 교리의 가치를 암시적으로 드러내고 있으며 도덕적 인성이 순기능 순환의 절차에 따라 필연적으로 이루어진다는 것을 암묵적으로 나타내고 있다. 독자는 책을 읽는 중에 스스로 중화 민족의 충, 효, 인, 의의 미덕을 공감하게 되고 무의식적으로 깨달음을 얻게 되며 이런 견지에서 사마령의 소설은 사회적으로 훌륭한 이바지 한 성과작으로 평가해야 한다.

전 세계 화교들이 공동으로 느끼는 정서

미국에서 생활하는 24년간 중화 문화에 대한 더없이 큰 애착을 느끼게 되었다. 개인적인 감상이라면 유럽에 SF소설이 있고 일본에 추리소설이 있다면 우리에게는『사마령 작품집』이 있음이 자랑스럽다는 것이다. 이 점은 전 세계 화교들이 가슴을 내밀고 21세기로 들어설 때, 우리에게도 중화 문화를 대표하는 대중적인 읽을거리인 무협소설이 있다고 당당히 말할 수 있는 근거가 되어줄 것이다.

진선미출판사 발행인 송덕령
1997년 12월 5일
미국 캘리포니아에서
(글 옮긴이: 박은옥)

사마령을 소개하는 기쁨

사마령司馬翎의 본명은 오사명吳思明, 1936년 광둥에서 태어났으며 대만대학 재학 중 『관낙풍운록關洛風雲錄』과 『검기천환록劍氣千幻錄』을 써 독자의 시선을 끌었다. 1989년 세상을 뜨기까지 평생 40여 편의 무협소설을 썼는데, 문체가 깔끔하고 탈속했으며, 인물의 성격도 살아있는 듯 생동적이었다고 한다.

초기 작품으로 『금루의金縷衣』, 『백골령白骨令』, 『학고비鶴高飛』가 있고, 중기에는 『검담금혼기劍膽琴魂記』, 『제강쟁웅기帝疆爭雄記』, 『성검비상聖劍飛霜』, 『섬수어룡纖手馭龍』, 후기 작품으로는 『음마황하飮馬黃河』, 『검해응양劍海鷹揚』, 『분향논검편焚香論劍篇』 등이 꼽힌다.

한국에는 『음마황하』와 『분향논검편』을 비롯한 여러 작품이 번역되었는데, 그중 상당수가 다른 제목, 다른 저자, 특히 와룡생의 이름으로 나왔기 때문에 사마령의 작품인지도 모르고 본 독자들이 많다. 한국 무협번역업계의 잘못된 관행 때문이지만 사마령 만의 독특한 작품세계를 좋아하는 독자로서는 한국에서 그가 더 많이 알려지지 못한 것, 그 결과 더 많은 작품이 번역되지 못한 것이 아쉽고 안타깝다.

특이 그의 작품 『음마황하』는 내게 남다른 의미가 있는데, 생애 최초로 읽은 무협소설이 이 작품이기 때문이다. 1975년으로 기억하는데, 당시 초등학교 5학년이었던 나는 동네 만화방을 풀방구리 쥐 드나들듯 드나들면서도 만화방 한쪽 벽면을 가득 채우던 책들이 무협지라는 것도, 아니 그 전에 세상에 무협지라는 게 있는지도 모르고 있었다. 그러다가 옆집 형에게서 여덟 권짜리 반 양장본 책을 빌려서 읽게 되었는데, 당시 월부책 장수가 팔고 다녀서 좀 산다 하는 집에 꽂혀있던 여러 권짜리 책 중 하나가 그것이기 때문이었다. 그러니까 월탄 박종화의 『금삼의 피』, 김동인의 『운현궁의 봄』 같은 것들을 빌려 읽다가 그 속에 끼어있던 『마혈魔血』이라는 괴상한 제목의 책까지 읽게 되었던 것.

당시에는 『마혈』이 『음마황하』의 번역제목이었다는 것도, 작가가 와룡생이 아니라 사마령이라는 것도, 그리고 이게 무협지, 무협소설이라는 것도 모르고 그저 역사소설의 하나로만 알았던 나는 이 한국은 분명 아닌 것 같은, 하지만 진짜 중국 같지도 않은 무림이라는 괴상한 세계의 영웅 이야기에 걷잡을 수 없이 빠져들고 말았다. 다 읽고, 또 읽고, 다시 또 읽고 돌려준 뒤 다시 빌려서 또 읽고를 몇 번이나 반복했던지. 생각해보면 그게 오랜 세월 나를 사로잡은 무협 중독의 시작이고, 무협소설을 직접 쓰게까지 한 일의 단초이고, 오늘날의 작가 좌백을 만들게 한 결정적인 계기였던 거다.

만화방 무협지가 무협지임을 알고 탐독하게 된 것은 그로부터 삼 년이나 지난 후였다. 그리고 그때부터 수없이 많은 무협소설을 읽었다. 고룡과 와룡생, 김용을 비롯한 중국작가들, 사마달과 금강, 서효원과 야설록을 비롯한 한국작가들의 세계도 그에 못지않게 좋아했지만 돌이

켜 보면 내 인생의 첫 무협소설을 사마령의 작품으로 시작한 것은 무척이나 다행스러운 일이었다. 그의 작품은 단순한 영웅담이 아니라 협객의 정신이 살아있는 진정한 의미의 무협소설이기 때문이다.

그의 소설에는 협의俠義가 담겨있다. 협의가 무엇인지 고민하고, 자신이 처한 상황에서 옳은 선택이 무엇인지 갈등하는 주인공이 그려져 있다. 협객은 윤리적으로 옳은 일을 하는 사람이 아니다. 그가 따르는 협의라는 가치관은 시대의 윤리가치와 다를 수 있기 때문이다. 협객은 성인군자가 아니라 자신이 생각하는 의를 위해, 가령 실수로 한 약속을 지키기 위해 범법행위를 주저하지 않고 행하는 사람이다. 이런 기준으로 보면 『영웅문』 1부의 곽정은 협객이라기보다는 대인이고, 군자이며, 민족의 장래를 걱정하는 지사이며, 영웅이다. 거기서 협객은 한순간 자존심 때문에 맺은 약속을 지키기 위해 십수 년의 세월을 바친 강남칠의가 더 적당하고, 나라를 팔아먹은 매국노의 간담을 꺼내 씹은 구처기가 더 어울린다. 그렇다고 곽정에게 협객의 정서가 없었던 것은 아니다. 김용이 협의를 몰랐다고 말하는 것도 아니고.

『영웅문』 2부에서 양과의 팔을 자른 곽부를 잡고 그 잘못을 보상해야 한다며 딸의 팔을 자르려고 한, 아마도 황용이 잡아채서 달아나지 않았으면 실행하고 말았을 곽정의 그 정서, 그 가치관은 분명 협객의 정서였으니까.

고룡이 따로 토로한 바 있는 것처럼 무협작가가 늘 협객을 그리는 것은 아니다. 독자는 진정한 협객, 그러니까 밝은 면만이 아니라 어두운 면, 협객의 광휘 뒤에 숨어있는 협객의 그늘까지 그리는 것을 때로는 안 좋아하기도 해서다. 독자들은 사실 협객보다는 성인군자를 더 좋아하는 것 같기도 하다. 그리고 대중소설을 쓰는 무협작가로서는 그 대중의 구미를 맞추어야 할 필요를 느낄 때가 있는 것이다.

하지만 사마령의 작품은, 적어도 내가 읽어본 작품들에서 그는 항상 협객을 그리고 있다. 가령 『분향논검편』에서 주인공 곡창해는 요녀들의 소굴인 적신교에서 피치 못할 선택의 상황에 처하고 만다. 사부의 연인인 천하제일미녀 허홍선을 구하기 위해 마굴에 침투했는데 구할 사람이 둘 더 있는 것이다. 어릴 때부터의 친구인 소녀를 구할 것인가, 아니면 침투한 후에 만났지만, 자신을 도와준 그곳 여인을 구할 것인가. 둘 중 하나만 구할 수밖에 없고, 남겨둔 하나는 적신교 요녀들에 의해 창녀가 될 것이 불을 보듯 뻔한 상황이다. 고민 끝에 주인공은 처음 만난, 하지만 자신을 도운 여인을 구하고, 어린 시절부터의 친구를 남겨두기로 한다. 어린 시절부터의 친구인 소녀는 나중에 어떤 신세가 되더라도, 그러니까 당시의 시대상과 가치관을 생각하면 결정적인 흠결을 지니게 되는 소녀는 자신이 아내로 거두어서라도 평생 보상해 줄 수 있지만, 기본적으로 모르는 사이와 다름없는 여인에게는 그렇게 보상하는 것도 불가능하기 때문이다. 즉 아는 사람을 두고 모르는 사람을 물에서 건져주는 선택을 하는 것, 이것이 협객의 선택이고, 협객이 협객이 될 수 있도록 하는 협의도俠義道라고 작가는 말하고 있는 것이다.

물론 이것은 '나는 이렇게 읽었다'는 이야기이고, 많은 독자는 동의하지 않을 수도 있다. 하지만 이런 해석이 가능할 수도 있게 한다는 바로 그 점에 사마령의 작품이 가진 많은 장점 중 하나가 있다고 나는 주장한다.

한편 사마령의 작품에는 김용의 무초승유초無招勝有招, 즉 '초식 없음이 초식 있음을 이김'—『소오강호』의 독고구검 같은—이나 고룡의 '싸움 없는 승부'—『소리비도』에서 병기보 서열 1위인 천기노인과 2위 상관금홍의 대결 같은—것 또한 있다. '싸움 이전의 승부', 이른바 '기세 대결'이 그것이다.

사마령은 실제로 싸움에 들어가기 전에 마주한 상대의 기세대결을 중시했다. 그의 작품에서는 대결 이전에 이미 기세로 결판이 나서 굳이 칼을 들어 겨루지 않고도 승부를 가르는 장면이 여럿 나온다. 이 작품 『무도연지겁』의 1권에서 그려지고 있는 주인공과 칠살도의 대결 장면 역시 그러하다. 기세만으로 결판은 이미 나 있다. 칼을 들어 겨루는 것은 그 결과를 확인하는 것에 지나지 않는다. 그러니 싸울 필요가 없다고 말하는 것이 아니다. 질 줄 알면서도, 그래서 죽을 줄 알면서도 싸워야 할 때가 있다. 그게 협객이다.

이대로 싸우면 질 게 뻔하니까, 이기기 위해서 기세를 키워야 할 필요가 있다. 그래서 무협이다. 사마령의 작품 속 주인공은 그래서 협객이고, 그의 작품은 그래서 무협이다.

사마령의 작품을 좋아했던 분들에게 참으로 오랜만에 소개되지 않은 작품을 읽을 수 있게 되었음을 축하드린다. 사마령의 작품이라고는 처음 읽어보는 분들에게 드디어 새로운 세계가 열리게 되었음을 진심으로 축하드린다.

어려운 여건 속에서도 사재를 털어 번역 작업을 진행하고 마침내 출간까지 진행한 풀잎 님을 비롯한 중국무협소설동호회 회원분들에게 감사와 경탄의 염을 표한다. 쉽지 않은 작업, 회의적인 시장 상황에도 불구하고 출간을 결행한 채륜의 여러분께 사마령의 독자 중 한 사람으로서, 무협을 좋아하고 직접 쓰기도 하는 한 작가로서 깊이 감사드린다.

계사년 새해에

좌백 올림

迷離宮邪法攝魂魄

淆敵耳目縈膺總鏢頭

巨靈掌輕取修羅手

降龍棒力克追魂刀

保鏢生涯

句魂艷使

兩美相鬪

차례

武道胴暗切

제24장

迷離宮邪法攝魂魄

미리궁에서 사술로
사람을 놀래키다

심우가 머리를 끄덕이며 말했다.

"그렇군요. 그런데 향선배의 말씀은 그 미리비궁이 인위적으로 훼멸된 것이란 말입니까?"

향상여가 말했다.

"그렇소."

심우가 궁금한 듯 말했다.

"향선배가 예전에 오녀五女 계홍련을 아내로 맞았으니 이 비궁에 대해 아시는 것이 많겠군요. 그런데 대체 어떤 사람이 비궁을 훼멸시키고 그렇게 많은 사람을 숨지게 했을까요?"

향상여가 말했다.

"미리비궁은 바로 그 이름처럼 신비롭기 그지없소. 예전에 후천한 같은 사람들을 알고 지내면서 그 궁에 가 봤으나 이 비궁에 대해선 아무것도 모른다오. 계홍련과 결혼하고 그녀로 부터 얼마간 들은 것이 있지만 지금 돌이켜보면 그것도 다른 사람이 알고 있는 것 만큼이지 더는 아니였소."

향상여는 기억을 되새기는 표정을 지었다.

"후천한은 나를 질투했지만 실은 그 질투마저 나는 의심스러웠소. 후천한이 일부러 그런 태도를 보여 계홍련이 내게로 시집오게 했었다는 것을."

심우가 말했다.

"지나간 얘기가 참 복잡합니다."

향상여가 쓴웃음을 지으며 말을 이었다.

"젊었을 때는 대낭자라는 별명이 있을 정도로 여자 마음을 얻는 데 선수였소. 하지만 그때 미리비궁 여덟째를 만날 때는 쉽지 않았소. 또 자기를 아내로 맞이해야만 나랑 사귀겠다고 했으니…. 휴, 말을 바꾸어 말하자면 내가 그녀를 유혹했다기 보다는 그녀가 나를 빠지게 만들었지."

심우가 말했다.

"그런데 훗날 두 분은 서로 의견이 맞지 않아서 헤어진 건가요?"

향상여가 한숨을 쉬며 대답했다.

"그렇소. 그녀는 매달 궁에서 스무날 이상씩 살아야 했소. 또 내가 보러 가게도 못했다오. 나는 참을 수가 없었소."

심우가 말했다.

"들을수록 알 수가 없습니다. 여러 원인으로 헤어졌다는데 왜 그럼 그녀가 계속 따라다니는 거죠? 범낭자의 말에 의하면 계홍련은 선배님을 줄곧 쫓아다녔다고 하더군요."

향상여가 고개를 끄덕이며 말했다.

"그 뒤에 그가 계속 나를 쫓아다닌 일도 참 의심쩍었소. 하지만 심형이 모르는 한가지가 있소. 계홍련이 바로 궁에 불이 나면서 얼굴에 화상을 입고 추녀가 되었다는 것이오."

향상여는 잠시 말을 멈추었다. 그리고 말을 이었다.

"계홍련이 간신히 화재에서 벗어나 나를 찾아 왔었소. 살려달라더군. 나더러 의사를 찾아서 자기를 치료하여 목숨을 건지게 해달라 해서 도와주었소. 그런데 내가 그러지 말았어야 했소."

심우가 놀라며 말했다.

"향선배 무슨 말씀이시오? 당연히 그렇게 하셨어야지요. 어찌 중상을 입은 그녀를 내버려 두겠습니까?"

향상여가 말했다.

"내가 그를 대하는 태도 말이오. 내가 그때 망가진 그 얼굴에 개의치 않고 계속 계홍련과 부부관계로 살았더라면 그녀는 정상적인 여자로 소박한 행복을 누리며 살아갈 수 있었을텐데 난 그러질 못했소. 그녀의 행복을 지켜주지 못했소."

심우는 향상여의 참회에 놀랐다. 이 일에 대해서 뭔가 얘기를 더 할 수가 없었다. 향상여의 얼굴은 쓴 웃음으로 일그러졌다. 그는 방탕한 한 때의 삶이 부질없었다고, 또한 한 여자의 왜곡된 집착에 강한 책임감을 느끼고 있었다. 향상여는 계속 이야기를 했다.

"그때는 젊었소. 내 말이 무슨 뜻인지 알겠소?"

심우는 가만히 고개를 끄덕였다. 사실 이해하기 어려운 것도 아니다. 한 사람이 젊었을 때는 특별히 풍류스러운 사람이라면 추녀가 된 계홍련과 부부관계를 계속할 수가 없었을 것이다. 향상여가 말을 했다.

"그 뒤 난 몇 년간 밖에 편하게 살지 못했소. 그녀가 그 뒤로 악마같이 나를 따라다녔으니까. 나와 사귀려는 여자를 모두 죽여버렸소."

심우가 미간을 찌푸리며 말했다.

"계홍련이 그렇게 독한 사람이라면 선배가 그녀를 죽일지라도 과한 일은 아닐 겁니다."

향상여는 그의 말뜻을 알아차리고 쓴웃음을 지었다.

"처음엔 그 사람이 여러 가지 기괴한 방법으로 내 주변의 여자들을 살해했었소. 모두 의외의 사고로 보여졌소."

향상여는 말을 멈추고 다시 먼 산을 보고 한 숨을 쉬었다. 향상여가 다시 말을 했다.

"당시 나는 하도 성이 나 그녀를 찾아 갔소. 하마터면 내 목숨을 잃을 뻔했소."

심우가 말했다.

"향선배가 그녀를 찾아갔을 때는 아마도 그녀를 이길 자신이 있어야겠지요? 아닌가요?"

향상여가 말했다.

"그렇소. 심공자는 참으로 뛰어나오. 모든 걸 관찰해 낼 수 있다니…. 참으로 감탄하게 되오."

심우가 말했다.

"과찬이십니다. 그런데 지금 선배는 그녀를 당해낼 수 있으신지요?"

향상여가 말했다.

"다행히 그녀한테 벗어나 종적을 감추고 몸을 추스린 후 무공을 연마했소. 몇 년을 걸려 검법을 연습했소. 비록 오묘하고 감탄스러운 거라 할 수 없으나 그녀를 이길 수 있을 정도라 생각하오."

심우가 말했다.

"혹시 향선배의 검법을 범아가씨한테 전수하셨어요?"

향상여가 말했다.

"그렇소. 하지만 미궁에는 참으로 괴상한 무공이 많아서 옥진이 어떤 방식으로 그녀에게 잡혔는지 짐작할 수 없소."

심우는 퍼뜩 횃불 편광이 떠올랐다. 심우가 조심스럽게 물었다.

"향선배는 오래 전에 미궁에 많은 괴상한 비기가 있다는 것을 알고 계셨는지요?"

향상여가 확신에 차서 대답했다.

"그렇소. 이 문파는 기괴한 수법으로 소문이 나 있소. 소문에 의하면 만일 그들의 미궁에 들어간다면 들어가는 순간 기괴한 일을 겪게 된다고 하오. 앞쪽에 분명히 한 갈래 길이 있는데 걷다 보면 코를 다치오. 그러다가 벽에 부딪치면 사실은 앞에 놓인 것이 길이 아니라 벽이라는 것을 알게 된다는 것이오. 이렇듯 사람 눈을 홀린다고 합디다."

심우가 말했다.

"향선배는 그들에게 이런 재간이 있음을 알고 있었나요?"

향상여가 말한다.

"나중에 알게 되었소. 그들 수법의 기이함은 바로 조명에 있었소. 허나 딱히 어떻게 작용하는 건지는 알 수가 없었소…."

심우가 말했다.

"바로 그겁니다. 제가 조사한 바에 따르면 범낭자는 불빛의 착란 때문에 붙잡혔지요. 현장에는 계홍련이 남긴 세 개의 횃불이 있었는데 거리상의 계산 착오로 그녀가 구사한 검법이 효과를 보지 못했던 겁니다."

향상여가 놀라며 말했다.

“아! 그런 줄 알았다면 내가 계홍련에 관하여 옥진에게 말하지 말았어야 했소.”

심우가 말했다.

“향선배, 후회할 것 없습니다. 지금은 범아가씨를 구해내는 일이 급선무입니다. 제가 한가지 여쭐 게 있습니다. 향선배님은 기분이 언짢아도 화내지 마십시오.”

향상여가 말했다.

“말해 보시게, 심공자. 화 내지 않을테니.”

심우가 말했다.

“만일 계홍련을 만난다면 그녀를 죽일 작정입니까?”

향상여가 크게 한숨을 쉬고 말했다.

“심공자가 묻는 이 말은 바로 내가 내 자신에게 천 번이고 만 번이고 물었던 것이오. 허나 지금까지 답을 못 찾았소.”

심우가 이해하는 눈빛으로 말했다.

“쉽게 결정 내릴 수 없는 일이지요.”

향상여는 고개를 숙였다. 향상여는 깊은 생각에 잠겼다. 향상여가 고개를 들었을 때는 눈에 핏발이 서 있었다.

“심공자는 나를 우유부단하다고 비웃지도 모르오. 계홍련의 잔인한 죄행은 만 번 죽음으로 죗값을 치른다 해도 억울할 거 없지만 나는 늘 이상한 생각에 사로잡힌다오. 계홍련이 이러는 것은 내가 자기를 죽이도록 자극하는 것처럼 느껴지오.”

심우는 의아했다.

“그녀가 왜 선배님을 자극한다는 거죠? 그렇게 해서 그녀에게 좋은 점이 뭐가 있지요?”

향상여가 말했다.

“심공자도 그렇게 생각하겠지만, 오히려 그녀가 탓할 사람이 없으니까 다른 사람에게 원한의 감정을 주고, 바로 빈도로 하여금 그녀에게 분노를 느끼게 하여 그녀를 죽이게 되면 마음은 더 이상 괴롭지 않게 될 것이 아닌가?”

심우도 인정하며 말했다.

“네. 저도 그렇게 생각합니다.”

향상여는 암담한 웃음을 보이며 말했다.

“심공자가 아니라 세상에서 가장 총명한 사람이라고 해도 그 이유를 단정할 수가 없겠지.”

심우가 끼어들며 말했다.

“혹시 그녀가 미쳐있는 건 아닐까요?”

심우는 미쳤다는 말을 하면서 자기 부친을 떠올렸다. 부친이 형제를 살해한 사실에 대해 그는 부친이 미친 상태에서 그런 일을 저질렀다고 생각했기 때문이다. 향상여가 말했다.

“심공자가 반은 맞췄소. 나는 심공자의 절세적 지혜에 감탄하오.”

심우가 말했다.

“계홍련이 미쳤고 선배님의 손에 죽고 싶어한다면, 왜 직접 선배님을 찾아와서 결투를 하지 않는 거죠? 지금은 향선배가 결정을 내리기 어렵겠지만 그가 죽지 않으면 선배님이 죽을 상황이라면 향선배는 다른 결정을 할 수가 없잖아요.”

향상여가 말한다.

"글쎄. 만일 그녀가 나를 찾아와 혈투라도 벌인다면 내가 그녀 손에 죽을 가능성이 많지 않겠소?"

심우가 머리를 끄떡였다. 하지만 향상여의 해석에 대해 만족할 수가 없다. 향상여가 말했다.

"육 년 전에야 갑자기 왜 그녀가 내 손에 죽고 싶어하는지를 알게 되었소."

심우는 그의 말을 방해하지 않고 조용히 들었다. 향상여가 말했다.

"그녀와 빈도가 서로 부부였던 사십 여년 전 그때 그녀는 내게 이런 걸 물은 적이 있었소. 만일 자신이 잘못을 저질렀다면 내 손으로 그녀를 끝장낼 수 있냐고. 심공자도 알다시피 그때 나는 그녀가 말하는 잘못이 그냥 남녀지간에 관한 일인 줄 알았소. 예를 들어 그녀가 한때 충동으로 다른 사람과 간통한다든가 하는 것 말이오. 그래서 나는 말했소. 그녀가 잘못을 저지르고 자기 잘못을 안다면 나는 어떠한 일이건간에 죽어지 않겠다고…."

심우는 알겠다는 듯이 머리를 끄덕이며 말했다.

"향선배의 대답이 너무 모호했군요. 그녀가 잘못을 알게 되는 것 뿐만 아니라 잘못을 뉘우치고 다시는 그런 잘못을 저지르지 못하도록 했어야지요."

향상여가 말했다.

"바로 그 점에서 소홀했기에 내가 그녀에게 몇 십 년간을 이토록 시달려 왔소. 아무튼 그때 그녀는 내게 맹세를 하게 했소. 그녀는 바로 그 약속을 믿고 나로 하여금 자기를 죽이게 하고 그 맹세에 따라 나로 하여금 벌받게 하려는 것이오."

심우는 놀랐다.

"그녀가 만일 그 맹세대로 된다고 믿고 자기 목숨까지 아끼지 않는다면 그건 미친 것이겠지요."

향상여가 말했다.

"그렇게 말하기도 어렵소. 그녀는 미리비궁에 있던 사람이고, 다른 사람은 이런 맹세를 실현하기 어렵겠지만 그녀는 다르다오. 나도 그런 것에 대해 확신하지는 못하지만 전혀 못 믿는다고도 할 수 없소…."

심우가 말했다.

"그렇다면 선배님은 직접 죽이려 하지 않겠군요?"

향상여가 대답한다.

"가능하면 나는 다른 사람이 그녀를 죽였으면 하오."

심우가 말했다.

"그녀처럼 독심을 품은 사람을 죽이려면 누구도 한치의 연민이 없겠지요. 그러나 제가 선배님이라면 저는 꼭 제 손으로 끝장내고 말겠습니다."

향상여는 머리를 끄덕이며 말했다.

"피할 수 없는 상황이라면 그래야겠지. 오늘밤 우리는 사람을 구하는 게 우선이오. 심공자는 이 점에 동의하길 바라오."

심우가 대답했다.

"그럼요, 그럼요. 사람을 구하는 게 급선무죠."

향상여가 말했다.

"우리 둘 중에 그 누가 계홍련을 만난다 해도 그녀를 죽일 생각을 말고 우선 그녀의 무공이 어디까지인지를 알아냅시다. 그런 후 다음에 수를 써서 끝장 낼 계획을 합시다. 지금으로서는 이것이 좋은 대책인 듯하오."

향상여가 이렇게 말하고 여러 가지 분장할 소품을 꺼내왔다. 그는 심우를 변장시켰다. 그의 솜씨는 너무나 능숙하여 얼마 안 되는 사이에 모든 게 준비되었다. 심우는 거울 속에 비친 자신의 모습을 보고 향상여와 많이 닮은 모습임을 알게 되었다. 심우가 향상여에게 말한다.

"어두운 밤이라면 계홍련이 제가 선배님인 줄 알겠습니다. 향선배님의 기술은 참으로 놀랍습니다. 계홍련은 감쪽같이 속아넘어갈 테지요."

향상여가 말했다.

"중요한 건 계홍련이 내게 이런 기술이 있음을 모르고 있기 때문에 자세히 관찰하지 않을 것이오. 심공자가 이번에 그녀를 유인하여 내가 옥진을 구해낼 시간만 주면 충분하오."

심우가 고개를 끄덕였다.

"알겠습니다. 일을 마치고 제가 다시 이곳으로 올까요?"

향상여가 말했다.

"심공자는 이곳에 다시 와서 옥진을 구했는가를 확인하시오."

향상여는 그밖에 심우에게 세부 계획을 알려주었다. 이것은 계홍련을 만났을 때를 대비하기 위해서였다. 시간은 이미 이경二更이나 되었다. 심우가 먼저 출발을 했다. 이미 길과 절 안의 구조도 파악하였다. 심우는 담을 넘어 절간의 마당에 들어섰다. 가볍게 뛰어내리는 순간, 갑자기 귀에 거슬리는 웃음소리가 방에서 들려왔다. 심우는 믿기 어렵다는 듯 머리를 절레절레 흔들었다.

'아. 나름대로 소리를 죽이고 뛰어내렸는데 저 웃음소리를 들어서

는 방 안 사람이 나를 발견했다는 것인데…. 그런데 저 사람이 계홍련일까?'

이런 생각을 하는데 얼마 지나지 않아 방문이 갑자기 열렸다. 그림자가 복도에서 멈췄다. 그 그림자는 어둠 속의 심우를 쳐다보았다. 방 속에서 빛이 비춰지면서 심우는 쉽게 그 사람을 똑똑히 볼 수가 있었다. 그는 노란 옷을 입고 손에는 지팡이를 진 늙은 여인이었다. 하지만 얼굴은 사건沙巾으로 가리고 있었기에 똑똑히 볼 수가 없었다. 그러나 귀에 거슬리던 그 웃음소리로 보아선 이 여인의 얼굴은 무서울 정도로 추할거라는 생각이 들었다. 심우는 이 늙은 노부의 차림새와 지팡이를 보고 물어볼 필요도 없이 바로 계홍련임을 알았다. 심우는 노란 옷차림의 이 여인을 응시하였다. 그녀가 음흉한 웃음소리를 내면서 냉냉하게 말했다.

"향상여, 이렇게 나타났군요."

심우는 이미 향상여한테서 자세한 지시를 받았기에 상대방을 어떻게 불러야 하고 어떻게 하면 의심을 받지 않을지 알고 있었다.

"계홍련, 우리 조건을 이야기해 봅시다."

계홍련이 놀라며 물었다.

"당신 목소리가 왜 변한거지?"

심우가 말했다.

"세월 앞에 장사는 없소. 몸이 예전과 같이 않소. 최근 바람에 상하여 기침을 몇 날 했소."

계홍련이 차갑게 웃으면서 말했다.

"이런 말로 날 흔들 수 있다 생각하나요?"

심우는 한숨을 내쉬며 말했다.

"좋소. 다른 말은 하지 맙시다. 당신이 원하는 게 뭐요?"

계홍련이 말했다.

"어찌 조건을 얘기하죠?"

심우가 놀라면서 말했다.

"무슨 말을 하는 거요?"

계홍련이 말했다.

"당신은 이미 나를 대처하기 위해 지금까지 무공을 익히지 않았나요? 엊저녁에 만난 여우년이 그러더군요. 흥! 당신도 어서 재간을 발휘해 보세요. 또 알아요? 당신이 날 죽일 수 있을 정도일런지."

심우가 말했다.

"내가 그 검법을 쓰지 않는다 해서 당신을 노엽게 만드는 건 아니지 않소. 그렇지 않은가?"

계홍련이 노여운 어조로 말했다.

"당신이 이러는 게 내 화를 더 돋우고 있어요."

심우는 이런 어처구니없는 말에 성이 났다.

"참으로 어처구니가 없군. 이런 말로도 화가 난다면 당신은 진짜로 미친거요."

계홍련은 오히려 온화한 태도로 천천히 말했다.

"우리가 서로 다른 상황에 처해있음을 감안해야죠. 만일 당신이 나를 이길 수 없는데 나와 담판을 한다면 내가 고려해줄 수도 있어요. 하지만 지금 당신이 이길 수도 있으면서 손을 쓰지 않는다면 내게 연민이 있어서겠지요."

심우가 이 말을 듣고 도리가 없는 것은 아니라고 생각했다. 심우가 분을 삭히면서 말했다.

"솔직하게 말해서 난 당신을 이길 자신이 없소."

계홍련이 물었다.

"왜죠?"

심우가 말했다.

"당신의 무공이 진보가 많아 내가 조금만 낌새가 있더라도 당신이 알아차릴 텐데 내가 어찌 감히 당신과 승부를 하겠소?"

계홍련이 득의양양해하며 말한다.

"나는 미리비궁 출신이잖소. 그런 기괴한 것은 무공과 상관이 없는 거예요."

심우가 말했다.

"그런가? 정말 무공이랑 상관이 없소?"

계홍련이 말했다.

"그럼요, 내가 언제 당신한테 거짓말한 적이 있던가요?"

심우가 말했다.

"그렇다면 나는 더더욱 당신이랑 대결할 수 없소. 당신이 얼마나 더 많은 기괴한 재능이 있을지 누가 알겠소?"

계홍련이 말했다.

"흥. 어디 재간이 있으면 당신이 그 여우년을 구해 보세요."

심우가 말했다.

"그래, 더 이상 말해도 소용없겠지."

계홍련이 잽싸게 마당에 들어섰다. 그리고는 정색하며 말했다.

"자, 어디 한번 붙어봅시다."

심우가 손을 흔들며 말했다.

"아직. 잠깐 기다리시오. 한 가지 물어 볼 것이 있소."

계홍련이 말했다.

"말할 것도 없소. 당신이 뭘 물어 보려하는 지 알고 있으니까."

심우가 말했다.

"거참, 어디 한번 말해보시오."

계홍련이 말했다.

"당신이 알려고 하는 것이 바로 그 음탕한 년 아니오. 내가 알려주지요. 그 년은 털끝 하나 상한데 없소. 당신은 나를 죽이기만 하면 그 년을 데려갈 수 있을 것이오."

심우가 냉소를 지으며 말했다.

"당신은 완전히 잘못 짚었소. 내가 묻고 싶은 것이 있는데 당신이 말끝마다 음탕한 년이라 그러는데, 그 음탕한 년이란 것을 어떻게 받아들여야 하지?"

계홍련이 날카로운 목소리로 말했다.

"음탕한 것이 음탕한 것이지. 그 년이 바로 음탕한 년이다."

심우가 차갑게 말했다.

"그럼 그녀가 아직도 처녀몸이라면 그래도 음부라고 할 것인가?"

계홍련이 놀라며 물었다.

"그 년이 처녀 몸이 아니라면 당신은 어떻게 하겠소?"

그녀의 이 반격의 말은 황당한 거 같아 보였으나 날카로웠다. 향상여와 범옥진은 비록 스승 제자 간이고 향상여가 범옥진을 범한 적이 없지만 범옥진이 처녀라고 확신할 수도 없었기 때문이었다. 반대로 향상여가 범옥진이 처녀라고 확신한다 해도 그들의 관계는 이미 스승 제자 사이를 뛰어넘었다. 그렇지 않다면 이런 말이 오갈 수가 없었을 것이다. 심우는 바로 이러한 문제들을 생각해 냈다. 그리고는 말을 이었다.

"나는 한치도 부끄러울 게 없소. 옥진은 평소에도 늘 단아한 모습이었소. 난 그녀가 처녀라고 확신하오."

그러나 계홍련은 범옥진이 밤에 남자를 방문한 사실을 되새기며 크게 웃었다.

"우리 이 일로 내기하는 것이 어떻소? 그녀가 처녀가 아니라면 내가 당장 자살하겠소. 그렇다면 당신은 어떻게 할 예정이오?"

심우가 놀라며 말했다.

"당신이 어떻게 그렇게 확신을 하시오?"

계홍련이 말했다.

"그건 내 일이니 당신은 상관할 거 없어요."

심우가 말했다.

"안되오. 당신이 어떤 음모를 꾸미고 있는지 누가 알겠소?"

계홍련은 담담하게 말했다.

"내기가 하기 싫다면 말고…. 이건 당신이 먼저 꺼낸 말이에요."

심우가 말했다.

"계홍련, 우리는 이미 몇 십 년간을 지리하게 싸워왔소. 대체 당신은 뭘 얻으려 하는 거요?"

계홍련이 말했다.

"쓸데없는 말은 그만해요. 오늘 나를 죽이지 못하면 그 음탕한 년을 데리고 갈거라 꿈도 꾸지마세요."

심우는 마음속에서 살기가 일어나며 생각하였다.

'이 독한 노부야. 내가 무공만 된다 해도 오늘 너를 가만두지 않았을 것이다.'

향상여 역시 이 여인과 끝장내지 못하는 두 가지 원인이 있었다. 하나는 예전의 부부의 정을 생각해서 손대지 못하는 것이고, 또 하나는 이 여인의 미친 짓의 목적을 알아내려고 하는 것이다. 예전의 맹세가 있어 직접 자기 손으로 그녀를 죽일 수 없었다. 하지만 심우에게 이 두 가지는 모두 쓸모없는 것이었다. 계홍련의 미친 듯한 태도는 심우로 하여금 더욱더 그녀를 죽이려는 마음을 불태우게 하였다. 심우는 결심을 하고 고개를 돌려 말을 하였다.

"당신이 나와 정 결투를 하려 한다면 따라오시오. 내가 장소를 택하겠소. 어떻게 생각하시오?"

계홍련이 미친 듯이 웃었다.

"못 할 것도 없어요. 지옥이라도 따라갈 수 있어요."

심우는 몸을 날려 지붕 위로 올라가 재빨리 뛰어갔다. 얼마간 뛰고 돌아보니 계홍련이 따라오고 있었다. 계홍련은 하나도 무서운 기색이 없어 보였다. 심우는 향상여와 상의한 대로 호수가로 곧장 뛰어 빈 벌판 초지에서 발걸음을 멈췄다. 계홍련이 따라와 멈춰섰다. 계홍련이 사면을 둘러보았다.

"이곳은 일이백 명이 모여 싸워도 괜찮은 곳이군."

심우가 말했다.

"지옥이 아니라 실망했소?"

계홍련이 말했다.

"그게 대수인가요. 나는 조금도 마음에 두지 않아요."

심우는 시간을 끌어야 했다.

"한 가지가 이해가 안 되는 게 있소. 당신이 어떻게 생각하는지 알고 싶소."

계홍련이 말했다.

"뭐죠?"

계홍련은 향상여가 머뭇거리며 대화를 시도하는 태도가 그렇게 싫지는 않았다. 계홍련도 자신이 죽기 전에 향상여의 목소리를 한 번이라도 더 듣고 싶었고 향상여의 모습을 한 번이라도 더 보고 싶었다. 심우가 말했다.

"계홍련. 당신은 당신 목숨을 하나도 개의치 않는 것 같은데 이 목숨을 잃으면 두 번째 목숨이 있는 것이 아니지 않소?"

계홍련은 자신의 심정을 들키기 싫어서 큰 소리로 말했다.

"부질없는 소리 말아요. 세상에 두 목숨을 가진 사람이 어디 있겠어요? 하지만 당신에게 알려주지요. 예전에 우리 미리비궁에 절학이 있었는데 진짜로 죽었다 다시 살아난다고 하더군요. 하지만 그 방법은 이미 오래 전에 실전되었어요."

심우가 놀라며 말했다.

"죽었다가 다시 살아난다고 했소? 그렇다면 죽은 게 아니지 않소. 죽었다면 어떻게 다시 살아날 수가 있소?"

계홍련이 머리를 흔들며 말했다.

"아니에요. 진짜로 죽었다가 다시 살아나는 거예요. 그게 뭐가 신기할 게 있나요? 죽었다가 다시 살아나야 진짜 재간이지 않겠어요. 하지만 그 기술은 본래부터 금동한테만 전수하는 거라 후천한이 죽은 뒤로는 그 기술이 실전되었어요."

심우가 웃었다.

"후천한한테 그런 재능이 있었다면 왜 당년에 그가 그런 변을 당했소?"

계홍련이 말했다.

"불에 몸이 다 태워져서 다시 살아날 방도가 없었지요."

심우는 어쨌든 시간을 벌어야 했으므로 없는 말을 만들어 내었다.

"당신이 직접 두 눈으로 불에 탄 시체를 보았소?"

계홍련이 말했다.

"그럼요, 내 눈으로 똑똑히 봤어요."

심우가 말했다.

"당신은 후천한이 입은 옷이 불에 탄 걸 본 게 아니오? 다른 사람도 그 사람 옷을 입고 있을 수가 있지 않소."

계홍련이 말했다.

"당신, 왜 후천한 얘기가 궁금한 거죠?"

심우가 말했다.

"아니오. 난 그냥 그 사람이 어쩐지 살아있다고 의심이 되어 그러오."

계홍련이 말했다.

"헛소리 말아요. 그 사람이 살아 있다면 나를 먼저 찾았을 거예요. 사십 년간 소식도 없고 그림자도 보이지 않았는데 음부陰府에서 보이지 않는다면 양간陽間에서 보여야 하지 않는 가요?"

심우가 말했다.

"그런데 그 사람이 살아 있다면 왜 당신을 찾았을 것이라 말하는 거요? 두 사람 사이가 어디까지 갔소?"

계홍련이 "흥"하고 코웃음을 쳤다.

"헛소리 말아요. 당신이 모르는 것도 아니고 우리 금동 공녀들은 얼마나 많은 노력을 들여 함께 수련하는지를 말이요. 그가 살아 있어 원수를 갚는다면 그의 협력자인 나를 찾지 않고 누구를 찾겠어요?"

심우가 말했다.

"그렇다면 당신은 그 원수가 누구인지 알고 있소?"

계홍련이 말했다.

"몰라요. 그럼 당신은 알고 있나요?"

심우가 말했다.

"나도 누가 그런 재간이 있는지 알지 못하오. 어떤 재간으로 그 미리비궁 전체를 망가뜨렸는지…. 당신은 나를 의심하고 있소?"

이 마지막 말은 향상여가 심우에게 알아봐 달라고 부탁한 말이었다. 향상여는 혹시나 그녀가 이런 의심을 가지고 그를 몇 십 년간 못살게 굴었나 해서였다. 계홍련은 미친 듯이 웃었다.

"뭐라고요? 당신이 고수이긴 하지만 고수 중의 이류 인물이지, 어찌 미궁을 무너뜨릴 수가 있겠어요."

심우가 말했다.

"당신한테 내가 그렇게 무능하게 보였군…."

계홍련이 말했다.

"그건 당신이 무능해서가 아니에요. 우리 미궁을 무너뜨리는 일이 너무 어렵다는 거예요. 허나 당신이 이 일에 참여했다면 미궁의 통로의 상세한 도면을 그리는 데는 문제가 없었겠지요. 설마 참여라도 했다는 건가요?"

심우가 말했다.

"아니라면 믿겠소?"

계홍련이 냉랭하게 말했다.

"당신은 상관이 없지 않아요. 나도 당신한테 알려주지 않겠어요."

심우가 말했다.

"됐소. 더 이상 묻지 않으면 되지 않소. 하지만 내가 궁금한 건 미궁에는 많은 절기들과 고수들이 있는데, 그때 당시 무림에 있는 몇 명 선배를 제외하고는 누가 감히 그 미궁에 손을 쓰겠는가 하는 것이오. 만일 그때 마도 우문등이 있었다면 틀림없이 그의 소행이라 했겠지만."

계홍련이 차갑게 웃고 나서 말했다.

"진짜로 참여하지 않았다면 알려 주겠어요. 그때 당신이 바람 피우는 일에 정신이 팔려 있지 않았다면 당신 또래의 칠해도룡 심목령을 두목으로 하는 방파를 기억할 거예요. 그 중에 애객공같은 사람들은 그때 최고의 고수였지요. 물론 심목령은 더 말할 나위도 없고요."

심우는 갑자기 그녀의 입에서 자기 부친의 이름을 듣고 놀라 한동안 말을 잇지 못했다. 계홍련의 목소리는 차분하였다.

"하지만 심목령은 워낙에 떳떳한 사람인지라 만약에 그가 한 일이라면 사전에 경고도 없이 그렇게 하지 않았을 거예요. 그리고 그 후에도 말이 나왔을 테지요. 솔직히 이런 지독한 짓은 본래는 천기자 서통이 할 법한데…."

심우가 정신을 차리며 말했다.

"그런데 당신 말투로 보아 서통이 한 것이 아니라 생각하는 거 같소."

계홍련이 노하며 말했다.

"물론 아니에요. 내가 일이 있으면 그가 도와주기도 하고 그러는데 어찌 우리 궁에 그런 짓을 하겠어요."

심우는 그제서야 서통과 미리비궁과의 관계가 보통이 아님을 알게 되었다. 서통의 나이로 계산하면 사십년 전 그는 사십오세였다. 그가 어떤 이유로 미궁과 그 어떤 교류를 나눴는지는 변화무쌍한 인생살이를 생각해 본다면 그리 이상한 일도 아니었다. 이때 심우는 여기까지 시간을 끌었다면 충분하다는 생각을 했다. 심우는 칼을 뽑고 시작하려고 했다가 돌연 멈추었다. 왜냐하면 부친의 죽음에 대해 좀 더 알고 싶었다. 특별히 사파邪派 여자한테서 그런 얘기를 들으면 분명 큰 의미가 있을 듯싶었다. 심우는 단도직입적으로 차갑게 물었다.

"심목령에 대해서 좀 더 말해 보시오. 나도 그를 본 적이 있소."

계홍련이 말했다.

"이상하군요. 그가 당신처럼 여색을 밝히는 사람이랑 친구를 맺다니…."

심우가 이 말을 듣고 속으로 은근히 흐뭇하였다. 하지만 겉으로는 차갑게 웃으면서 말했다.

"그 사람도 남자라오. 세상에 그 어떤 누구도 금 보기를 돌같이 보는 지사는 있어도 여자 보기를 돌같이 보는 사람은 없소."

계홍련이 말했다.

"그 사람은 여자를 보더라도 정직하게 보겠지, 어디 당신처럼 음란하게 볼 줄 알아요?"

심우가 일부러 더 차갑게 웃으며 말했다.

"당신. 심목령과 어떤 사이지? 잘 아는 거 같은 말투군."

계홍련이 말했다.

"그래요, 나는 그 사람이랑 아주 잘 아는 사이에요."

심우가 생각했다.

'만일 저 여자가 부친이랑 친한 친구 사이라면 오늘 저녁 내가 손을 댈 수가 없잖아.'

심우는 좀 더 알아보기 위해 부득불 자기 부친을 얕잡는 말을 하였다.

"내가 아는 심목령은 나쁜 사람은 아니지만 성인은 결코 아니오. 특별히 여자방면에서는 당신 말대로 점잖게 볼 수도 있겠으나 속으로는 어떤 궁리를 하고 있는지 당신이 뭘 알겠소? 안 그렇소?"

계홍련이 말했다.

"난 그 사람이랑 친하게 지내 왔어도 내게 그 어떤 다른 눈빛도 보내지 않았어요."

심우가 말했다.

"됐소, 됐소. 세상남녀가 그것도 비슷한 연령의 남녀가 같이 지내면서 완전히 깨끗한 사이라고 하면 나를 때려 죽인다 해도 나는 믿지 않소."

계홍련이 말했다.

"흥! 옹졸한 사람. 누구나 당신같이 그렇게 음란한 줄 알아요?"

심우가 말했다.

"알았소. 정상적인 남자라면 당년의 당신을 보고 마음이 동하지 않았다면 나를 죽인다 해도 못 믿겠소."

계홍련은 정말로 자존심이 상했다.

"그 사람은 그러지 않았다니까요. 당신이 뭘 알겠어요?"
심우가 재빨리 차갑게 말을 이었다.
"그렇다면 내가 모른다면 당신은 아시오?"
계홍련은 정말 화가 나서 힘주어 말했다.
"그래요. 알려주죠. 심목령은 나랑 가깝게 지내면서도 처음부터 내게 호감을 가진 적이 단 한 번도 없어요. 나를 처음 보았을 땐 내가 나를 희롱한 젊은 남자를 죽이고 있었을 때였으니까."
심우가 말했다.
"헛소리하지 마시오. 그 남자가 당신을 농락한다면 죽이는 게 정당한 일인데 그가 반대할 것도 없지 않소."
계홍련이 말했다.
"근데 불행하게도 그는 알고 있었지. 내가 먼저 그를 유혹했고, 그래서 나한테 관심을 보인 것이라는 것을."
심우가 놀라며 말했다.
"그런데 그가 어찌 그 사실을 알고서도 당신과 친구로 지냈소?"
계홍련이 무서운 웃음소리를 내었다. 웃음 속에는 득의양양해 하는 뜻이 비쳤다.
"아마도 내가 그 사람을 맘에 두고 있었지요. 내가 몇 번이고 찾아가서 마침내…."
심우가 서둘러 말했다.
"마침내 일이 있었소?"
계홍련이 말했다.
"마침내 친하게 지내게 되었지요. 허나 그 사람은 본래 고지식한 사람이라 늘 내가 사람을 죽인 그 일을 기억하곤 했지요. 내가 홧김에 사람을 더 죽여 그 사람에게 보여주기도 했지요."

심우가 말했다.

"그럼 당신이 후에 사람을 죽였다는 것을 그 사람은 알았소?"

계홍련이 말했다.

"당연히 알고 있지요."

심우가 말했다.

"그런데도 그 사람이 당신을 혼내주지 않았소?"

계홍련이 또 무서운 웃음소리를 내면서 말했다.

"나를 욕하긴 했지만 하는 수가 없었지요. 그래서 나중에는 도망을 치더군요. 하나 알려주지요. 협의지사라는 사람들 치고 감정 때문에 골치를 썩지 않은 사람은 없어요. 심목령은 나와 친해 나를 잘 알았으니까 어쩔 수가 없었지요. 하! 하!"

이때 심우가 마음속으로 생각했다.

'그때 부친께서 너를 어쩔 수 없이 죽이지는 못했는데, 넌 더욱 심해졌고, 지금은 극히 지독하고 미친 행세를 하고 다니니, 내가 부친을 대신해 못다한 일을 완수해야겠다.'

이때에야 그는 결심을 내리고 마음속으로 독기를 품으며 차가운 눈빛을 보였다. 비록 밤이라지만 두 사람의 눈빛은 보통이 아니었다. 게다가 두 사람은 가깝게 서 있는 상태라 계홍련은 그 눈빛을 쉽게 보아낼 수 있었다. 그녀가 미친 듯이 웃으며 말했다.

"날 죽일 듯한 기세군요. 좋아요."

심우가 말했다.

"만약 당신이 나하고 한번 겨루자면, 나는 사정을 봐 주지 않겠소."

계홍련이 말했다.

"내가 반항하지 않는다면 어떻게 할 테지요?"

심우는 한치의 고려도 없이 대답했다.

"난 당신을 다른 곳에 데리고 가서 여생을 보내게 하겠소. 먹을 걱정, 입을 걱정 없이. 단 하나, 당신은 대신 평생 내 구속을 받으며 밖에 나가지 못할 것이오."

계홍련이 차갑게 웃었다.

"당신 미쳤어요? 당신 지금 무슨 말을 하는 지 알고나 하는 말이에요?"

심우가 말했다.

"나는 말하면 말한 대로 하는 사람이오. 오늘 내 칼에서 빠져나갈 수 있다면 하는 수 없지만, 그게 아니라면 두 가지 결과밖에 없소. 하나는 내가 말한 대로 당신과 내가 함께 살아가지만 지금의 자유를 잃는 것이고, 다른 하나는 내 칼에 죽는 것이오."

계홍련이 말했다.

"절묘하군요, 절묘해. 그럼 우리 두고 봅시다. 어떤 결국이 될지."

말이 끝나자 그녀는 손목을 돌려 지팡이를 꺼내 들었다. 심우는 칼을 들어 지팡이를 향해 공격을 했다. 허나 그녀의 손목의 힘은 장난이 아니었다. 이런 강적을 만났을 때는 소홀히 할 수가 없었다. 그는 더 힘을 주어 번개처럼 그녀의 가슴을 향해 검을 찔렀다. 이 한 칼에 계홍련은 세 걸음 물러섰다. 그녀는 소스라치게 놀라며 소리를 질렀다.

"당신! 언제 이런 새 검법을 연습했어요?"

심우가 대답했다.

"이건 내가 사십년 전부터 연습한 거요. 당신, 모르고 있었소?"

말이 떨어지기가 바쁘게 손에서 검이 발출되었다. 검에서 매서운 빛이 뿜어지면서 차가운 기운이 감돌았다. 연속 세 차례 검으로 공격하자 비바람이 몰아치는 듯했다. 계홍련이 또 다시 사오보를 물러섰다. 심우의 검세가 좀 느슨해진 후에야 그녀는 소리를 지르며 지팡이를 짚고 공격을 했다. 쌍방은 삽시간에 공격에 맞섰다. 계홍련은 한숨에 십초 이상을 공격을 했다. 지팡이에서는 무서운 바람소리가 났다.

그러나 상대방을 물리칠 수는 없었다. 오히려 더 불리하게 되었다. 그녀는 바로 지팡이에서 나오는 위력 때문임을 알게 되었다. 매 공격 때마다 점차로 위력이 약해지니까 말이다. 결국엔 상대방이 일부러 그녀에게 선공의 기회를 주어 미끼에 걸려든 셈이었다. 하지만 이것도 그녀를 놀라게 하는 유일한 것이 아니었다. 그보다도 그녀를 놀라게 한 건 상대방의 장검에서 엄청난 내공이 느껴졌는데 그녀가 알던 예전의 향상여와는 완전히 다른 것이었다.

이 점을 증명하기 위해 그녀는 목숨을 내걸고 갑자기 지팡이를 휘둘러 상대방의 검을 억눌렀다. 두 개의 병기가 얽히면서 그곳으로 내공이 부단히 분출되었다. 얼마되지 않아 강약이 확연히 나타났다. 심우의 신영이 한발 한발 앞으로 밀고 나가는 반면 계홍련은 천천히 뒤로 후퇴를 했다. 두 사람은 열 발자국 정도 밀고 당기다가 계홍련이 갑자기 자지러지는 소리를 지르며 갑자기 지팡이와 함께 땅에 물러나 앉았다.

심우의 검이 그녀를 찌르지는 못했지만 그 검에서 나오는 내공은 사정없이 그녀를 습격했다. 하여 그녀가 지팡이와 함께 땅에 주저 앉고 말았던 것이다. 심우는 검을 거두고 황의 노부에게로 다가가서 그녀를 쳐다보았다. 어둠 속 초지 위에서 그 황의 노부의 가쁜 숨소리가 들렸다. 바로 숨을 거둘 것 같지는 않았다. 심우는 유감스러운 듯 머리를 흔들었다.

'이렇게 악독하기 그지없는 노부에게 내가 왜 갑자기 자비심을 가지는 거지? 왜 죽이지 않았지?'

계홍련이 침중하게 숨이 넘어가는 듯한 소리를 급히 냈다. 그의 목숨이 경각에 달린 듯 했다. 하지만 그 소리가 작아지지 않았고, 도리어 차츰차츰 정상을 찾아갔다. 심우가 말했다.

"미안하지만 이렇게 해야겠소."

계홍련의 잠시 쉬더니 비로소 입을 열었다.

"당신, 아직도 우리가 결혼하던 그 때를 아직도 기억하나요?"

심우는 향상여한테서 들은 적이 있었다.

"어찌 그 날을 잊을 수가 있겠소. 나야 말로 당신이 그 날을 잊었을 거라 생각했는데."

계홍련이 말했다.

"어찌 잊겠어요. 그때가 너무나도 소중했기에 난 당신을 잃을까봐 얼마나 두려워했던지."

심우는 그제서야 그녀의 행동에 조금 이해되었다.

"당신은 질투와 의심이 너무 많았소. 그것이 오늘의 이러한 비참한 결국을 만든 것이오."

계홍련이 말했다.

"내가 오늘 당신 손에 죽는다고 해도 여한이 없어요. 나는 이미 얼굴이 망가진 데다 살아가더라도 의미가 없어요. 하지만 내가 당신 손에 죽는다면 당신도 오래 살지 못할 거예요."

심우가 말했다.

"그게 무슨 말이오?"

계홍련이 말했다.

"당신도 곧 나와 같이 저 세상으로 갈 거예요."

심우가 말했다.

"당신은 이미 모든 걸 꾸미고 내가 당신의 손에 잡히도록 작정한 거요?"

계홍련이 말했다.

"내가 무슨 음모를 꾸민 게 아니라 당신이 스스로 자초한 거예요."

심우는 마음속에서 불편함을 느꼈다. 비록 진짜 향상여가 아니지만 이 여인이 이렇게 확신하니 그로서는 어쩔 도리가 없었다. 심우가 말했다.

"나는 아직도 모르겠소."

계홍련이 말했다.

"당신 아직도 기억해요. 우리들이 즐겁게 보내던 그 당시 어느 날 서로에게 한 맹세를 말이에요."

심우가 말했다.

"무슨? 그런 일이 있었던가? 기억이 가물가물하오."

계홍련이 말했다.

"당신이 기억하지 못한다면 말해주죠. 그때 당신은 우리 궁의 복수의 여신한테 맹세했어요. 단숨에 일생동안 어떤 원인에서든지 나를 죽일 수가 없다고 말이에요. 만일 맹세를 어긴다면 당신은 가장 친밀한 사람한테 죽임을 당한다고 말이에요."

그녀의 목소리는 냉엄한 분위기를 지니고 있었으며, 마치 요사한 무녀가 내뿜는 마력까지 발출하고 있었다. 그의 목소리는 연이나 심우와 같은 사람도 기괴함에 놀라게 하였다. 계홍련은 크게 숨을 들이키고 말했다.

"당신이 끝내 그 맹세를 어기고 나를 죽인다면 당신도 얼마 지나지 않아서 죽게 될 거예요. 복수의 여신은 한번도 틀린 적이 없으니까."

심우가 말했다.

"복수의 여신은 미궁 속의 신인데 다른 사람과 무슨 상관이 있겠소?"

계홍련이 말했다.

"그렇지 않아요. 당신은 아무래도 후사를 준비해야 할 거예요. 내가 알고 있는 한 복수의 여신 앞에서 한 맹세는 무조건 유효해요."

심우가 말했다.

"누가 그런 말을 하는가? 난 믿지 못하겠소."

계홍련이 말했다.

"후천한이 말했어요. 당신은 그 사람의 말을 믿지 않나요."

심우가 말했다.

"내가 왜 그 사람이 한 말을 믿어야 하오?"

계홍련의 목소리에 놀란 기색이 어려있었다.

"왜 지금은 그를 두려워하지 않는 거죠?"

심우가 말했다.

"그는 이미 죽었는데 뭐가 더 무섭겠소?"

계홍련이 말했다.

"그 사람이 예측한 게 모두 사실대로 되어 버렸어요. 당신이 바람둥이 본성을 잃지 못한다고 했었고, 또 그가 나중엔 당신이 나를 죽인다고 그랬지요."

심우가 급히 말을 가로챘었다.

"후천한이 우리가 헤어지기 전부터 그런 말을 했다고 했소?"

계홍련이 말했다.

"당신이 모르는 것도 아니잖아요. 그때 우리는 늘 같이 무공을 연습해야 했고, 그는 늘 자기가 관찰한 것을 내게 알려주었어요."

심우는 차츰 생각이 뚜렷해졌다.

"그 사람이 한 말을 지금까지 기억하고 있는 걸로 봐서 당신은 그 사람 말을 참 귀담아 들은 모양이오."

계홍련이 말했다.

"흥! 이러지 말아요. 비궁에서 나 옥녀 계홍련 만이 그 사람 말을 듣지 않을 수 있었어요. 내가 당신한테 시집간 일만 해도 그가 극히 반대했었으니까."

심우가 말했다.

"그 점은 나도 알고 있소. 하지만 나중엔 그가 이겼지 않았소. 지금 당신은 내가 바람을 피웠다고 믿고 있고, 또 내가 당신을 죽일 거라 믿고 있지 않소."

계홍련이 말했다.

"그래. 그 사람 말이 다 맞지 않아요? 우리가 저 세상에서 다시 만나면 난 다시는 당신을 잃지 않을 거예요."

심우가 말했다.

"그 말도 후천한이 한 거요?"

계홍련은 기억을 되새기고 나서 말했다.

"그래요. 이것도 그가 말했지요."

심우가 발을 구르며 말했다.

"아. 답답한 당신. 당신은 그래 죽을 때까지 아무것도 모른단 말이오? 후천한 그 사람은 우리를 헤어지게 한 장본인이란 말이오. 난 도대체 그 사람이 당신에게 어떻게 했기에 자기 말을 당신이 의심없이 믿게 했는지 도대체 알 수가 없소."

계홍련이 말했다.

"허튼 소리 말아요! 내가 당신이랑 헤어질 때 그 사람은 날 말렸어요. 저보고 참고 견디라고."

심우가 말했다.

"그건 그 사람이 일부러 그런 척 한 거였소. 흥! 그 사람은 이미 죽었지만 아직도 당신 마음을 이토록 사로잡고 있군."

계홍련은 아무 말도 하지 않았다. 계홍련은 향상여의 말에 머리가 멍해졌다. 심우가 말했다.

"내 생각엔 그가 꼭 어떤 수단을 써서 당신한테 내가 당신을 버리고 딴 여자랑 떠날 거라고 믿게 했소. 그리고 당신을 늘 질투와 의심 가득한 상태로 만들어 결국엔 우리가 헤어지도록 만들었다고 보오."

계홍련이 말했다.

"당신 말이 맞다 해도 그렇게 되면 그 사람한테 무슨 좋은 점이 있겠어요? 우리 궁의 규칙 상 옥녀와 금동은 관계를 가질 수가 없어요. 게다가 난 그 사람을 좋아한 적이 한번도 없어요. 심지어 우리가 헤어진 뒤에도 난 그 사람을 좋아한 적이 없어요."

심우는 더 깊이 들어가 이해할 수가 없었다. 심우는 어깨를 으쓱하고 말했다.

"그건 나도 모르오. 하지만 당신이 내게 갖는 모든 의심은 다 틀렸소. 당신이 죽어가고 있을 때 내가 당신한테 거짓말할 수 없지 않소."

계홍련이 말했다.

"그럼 당신은 그때 정녕 바람을 피우지 않았단 말이에요?"

심우가 말했다.

"맹세코 나는 바람을 피우지 않았소. 지금 일을 봐도 당신은 내가 옥진에게 손을 댔다고 말하지만, 나와 옥진은 아버지 딸 사이와도 같은 것이오. 난 옥진을 친딸처럼 대했는데 당신은 그걸 믿지 않고 있소."

계홍련이 말했다.

"내가 믿든 믿지 않든 이제 부질없어요."

심우는 그녀의 말속에서 이미 분노가 가셨음을 느꼈다. 그녀의 말속엔 오히려 상심의 빛이 느껴졌다. 심우는 마음속으로 생각했다.

'옛말에 사람이 죽을 때면 마음이 선량해진다고 한다는데, 아마도 이 때문인가 보다.'

심우는 사방을 살피다가 수림 속으로 발길을 옮겼다. 계홍련이 물었다.

"당신 어디로 가는거죠?"

심우가 어깨를 으쓱이며 말했다.

"그냥 돌아보는 거요. 걱정 마시오."

계홍련이 말했다.

"야반 삼경에 뭐가 볼 게 있다고 그러죠? 혹시 내 시체를 어디에 묻을까 찾는 건가요?"

심우는 승인하기도 그렇고 부인하기에도 그렇고 해서 대답하지 않았다. 계홍련이 말했다.

"준비할 거 없어요. 여기 물건이 하나 있어요. 이게 내 시체를 처리할 수 있을 거예요."

심우가 말했다.

"그게 뭐요?"

계홍련이 말했다.

"특별히 조제된 화약 한 통이죠. 조금만 내 시체에 부어놓고 불을 피우면 짧은 시간 내에 한 줌 재가 될 거예요."

심우가 "아"하고 소리를 내었다.

"안되오. 그럴 수 없소. 그런 방법은 쓰기에는 당신에게 너무 잔인하오. 내가 오늘 당신에게 상처를 입혔는데, 하물며 어떻게 당신의 몸을 태울 수 있겠소."

그의 말이 너무도 진실하였다. 계홍련이 이 말을 듣더니 말했다.

"당신의 말을 들으니 거짓으로 날 동정하는 것은 아닌 것 같네요."

심우가 말했다.

"지금 이 시각 내가 왜 당신을 속이겠소."

계홍련이 말했다.

"나는 이제 견딜 수 없을 것 같아요. 시간이 많지 않은 것 같군요."

그녀가 말하면서 다른 한편으로는 두 개의 작은 원통을 가까스로 꺼냈다. 통에서는 은빛이 반짝였다. 그녀는 그것을 손바닥에 놓고 말했다.

"당신이 가지세요. 용이 새겨진 은병은 눈을 매혹하는 약인데 조금만 횃불에 치면 그 불빛이 하도 밝아 방향을 종잡을 수 없게 되죠. 하지만 기억하세요. 당신은 반드시 적보다 횃불과 더 가까운 곳에 서야 해요. 횃불과 가까운 사람만이 눈빛이 흐려지지 않아요. 알겠어요?"

심우가 말했다.

"난 이미 당신들 미리비궁에 기이한 수단들이 많다는 것을 알고 있었소."

계홍련이 말했다.

"아, 원래 당신은 이미 알고 있었군요. 내가 이걸로 당신을 죽일 생각을 하지 않았으니 다행이네요. 헌데 지금은 이런 게 중요한 게 아니지."

그녀의 목소리가 점차로 가늘어지는 가운데 그녀가 급하게 말했다.

"다른 하나는 내가 아까 말한 특제 화약이에요. 화피림火被林이라고 하죠. 조금만 사용해도 시체를 완전히 태워 한줌 재만 남게 해요. 우리 본궁의 사람들이 보면 알 수 있지만 지금 나까지 죽게 되었으니 이걸 아는 사람은 이제 서씨 그 사람만 남았겠군요."

심우가 말했다.

"내가 이미 말하지 않았소. 난 절대 당신 시체를 태우지 않겠다고."

계홍련이 말했다.

"당신의 그 마음이 당신을 살렸어요. 당신이 먼저 나의 제의대로 이 화피림을 받아들였다면 어쩌면 나는 당신한테 미리신화迷離神火를 주지 않았을지도 몰라요. 그러면 당신이 불을 지필 즈음 난 횃불 약을 썼을 테고 그럼 당신도 죽게 되었을 지도 몰라요. 하지만 지금은 괜찮아요. 이제 이 두 가지를 모두 당신에게 주겠어요. 미리신화를 말이에요."

심우가 놀라며 말했다.

"내가 이 물건들로 뭘 하겠소?"

이러한 한 마디 말을 한 이후 심우는 후회하지 않을 수 없었다. 계홍련의 상황이 이미 어렵게 된 것이다. 지금 가장 중요한 일은 범옥진의 일이기 때문이었다. 만약 그가 무사하다면 좋겠지만, 만약 암산을 받았다면 그녀를 구하는 방법을 급히 찾아야 할 것이다. 아마 이러한 상황 속에서 계홍련은 그 방법을 알려줄 수 있을 것이기 때문이다. 따라서 그는 이러한 위중한 상황 속에서 가장 중요한 일을 묻지 않은 것을 매우 후회한 것이다. 계홍련은 힘들이며 말했다.

"그 미리신화는…, 여러 번 사용할 수가…, 밤마다, 그것을…침대 밑에…놓고…, 미리신화를 사용…."

그녀의 목소리가 점점 더 약하게 들리더니 심우는 나중에 미리신화를 사용한다는 말밖에 들리지 않았다. 나머지는 하나도 듣지 못했던 것이다.

그는 과거 미리비궁의 옥녀였던 이가 지금 세상을 떠난 것을 알 수 있었다. 이 노부의 죽음에 대하여 심우는 조금도 안타까운 감정은 없었다. 그녀의 말과 행동으로부터 그가 삶을 살아가는 것이 필요 없는 것이라 판단되었고, 더군다나 꾸준히 다른 이들을 상하게 했기 때문이었다. 심우 스스로도 다른 이를 판단할 수 있는 운명은 아니었다. 하지만 네가 죽지 않으면 내가 죽는다는 상황 아래에서 그의 선택은 평소와 같을 수 없었다. 이렇게 판단한다면 이후 도리에 어긋나지 않아 마음이 편안할 것인가? 분명 이러한 이유로 결정할 수밖에 없었을 것이다.

한 차례 바람이 불어오더니 황의 노부의 면사를 들어올렸다. 심우는 어두운 밤이었지만 그의 만면에 굳은 흉터가 보였으며, 오관을 분간할 수 없을 정도로 일그러져 있는 것을 볼 수 있었다. 심우는 마음속으로 깨닫는 바가 있어 생각했다.

'내가 이 여인이라도 시체를 불살라 달라고 했을 것이다. 그녀는 끝까지 아름다웠던 여자로서의 존엄을 지키고 싶었을 테지.'

이런 생각을 하면서 그는 망설임이 없이 그 두 개의 병을 꺼내 들었다. 아무런 무늬가 없는 병 속에서 가루를 조금 꺼내어 그녀의 시체에 뿌렸다. 그러고 나서 화섭자를 꺼내 불을 지펴 그녀의 옷에 붙였다. 심우는 뒤로 물러섰다. 삽시간에 시체는 하늘색 불빛으로 치솟았다. 소리도 없고 화염에서 내뿜는 광선도 강렬하지 않아 주의를 끌지 않았다.

얼마 안 되는 사이에 불이 꺼졌다. 심우가 가까이 다가가보니 타버린 풀밭 위로 한줌의 흰 재가 있었다. 골격이고 피고 옷까지 몽땅 타버린 것이었다. 그는 은통을 수습하고 나서 생각했다.

'시체를 처리하는 확실한 방법이구나.'

캄캄한 밤에 심우는 성안을 향해 달렸다. 얼마 지나지 않아 향상여의 집에 도착했다. 향상여가 머무는 방의 등불이 환하게 밝혀져 있었다. 심우는 문을 두드렸다. 향상여의 목소리가 들렸다.

"심공자인가?"

심우가 대답하고 문을 밀고 들어갔다. 그러나 문을 들어서니 향상여가 울상이 되어 방 가운데 서 있었고 바닥에는 바로 그 순결하고 아리따운 범옥진이 누워있었다. 향상여는 두 손을 보이며 말했다.

"이 사람이 이렇게 깨어나지 못하고 있소."

심우는 "아"하고 소리내고는 가까이 다가가서 보았다. 향상여가 또 물었다.

"그쪽의 사정은 어떠했나?"

심우가 말했다.

"후배는 어쩔 수 없이 그녀를 죽일 수밖에 없었습니다."

향상여가 머리를 흔들며 말했다.

"그녀가 그 지경이 된 것은 내 탓이야."

심우는 향상여를 위로했다.

"범낭자는 어떻게 된 건가요?"

향상여가 말했다.

"내가 다른 방에서 이 사람을 발견할 때, 그 방에 뭐가 있었는지 아시오?"

심우가 말했다.

"선배님이 말씀하는 걸로 봐선 특별한 게 있었군요."

향상여가 머리를 끄덕였다.

"그렇소. 팔각신단八角神壇이 있었는데 사방으로 깃발이 꽂혀있었고, 기에는 부적이 쓰여져 있는 등불이 달려있었소. 옥진은 그 신단 가운데 누워있었고, 지금처럼 혼미상태에 있었소."

심우가 말했다.

"어쩐지 사술邪術의 일종일 것 같습니다."

향상여가 말했다.

"그렇소. 계홍련이 범옥진한테 사술을 써서 옥진을 혼미에 빠지게 한 것이오."

심우가 웃으며 말했다.

"향선배님도 이 세상에 사술이 있다고 믿으십니까?"

향상여가 말했다.

"내가 심공자만한 나이 때는 아무 것도 믿지 않았소."

심우가 말했다.

"만일 세상에 진짜로 사술이 있다면, 또 그런 사술을 쓰는 사람이 온갖 수단을 가리지 않는 악인이라면 왜 이 세상이 그들에게 넘어가지 않았을까요?"

향상여가 말했다.

"세상 만물에는 그 반대가 있는 법이오. 만일 사술이 한 부류의 사람의 손을 거쳐 신비한 힘을 부여해 준다면, 다른 한편으로 또 한 부류의 사람들은 이런 사술의 고통에서 벗어나게 돼 있는 거요. 또 하늘이 사술을 연마하는 사람들이 이 세상에 오래 살지 못하게 정해놓았을 수도 있겠지요."

향상여의 말은 추측일 수도 있지만 지혜와 인생경험에서 온 이치이기도 했다. 심우가 말했다.

"향선배님의 말씀이 참으로 위안이 됩니다."

향상여가 말했다.

"세상 만물에는 자연히 그 평형 원리가 있는 법이요. 예를 들면 짐승으로 사자와 범은 용맹하기 그지 없어 그것들의 먹이가 되는 다른 동물들을 멸종할 수도 있겠으나 범이나 사자같은 맹수는 생식능력이 낮소. 반면에 약한 동물들은 생식능력이 크다오. 심지어 약한 동물일수록 생장이 더 빨라 멸종하지 않소. 이게 바로 자연 평형의 이치라오."

심우가 머리를 끄덕이며 눈길을 범옥진한테로 옮겼다.

"만일 범낭자가 사자나 범 아래에 놓여있는 약소한 동물이 아니라면, 어찌 불쌍하거나 두렵지 않겠습니까?"

향상여가 말했다.

"그건 나도 모르겠소."

그도 걱정되는 눈빛으로 침대 위의 여자아이를 쳐다보았다.

"관상으로 보면 옥진이 복이 많아 어린 나이에 요절하게 보이지는 않는데…, 내가 잘못 본 게 아니길 빌 뿐이오."

심우가 참지 못하고 물었다.

"향선배님도 운명을 믿습니까?"

향상여가 말했다.

"심공자. 나이를 먹게 되면 심공자도 운명을 믿게 될 것이오. 그러나 내가 지금 입에 침이 마르도록 여러 말을 해 봤자 심공자는 믿지 않을 거요. 따라서 내가 지금 심공자를 설득할 수는 없을 것이오."

심우가 말했다.

"선배님, 저도 나름대로 도리를 따르는 사람이니 선배님이 하는 말씀에 도리가 있다면 저도 선배님 말을 믿지 않을 수가 없지요."

향상여가 담담하게 웃으면서 말했다.

"심공자처럼 평범치 않은 사람은 늘 자기 주장이 확고하지요. 많은 일들이 자네한테 닥쳤다면 그 상황이 많이 바뀔 것이라 믿고 있기도 하고 말이지. 하기에 내가 지금 나의 경험과 견문에 근거한다면 자네가 납득할 수 있다고 보지 않소."

심우는 그의 말에 동의하지는 않았지만 지금은 변론할 때가 아니라 더 말할 수가 없었다. 심우는 침대로 가서 한참을 보더니 말했다.

"범낭자는 생명에 위험은 없을 듯합니다."

향상여가 말했다.

"심공자 말은 어떤 근거로 하는 것이오?"

심우가 말했다.

"범낭자의 기색으로 보아 몸에 큰 상처를 입은 것 같지는 않고, 또 계홍련이 범낭자를 해쳤다는 말은 꺼낸 적이 없었기에 드리는 말씀입니다."

향상여가 말했다.

"계홍련이 그랬다는 걸로 봐서는 그럴 수도 있겠군. 하나는 우리가 행동을 빨리 진행해서 였을 수도 있겠고, 또 하나는 본래 그녀가 죽이려고까지 의도를 하지 않았을 수도 있겠지."

그러면서 향상여는 심우에게 계홍련과의 싸움에 대해 물었다. 심우는 간단하게 말해주었다. 그리고 두 개의 은통을 꺼내 향상여에게 주었다. 향상여가 손을 흔들며 말했다.

"계홍련이 죽은 뒤 난 이미 원수가 없어졌소. 그리고 나도 표국에서 벗어나 조용히 살 예정이오. 그러니까 이건 심공자가 지니시오. 반드시 쓸 일이 있을게요."

심우가 말했다.

"허나 계홍련이 죽기 전에 선배님한테 매일 밤마다 이 미리신화를 사용하라고 했습니다."

향상여가 사색하더니 말했다.

"계홍련의 말은 뭔가 뜻이 있겠지요. 허나 내가 뭐가 두려울 게 있겠소? 이젠 죽어도 상관이 없소."

심우가 진심으로 말했다.

"향선배님. 이 두 물건을 받으시는 게 좋을 듯싶네요."

향상여가 머리를 절레절레 흔들었다.

“아니오. 심공자가 가지시오. 나는 갖고 있어도 쓸모가 없소.”

심우는 이 문제에 대해서 후에 말해도 늦지 않다고 생각하고 화제를 돌렸다.

“선배님, 아까 표국을 말씀하셨는데 선배님이 말씀하는 표국이 어느 겁니까?”

향상여가 말했다.

“이곳 성에 한 표국이 있는데 한 후배가 문을 연거요. 그래서 내가 암암리에 지지해 주고 있었소.”

심우가 물었다.

“어느 표국인지요? 제가 알고 있어야 후에 만나더라도 아는 척을 할 수 있지요.”

향상여가 말했다.

“본 성의 남경표국南京鏢局이오.”

심우는 속으로 크게 기뻤다. 그 표국이라면 제약우가 갖은 방법을 다 쓰고도 얻지 못한 표국이었던 것이다. 심우는 세상에 이렇게 우연한 일이 있을 줄은 생각도 못했다. 향상여와 이런 관계를 알게 된 것이 참 뜻밖이었다. 향상여가 심우를 한참 관찰하더니 물었다.

“심공자, 이 표국을 주목하는 것 같은데 혹시 그 표국 중의 사람이 공자에게 잘못한 일이라도 있었나요.”

심우가 말했다.

“아닙니다. 선배님. 선배님. 부탁이 있습니다. 선배님께서 저를 소개시켜 주셔서 제가 표국에 한동안 지내면 어떨까요?”

향상여가 놀라며 말했다.
"표국에서 일하고 싶소?"
심우가 말했다.
"제가 다른 재간이 없고 오직 무공을 하니 아무래도 표국에서 일하는 게 제일 좋지 않을까 싶습니다."
향상여가 고개를 가로저었다.
"심공자 같은 일류고수가 어찌 표국 같은 곳에 머무르려 하오?"
향상여는 결심을 굳게 한 듯한 심우를 보았다.
"만일 심공자가 정말로 표국에서 일하고 싶다면 내가 안배해서 남경 표국에 심공자를 총표두로 임명할 수도 있소. 허나 이런 하찮은 일은 심공자 재간을 묻어버리는 것과 다름없을 텐데…."
심우가 급히 말했다.
"제게 무슨 재간이 있다고 말씀입니까? 더구나 제가 총표두라니요."
향상여가 웃었다.
"심공자가 자기 재간이 아깝게 쓰인다고 생각하지 않으면 되오."
심우가 물었다.
"대선배님이 이렇게 안배해 주신다면 지금의 총표국은 어떻게 되는 겁니까?"
향상여가 말했다.
"그 점은 걱정할 거 없소. 작년에 총표두가 병사한 후로 국주局主가 겸해서 하고 있으니 아직까지 합당한 사람을 찾지 못하고 있었다오."
한참을 멈추고 그는 또 말했다.
"보표保鏢의 일이라는 것이 요즘에는 점점 더 어려워지고 있소. 남북

각성南北各省의 흑도黑道 중에서 신인들이 많이 나타나 경쟁이 점점 심해지고 있다 하오. 그래서 위험성도 대단하다고 하오. 일년 동안 국주가 친히 나서서 일을 하지 않았더라면 더욱 어려웠을 것이오."

심우가 말했다.

"그 국주의 함자가 어떻게 되나요? 한 번도 들어본 적이 없습니다."

향상여가 웃으며 말했다.

"그는 어려서부터 이 일에 종사했는데 아는 사람이 많소. 무공도 괜찮고. 이 분야에서 그는 남방에서는 다들 알아 봐주는 인물이오. 하지만 무림의 진정한 고수와는 비길 수가 없소. 특별히 심공자와 같이 학식이 있는 사람이 아무래도 요즘의 손꼽히는 인물이라 할 수 있소. 장홍양張弘揚이야 어디 낄 수나 있겠소?"

심우가 말했다.

"저는 경험도 없는데 무술을 좀 안다고 해도 보표 일에 대해서는 전혀 문외한이라 그 중임을 맡기가 조금 두렵습니다."

향상여가 흔쾌히 대답했다.

"심공자가 하고 싶다고만 하면 다른 일은 별문제 없을 것이오."

심우가 잠시 고려하다가 말했다.

"오늘은 이만 객점으로 돌아가고 내일 다시 뵙겠습니다."

심우는 가기 전에 범옥진이 아직도 깨어나지 못하는 것을 보고, 향상여에게 너무 걱정하지 말라고 일렀다. 향상여도 큰 걱정은 하지 않는 듯 했다. 이튿날 아침, 심우는 비밀스런 곳에서 왕옥령과 왕이랑을 만났다. 남경표국에 들어갈 수 있다고 말하고 금후의 계책에 대해 토론하고 싶어서였다. 왕씨 남매가 무척 좋아했다. 이것은 하늘이 준 좋은 기회라고 했다. 심우가 남경표국의 총표국이 된다면 모든 권력이 손에 쥐어지며 얼마 지나지 않아 보물을 찾을 수 있는 기회를 가질 수 있기 때문이었다. 왕옥령이 참지 못하고 물었다.

"남경표국이 크지는 않지만 인원을 합치면 이삼백 명이나 되는데 어찌 총표두의 자리를 심은공에게 그렇게 내 준다는 거죠?"

심우가 대답했다.

"근년에 남경南京 각 성에서 많은 인물들이 나타났다고 하오. 이렇게 되면 각 표국에서는 예전처럼 서로의 관계에 의해 일을 밀고 나갈 수가 없게 되오. 오직 무술이 되어야 통할 수 있게 되었다 하오."

왕옥령의 얼굴에 달콤한 미소가 어렸다.

"그런데 왜 심은공을 찾아오게 된 건가요?"

심우가 말했다.

"그건 부친의 한 친구가 소개해준 거라오. 뒤에서 남경표국을 지켜주는 사람이오."

심우는 갑자기 생각나서 또 말했다.

"그 친구 분은 향상여라고 하오. 그는 나를 만나서 일 하나를 도와달라고 했는데 알고 보니 예전에 헤어진 아내에 대한 것이었소. 수십년 동안 그를 따라다니면서 그가 사귀는 여자를 찾아내 하나하나 해를 가했소."

왕씨 남매는 흥미를 가졌다. 왕옥령이 말했다.

"그 여자가 질투가 그렇게 심한 걸 봐서는 아직도 그 향선배님을 깊이 사랑하는 거였군요."

심우가 말했다.

"그 점은 나도 모르겠소. 아무튼 향선배의 제자 범옥진이 향선배에게서 몇 년간 무예를 배웠는데 계홍련이 그걸 알고 범옥진이 향선배의 여자라도 되는 줄 알고 그녀를 납치한거요."

왕이랑이 말을 했다.

"아. 그래서 구해달라고 했던 거군요?"

심우가 말했다.

"꼭 그런 것도 아니오. 향 선배는 내게 그처럼 변장을 시키고는 계홍련을 찾아 그녀를 유인해달라고만 했소. 난 그녀와 한판 붙게 되었고, 나중에 그 여인은 내 검 아래 죽었소."

왕이랑이 궁금한 것이 한 가지가 있었다.

"그 범낭자는 어떻게 되었나요? 구출했나요?"

심우가 말했다.

"구해내긴 했는데 아직 혼미한 상태라오. 오늘 향선배를 만나 어떻게 됐는지 물어봐야겠소."

심우는 자기가 왜 그 경과를 사실대로 말하지 않았는지 자기도 몰랐다. 하지만 이렇게 말하면 많은 해석을 면할 수 있다고 생각이 들었다.

왕옥령이 말했다.

"그렇게 되었다면 향선배는 당신의 무예가 뛰어난 걸 보고 능히 계홍련을 죽일 수 있는 실력이라 확신해서 당신을 총표두 자리에 임명하는 거네요."

심우가 머리를 끄덕였다.

"나도 그렇게 생각하오. 그런데 아직 향선배에게 답을 하지 않았소."

왕이랑이 말했다.

"심은공. 총표두의 자리는 바로 심은공이 원하던 것이지 않소?"
심우가 말했다.
"아. 내가 그 요청에 임한다 해도 우선 가늠해봐야 하지 않겠소? 내가 이 표국을 능히 흥하게 할 수 있을지 말이오. 또 개인적인 면에서 우리 부친을 가해한 사람이 나를 주목하게 되어 내가 총표두가 된 후에 표화鏢貨에 마수를 펼친다면 해나가기가 정말 어려워질 것이 아니오."
왕이랑이 머뭇거리더니 말했다.
"그렇긴 하지요. 손해 본 것을 보상하려해도 엄청난 액수가 될 텐데. 어떡하면 좋지요?"
왕옥령이 웃으며 말했다.
"만약 은공의 원수가 표화에 손을 대다면 그야말로 경축할 일 아닌가요?"
왕이랑이 의아해했다.
"그건 또 무슨 말이에요?"
왕옥령이 말했다.
"우린 지금 모든 걸 쏟아 실마리를 알아내려고 하잖아요. 만일 우리한테 결정적인 단서를 줄 수 있는 그 사람이 조금이라도 흔적을 비춘다면 장사를 망친다고 해도 잘된 일이잖아요."
왕이랑이 그제야 알았다는 듯이 말했다.
"누이 말이 일리가 있소."
심우가 말했다.
"다만 그 원수가 내가 생존 의지를 가지고 있다는 것을 보고, 종적을 감추어버리거나 혹시 수단을 가리지 않고 암산하려고 들까 두렵소."

왕옥령이 머리를 흔들었다.

“만일 심은공이 총표두가 된다면 심은공의 원수는 언제 어느때 보다도 시름을 놓을 거예요. 심은공이 이런 장사를 하게 된다는 것은 심은공이 진로를 이미 결정했다는 것이잖아요. 심은공이 심노선생의 죽음에 대해 한치의 의심도 가지지 않는다는 걸로 이해하지 않겠어요? 그렇지 않다면 왜 바쁜 사업에 뛰어들겠어요? 내가 보기엔 그 원수가 반드시 시름을 놓고 심은공의 행동을 감시하지 않을 거란 말이에요. 만일 그가 심은공을 죽여야 마음속의 원한이 사라진다면 모를까, 그게 아니라면 심은공을 절대 건드리지 않을 겁니다.”

심우가 말했다.

“아. 그렇다면 형세는 내가 더 유리하겠소이다.”

왕옥령이 자신 있게 말했다.

“그 사람이 더 이상 주의를 하지 않으면 우리가 암암리에 조사를 벌이는데 위험도 감소하고 좀 더 쉽게 알아낼 수 있겠지요.”

심우는 이런 도리를 모르는 게 아니었다. 그냥 자신이 표국에 들어서면, 표국의 득실에 정신이 팔리게 될 것이 명약관화하여, 판단에 확신이 가지 않을 뿐이었다. 그는 왕옥령의 날씬한 몸매와 아리따운 얼굴을 보면서 이 귀여운 여인의 뺨에 입맞춤이라도 하여 감사의 뜻을 표시하고 싶었다. 심우는 객점으로 다시 돌아왔다. 점심때가 되어 향상여와 한 건장한 사나이가 심우를 방문했다. 이 청년이 바로 남경표국의 국주 장홍양이었다. 한 눈에 보아도 이 사람이 호방하고 대범하면서도 명석하고 유능한 사람이라는 것을 알 수 있었다.

제25장

淆敵耳目榮膺總鏢頭

적의 이목을 피하려고 총표두가 되다

심우는 그를 한번 바라보고 나서 이런 느낌이 들었다.

"그는 어려서부터 표국에서 자란 인물인데 만약 이러한 성격을 가지고 있지 않았다면, 어떻게 오늘의 지위를 얻을 수 있었겠는가?"

향상여가 사전에 심우를 장홍양에게 적극 추천하고 칭찬한 적이 있었으므로, 장홍양은 아주 존경하는 태도를 취했는데, 이는 마치 사람들에게 과거 유비, 유현덕이 제갈공명을 만나기 위해 삼고초려三顧草廬한 느낌을 주었다. 그들은 객점 안에서 잠시 이야기를 나누었는데 향상여가 밖에 나가 식사를 하자고 제의했다. 그들 세 사람 밖에 없으니 밀담을 나누기도 편리하기 때문이었다.

세 사람은 즉시 남경에서 가장 유명한 심원춘沁園春의 위층 한 객실로 자리를 정했다. 비록 문은 주렴으로 구분되어 있었으나, 그들이 들어올 때 장홍양 눈에는 잘 알고지내는 사람들이 많이 보였다. 그가 자리 잡기까지 이십명 정도의 소님들이 그와 인사를 나누었다. 이날 심우는 이미 수염도 깎고 머리도 다듬었고 의복도 바꾸어 입었으므로 모습이 온통 변해 있었다. 비록 얼굴이 좀 검으스레 했지만, 단정한 풍도가 있었으므로 그가 비록 나이는 어려보였지만 사람들은 그를 가볍게 보지 못했다. 식사를 한 후 대부분의 문제를 대체적으로 이야기하였다. 심우는 이미 장홍양의 초빙을 받아들였다.

원래 이 한 차례의 담화에서 심우는 남경표국이 직면한 가장 큰 고난이 무엇인지 알 수 있었다. 그것은 몇 개의 표행 노선을 무사히 통과할 자신이 없어 큰 사업을 할 수 없다는 것이다. 따라서 이러한 큰 사업은 전국에서 가장 규모가 큰 다른 두 표행가에게 떨어질 수밖에 없었다. 그러므로 심우가 이 표행 길을 열기만 한다면 그들은 행업은 점차로 활기를 띌 것이다. 장홍양이 제공한 자료들에 근거하면, 이 노선들은 무력이 아니면 개척할 수 없는 것이었다. 이렇게 되자 심우는 더욱 자신있는 일이라 총표두 자리를 기꺼이 받아 드렸던 것이다.

이 소식은 거의 하루 사이에 전 표행 업계 및 관련 업계로 전해졌다. 저녁에 벌써 그를 청하는 사람도 세 건이나 되었다. 그 중 하나는 남직예南直隸 총순포總巡捕 방공영方公榮이 보내온 청첩이었다. 심우가 이미 남경표국 총표두를 담당할 것을 결정했으니, 자연적으로 외부의 초대에 응해야 했고, 공문公門 중에서 도적의 체포를 주관하는 수뇌라 한다면 더욱 그를 태만히 할 수 없었다.

이때는 아직 오후였다. 향상여와 장홍양은 또 객점으로 돌아왔다. 이미 그가 거주할 곳을 옮기기로 했으므로, 특별히 그를 데리러 왔던 것이다. 향상여는 심우를 만나자마자 흔연히 심우에게 알려주었다.

"옥진이 이미 깨어났소. 조금 피곤한 것 같은 것 이외에는 아무 손상도 없었고 정신도 평소와 마찬가지로 맑소."

심우가 기뻐서 말했다.

"정말 좋은 소식입니다. 그녀가 무사하니 나는 잠시 그녀를 보러 가지 않겠습니다. 그러나 그녀에게 좋지 않은 소식을 하나 알려주어야 하겠습니다."

향상여가 말했다.

"어떤 소식이요?"

심우가 말했다.

"그녀의 애견 흑오공이 이미 중상을 입고 죽었습니다. 그녀가 이 소식을 들으면 반드시 마음 아파할 것입니다."

향상여가 말했다.

"그런 일이었구만. 다만 그녀가 무사하다면 다른 일은 모두 괜찮소."

이때 장홍양이 심우가 곧 들어가게 될 집에 대해 소개하기 시작했다.

"그 집은 앞뒤로 출입이 가능한 사합방四合房으로 만약 심형이 친우들과 같이 거주한다고 해도 충분할 거요. 위치는 표국 부근인데 두 큰 길 정도만 사이 두고 있으니 공적으로나 사적으로나 상당히 편리할 것이오."

심우가 말했다.

"장국주께 너무 번거로움을 드렸습니다. 저는 그렇게 큰 집이 필요 없습니다."

장홍양이 웃으면서 말했다.

"심우형은 절대로 사양하지 마시오. 집은 이미 다 마련해 놓았으니 다른 집을 찾는다면 오히려 더 번거롭게 되오. 하물며 심우형이 며칠 지나면 집 사람 수도 불어날 것이니, 아무래도 널찍한 걸로 준비하는 게 좋을 것 같소."

심우도 더 이상 거절하지 않고 간단한 짐들을 챙기고 나왔다. 세 사람은 마차에 앉아 새로 거주할 집에 이르렀다. 이 집의 문을 바라보니 비록 높고 화려하지 않았으나, 아주 정결하고 깨끗하였다. 문 입구에서는 두 명의 남자가 기다리고 있었는데, 알고보니 표국의 사람들로서 잠시 심우의 심부름을 맡은 사람들이었다. 그밖에 요리사, 원예사 등 사람들이 와서 새주인한테 인사를 드렸다. 심우는 이때서야 총표두 직을 맡은 것이 작은 일이 아니라는 것을 느꼈다. 그들은 서재에 잠시 앉았다. 심우가 그 석 장의 청첩을 장홍양에게 보이며 그에게 의견을 물었다. 장홍양이 말했다.

"여기 이 두 장은 우리와 다년 간의 왕래가 있는 수륙반운水陸搬運 동업자들인데 심형이 총표두 직을 맡은 것을 알고 청하는 것이오. 그러나 이것은 그들의 예의상 청하는 것이므로 가지 않아도 상관없소. 사람을 보내 인사드리면 되는 것이오. 하지만 방공영 총순포 대인의 요청은 응하지 않을 수가 없소."

심우가 고개를 끄덕이면서 말했다.

"저도 그렇게 생각합니다."

향상여가 말했다.

"방공영은 무공이 고강할 뿐만 아니라 성격도 시원시원하고 도량이 넓은 인물이라 할 수 있다고 들었소."

장홍양이 말했다.

"향선배의 말씀이 지당합니다. 방대인은 이미 십오년 넘게 그 일을 해온 분으로, 관할 지구가 천리에 달합니다. 만약에 재능이 없는 사람이라면 총순포 직을 맡을 수가 없습니다."

그는 잠시 끊었다가 또 말을 이었다.

"방공영은 우리 표국을 가장 중시합니다. 그건 그가 비록 여러 분야의 많은 사람들을 알고 있지만, 그들을 다 동원해서 알아내려고 하는 소식을 알아내지 못하는 경우가 자주 있습니다. 그럴 때면 우리와 같이 표국 일에 종사하는 사람들이 왕왕 그에게 제일 중요한 단서를 알려줍니다. 이 점은 심형이 알고 있을 것인데 보통 어떤 겁안劫案이나 흉살안凶殺案은 아무 실마리도 잡아낼 수 없을 때가 있는데 대다수는 흑도의 고수들이나, 혹은 무림 중 사파 인물들이 저지를 짓입니다."

심우는 고개를 끄덕였고, 흑도 고수들이나 무림 사파 인물들이 일반 강호 인사들과 잘 왕래하지 않는다는 것을 알았다. 다시 말해서 그들은 다른 계층의 인물들이기 때문에 반드시 표국이 끼어들어야만 약간이라도 소식을 얻을 수 있는 것이었다. 향상여가 말했다.

"방공영도 우리와 연락이 필요하고, 우리도 자주 그의 공문 세력을 빌어야 하기에 이만한 거래는 쌍방에서 모두 원한 것이라고 보아야 합니다."

심우는 속으로 향상여와 장홍양 두 사람이 그가 나이가 어리고 경험이 적은 것을 두려워하여 지금 그에게 여러 가지 면들을 알려주고 있다는 것을 알았다. 그가 이런 호의를 당연히 거절할 리 없었다. 사실상 많은 일들은 확실히 풍부한 경험으로 처리해야 되는 것이다. 그냥 무공만을 믿고 해서는 안되는 것이다. 장홍양도 표국의 국주로서 요청을 받은 손님 중의 한사람이었다. 따라서 저녁 무렵쯤 그와 심우는 마차에 앉아 연회장으로 향했다. 방공영은 비만한 신체에 키가 컸다. 나이는 오십 정도였는데 동작이 힘있고 목소리가 우렁찼다. 말할 때마다 기색이 솔직하고 성실한 느낌을 주어 사람에게 쉽게 믿음을 주었다.

이번 연회는 방공영이 특별히 심우를 위해 마련한 것이었고, 같이 참석한 사람들이 모두 여섯이었는데 다들 본성 각 표국의 운영자거나 총표두들이었다. 그외 옷차림이 점잖은 한 중년인이 있었는데 방공영의 부하 조정윤趙正倫이었다. 심우는 이 사람들과 인사를 나누며 조심스레 그들의 이름과 특징들을 하나하나 기억했다. 그 중 세 사람을 특별히 주의했는데, 무위표국武威鏢局의 도맹비屠孟飛, 사해표국四海鏢局의 공임중孔任重, 그리고 호광표국湖廣鏢局의 가제지賈濟之였다. 이 세 사람 중 앞의 도씨와 공씨 두 사람은 모두 전국에서 첫째 둘째 손꼽히는 대 표국들이 남경이 세운 분사의 운영자들이었다. 그들 총국은 북경에 있었다.

마지막 가씨의 표국은 작은 표점鏢店에 불과한데 일꾼도 적고 명성도 그리 없었다. 하지만 이 총표두 가제지는 비록 외모가 평범해도 깊이를 알 수 없는 신광을 가진 한 쌍의 눈을 가지고 있었다. 심우같은 내외공을 겸비한 사람만이 그가 고수임을 알아볼 수 있었다. 바로 재주는 비상하지만 사업이 불진한 이러한 모순적인 형세는 심우로 하여금 그에 대해 특별한 주의를 끌게 하였다. 무위의 도맹비와 사해의 공임중 이 두사람에 관해서는 능력이 상당한 사람들이라는 것이 분명했다. 그들의 방대한 사업으로 놓고 봐도 이 두 사람은 필히 걸출한 사람들이고 모두 고명하다는 것으로 심우는 이상할 바 없이 여겨졌다.

그가 다른 사람을 가늠하고 있을 때 상대방도 그를 가늠하고 있었다. 더욱이 첫째로 그가 표항 출신도 아니고, 둘째로는 나이도 어린데 갑자기 한 표국을 떠맡았으니 말이다. 비록 남경표국의 업무가 이류에 속하는 표국이지만 그래도 호광과 같은 작은 표점과 동일하다고 말할 수는 없었다.

장홍양이 어떤 사람인가, 옆에서 한참 지켜본 그는 이미 이 동항들이 다들 심우를 얕잡아본다는 것을 알아챘다. 그도 이 노강호들의 마음을 잘 알고 있었는데 그들이 얕잡아본 것은 심우 본인의 능력인 것이 아니라 그의 나이었다. 이 점은 그도 처음에 그랬던 것이다. 그뒤 향상여가 적극 추천하고, 또한 그도 향상여를 존경해왔던 지라 결국은 그를 믿게 되었던 것이다.

그러나 이 동항들은 향상여의 적극 추천하는 말을 들은 적이 없었다. 그들의 경험에 근거하면 무공이 높다고 하여 표항에서 잘해낼 수 있다고는 말을 하지 못한다. 그것은 이 항업이 다루어야 하는 면이 너무 넓고, 당해내야 할 사람이 각양각색이라로 할 수 있었기 때문에, 만약 처세술 등 모든 방면에 수완이 좋은 사람이 아니고, 툭하면 남에게 미움을 사게 된다면 결국엔 하나도 일을 처리하기가 어렵게 될 것이다.

그러므로 모두들 심우가 아무리 무공이 고명하다고 해도 이 항업을 하려면 적어도 십년 팔년의 경력을 갖추고 있어야 총표두의 자리에 적합하다고 보았다. 만약 그가 천성적으로 지도자감이 못되거나, 그에게 각종 사람들을 대처할 수 있는 재능이 없다면 그는 한평생 표사鏢師나 해야 한다는 것이다.

비록 많은 사람들이 심우에 대해 높이 평가하지 않았지만 모두들 표면상으로는 아주 존중을 표했다. 장홍양 같은 대단한 사람이라야 그들의 진정한 본심을 읽어낼 수 있었다. 그 자리에서 그들은 아주 화기애애한 분위기 속에서 이야기를 나누었고, 동시에 서로 소식들을 교환하였다. 공임중이 표항 중에 이름있는 한 동년배가 세상을 떴다는 소식을 말하자 방공영이 즉시 말을 이었다.

"듣자하니 며칠 전 어떤 무림 명가가 남경 관할 땅을 지나갔다고 하던데 어떤 선배들인지 모르겠습니다. 형제는 이 소식을 잘 들어서 알고 있습니다. 아마도 연회를 차려서 예의를 차렸을 거라고 생각됩니다."

도맹비가 말했다.

"방대인께선 정말 소식이 영통하십니다. 그렇습니다, 강남江南 구관장九官莊 장주 유능풍劉淩風, 영사파靈蛇派 명숙 섭삼광葉三光 두 분이 모두 이틀 전에 선후로 본성을 경과했습니다."

이 두 사람은 모두 강남 무림 명가들이어서 심우도 그들의 이름을 들어본 적이 있었다. 그래서 모두들 주의깊게 계속 그들의 행적을 물어볼 때 이상하게 여기지 않았다. 그러나 다시 생각해보면 유능풍, 섭삼광은 일류 고수들 속에 속하지 못한 이들이었다. 그래서 심우는 개인적으로 그들에 대해 별로 호기심이 일지 않았다. 방공영이 미간을 찌푸리더니 말했다.

"이 두 선배는 모두 대명가들로서 이미 은거하여 편히 지내시던 분들인데 어찌 다시 강호에 다시 들어온 건지, 제가 알기로는 며칠 전 남방의 명가 음숙音宿도 이미 세 분이 지나간 길을 통해 본성의 북쪽을 향했다고 합니다. 그들의 노선이 같은 것을 보아 혹시 북방 무림에 무슨 큰 일이 일어난 것이 아닌가 합니다."

그가 이렇게 물으니 그제서야 심우는 흥미가 일었다. 도맹비가 웃으며 말했다.

"방대인께선 치안이라는 중임을 맡으신 분이니 시시각각 임무에 충실하셔야겠지요. 저는 이에 대해 세심히 알아본 적 없고, 유장주께서도 언급하신 바 없습니다."

그는 이미 구관장 장주 유능풍과 같이 있던 일을 암시하니, 참석한 모두들 암중으로 그에 대한 존경심이 더욱 일었다. 방공영이 말했다.

"그런가요. 북방에서 비록 어느 지역이 안정적이지 못하다고 하더라도 남방의 명숙들이 분분히 북방으로 가야할 일이 없지 않겠어요?"

방공영이 말했다.

"없다면 그것이 가장 좋지요. 하지만 만약 있다면 그 일은 분명 사람들로 하여금 좌불안석이 되도록 할 겁니다."

모든 이들의 웃음이 아직 가라앉기 전에 좌중의 가제지가 말했다.

"제가 올 때 마침 북방에서 돌아온 한 분을 만났는데 그가 말하기를 하남 개봉開封 지역에서 무림 풍파가 일어났다고 합니다. 혹시 여러분은 려사라는 이름을 가진 사람을 알고 있습니까?"

다른 사람들은 아무 반응이 없는데 심우만이 저도 모르게 눈이 휘둥그레졌다. 그의 모습은 바로 다른 사람에게 발각됐다. 그러나 이 노강호들은 누구도 그에게 더 묻지 않았다. 그들은 언행에 있어 틀을 중시하는데, 때가 이르기 전에는 누구도 경거망동하려 하지 않는 것이다. 가제지가 또 말했다.

"제가 들은 소식이 아직 상세하지 못합니다. 다만 그 려사라는 사람이 나이가 어리지만 도법 대가라 하여 하남에서 두 번 나타난 적이 있는데 이미 세 명의 고수를 꺾었고, 동시에 많은 사람을 죽였다고 합니다."

도맹비가 물었다.

"그가 죽인 사람들은 어떤 사람들입니까?"

가제지가 말했다.

"모두 양민백성들이라고 합니다."

공임중이 말했다.

"그가 도법 대가라면서 어찌 무고한 사람을 마음대로 죽일 수 있단 말입니까?"

가제지가 이었다.

"그러게 말입니다. 그래서 듣자니 숭산嵩山 소림사少林寺, 종남終南 태을궁太乙宮 등 대문파에서 모두 사람을 파견해 려사를 대처하겠다고 합니다."

그가 여기까지 말하니 모두들 그가 이미 알고 있는 모든 소식을 모두 말했다는 것을 눈치챘다. 그리고는 모든 사람의 눈길이 약속이나 한 듯이 심우에게로 돌려졌다. 심우는 미소를 지으며 말했다.

"하남河南에 나타났다는 이 려사는 아마 가짜인 것 같습니다."

그가 이렇게 말하자 모든 사람이 놀랐고 가제지는 더구나 무안하여 얼굴이 변색하면서 입을 열려고 하였다. 심우가 계속 말을 이었다.

"가형의 소식은 다른 사람 입에서 들은 것이고, 북방에서 전해진 것인데, 그러면 려사가 풍파를 일으킨 시간이 보름내지 한달 전에 생긴 일이라고 봐야겠지 않습니까. 가형 그렇죠?"

가제지는 얼굴이 어두워지더니 머리를 끄덕였다. 심우가 또 말했다.

"그러나 보름내지 한달 전에 제가 려사와 사천 동쪽 무산현巫山縣에 함께 있었으니, 저는 려사가 분신하여 하남에서 나타날 수 없다고 봅니다."

좌중에 한 장년인이 말했다.

"제가 전에 아는 분에게 들은 적 있는데, 심형과 려사, 그리고 또 한 여협이 함께 성도에서 나타났다고 합니다."

모든 사람이 발언한 사람을 바라보니 그는 바로 이통표국利通鏢局 총표두總鏢頭 서승인徐勝仁이었다. 그가 계속해 말했다.

"여러분도 알다시피 천성川省에 호두태세虎頭太歲 팽웅彭雄과 지행서地行鼠 기노이紀老二 두 사람은 서로 철천지 원수죠. 하여 기노이가 몇 명의 무림 고수들을 청하여 팽웅을 대처하려 했는데 갑자기 려사를 만나는 바람에 기노이와 청해온 고수들 모두 실패하고 도망쳤다고 합니다."

심우가 고개를 끄덕이며 말했다.

"서형께서 말한 것이 맞습니다."

사람들은 심우가 려사와 친구이다 보니 단번에 하남에 나타난 것이 가짜라고 한 까닭을 알았다. 서승인이 또 말했다.

"심형은 마중창과 우득시 이 두 사람을 알고 있습니까?"

심우가 말했다.

"알고 있습니다. 그들은 모두 천성川省의 친구들입니다."

서승인이 말했다.

"그러니까 맞습니다. 형제들의 소식은 마, 우 두 사람과 교류가 있는 사람한테서 들은 것이 아닙니까."

심우가 말했다.

"마중창과 우득시 모두 려사의 손에 죽었습니다."

서승인이 놀라며 물었다.

"듣자니 그들은 심형을 도와 무슨 일을 한다고 하던데 이 말이 맞습니까?"

심우가 말했다.

"그 말은 맞습니다. 그러나 그들이 려사를 만났을 때 그런 봉변을 당하게 되었습니다."

삽시에 객청의 분위기가 숙연해 지면서 모두들 마음속으로 생각이 많아졌다. 심우는 아직 자신의 지위가 미묘했으므로, 기실 마중창과 우득시가 자기 때문에 죽었다는 내정을 말하기가 어려웠다. 그래서 대략적으로 말했던 것이다. 방공영이 말했다.

"이렇게 말하면 그 려사라는 사람은 정말 사람을 마음대로 죽이는 불법지도不法之徒이군요."

심우가 말했다.

"방대인께서 말씀하신 것이 맞습니다. 그러나 그가 다른 불법지도와 다른 점이 있다면 바로 그의 무공이 정말 고명하다는 것입니다. 일반 무림 고수들은 그를 건드리지도 못합니다."

가제지가 돌연히 물었다.

"심우, 당신은 그의 친구입니까?"

심우는 머리를 흔들며 말했다.

"저는 그와 친구가 아닙니다. 저 역시 그와는 비교할 수 없습니다."

그는 사람들이 얼마나 려사의 무공이 어느 정도로 높은 지 알 수 없으니, 말해보았자 쉽게 믿지 못할 것이라 확신했다. 그런고로 그는 바로 예를 들어 말했다.

"다들 사천의 연위보連威堡를 알고 계시죠. 바로 연위보 보주 진백위가 려협의 손에 죽었습니다."

도맹비, 공임중 등 사람들이 모두 크게 놀랐다. 그들의 표국은 전국적으로 큰 이름을 얻고 있는 지라 각지 흑도 상의 인물들을 다른 사람들보다 잘 알고 있었다. 도맹비가 말했다.

"진백위는 다년간 흑도를 이끌었는데 듣자니 아미, 청성 등 대문파도 그의 역량을 빌어 세력이 강한 도적들을 제어하고, 안전하게 치안을 유지시켰다고 합니다."

공임중이 말했다.

"저는 또한 진백위가 명문 출신이며, 무공이 고강하고 일반 흑도 두목들과 비할 수 없다고 이야기 들었습니다."

그들이 이렇게 말하자 사람들은 려사가 진백위를 죽인 일은 쉽지 않은 일이며 또 한편으로 그의 행실이 막무가내로 좋지 않음을 알 수 있었다. 심우가 말했다.

"진백위가 죽은 일을 연위보에서 아마도 정식으로 선포를 하지 않았을 것입니다. 어떻든 간에 려사가 하남으로 갈 수는 없습니다. 제가 직접 친눈으로 그가 절벽 아래 백십여 장되는 돌모래에 매장당한 것을 보았는데, 그가 불사금강不死金剛이 아닌 이상 이미 황천에 갔다고 보는 것이 옳을 겁니다."

그가 제일 마지막에 말한 소식에 사람들은 매우 놀랐다. 더구나 호광표국의 가제지는 믿지 못한다는 눈길로 그를 주시하였다. 방공영이 크게 웃으며 말했다.

"심형은 보통 사람이 아닙니다. 직접 눈으로 려사가 죽는 것을 보았다니, 그렇다면 그 사람 때문에 더 신경 쓸 것이 없습니다. 자, 자. 한잔 합시다."

사람들은 잠시 화제를 돌린 듯하더니 연회가 끝나고 다른 자그마한 객실에서 차를 마시며 또 이 일을 거론하기 시작했다. 가제지가 물었다.

"심형은 우리 중에서 유일하게 려사를 만나본 사람인데 혹시 하남에서 왜 려사의 이름을 도용하고 다니는 사람이 있는지 알고 있습니까?"
심우가 말했다.
"저도 그 점은 잘 모르겠습니다."
공임중이 말했다.
"려사가 절벽에서 떨어졌다는 것은 자기 스스로 실족하여 떨어진 것입니까?"
심우가 웃으며 말했다.
"당연히 아니죠, 금방 서형께서 성도成都에서의 풍파를 얘기하지 않았습니까. 려사가 그곳에서 세 명의 무림고수를 다치게 한 것이 살신지화殺身之禍를 부른 거죠."
중인이 귀기울여 들었다. 심우가 말을 이었다.
"이 세 명의 다친 사람은 무림 중 제일 기괴한 문파 구리파의 제자들인데, 그들의 비전인 연수 결진聯手結陣 무공은 천하무쌍이라 할 수 있습니다. 이후에 아홉 명이 연합하여 려사를 상대한 것입니다."
가제지가 말했다.
"려사가 아홉 명의 연수 공격 하에 당했으니, 그의 무공이 안된다고 말을 할 수는 없을 것입니다."
심우가 말했다.
"당시 그 구리파의 아홉 고수는 그래도 려사를 이길 수가 없었습니다. 마지막에는 사전에 매장해 놓은 폭탄을 폭파시켜 절벽을 붕괴시킨 후 돌모래 속에 려사를 묻히게 하여 끝장낸 것입니다."
도맹비가 말했다.
"심형의 뜻은 그 구리파의 아홉 고수가 진정 무공으로는 려사를 이

길 수가 없단 얘기입니까?"

심우가 머리를 끄덕이며 말했다.

"바로 그렇습니다."

그가 여러 사람을 살피니 어떤 사람은 려사의 무공이 그토록 고명하다는 것을 믿지 않는 기색이었고, 어떤 사람은 구리파의 사람들이 고수가 아닐 것이라 생각하고 있었다. 그래서 심우가 또 말했다.

"제가 눈으로 그 구리파 사람들을 보았는데 개개인의 공력이 심후하고, 초식이 매우 기괴함에도 불구하고 려사를 꺾을 수 없음에 믿기 힘들었습니다. 만약에 그들이 사전에 매장한 폭탄을 교묘하게 터뜨려 려사를 절벽 아래로 떨어뜨리지 못했더라면 아마도 그 사람들이 큰코다쳤을 것입니다."

방공영이 이상하다는 어투로 말했다.

"이런 흉학한 일들은 참 들을 만하네요."

가제지가 이었다.

"방대인이 호기심을 갖고 있다는 것을 모두들 알아낼 수 있었습니다. 방대인께서 여기 귀부의 지형을 심형한테 알려주는 것마저 잊고 있으니 말입니다."

심형이 의혹의 눈길로 사방을 둘러보았다. 그러나 그는 도무지 이 작은 객실과 밖의 작은 마당, 이처럼 간단한 형세를 무슨 소개할 가치가 있나 싶었다. 방공영이 허허 웃으며 말했다.

"이것은 저의 집의 작은 비밀인데 가제지 총표두가 입밖에 냈으니 제가 심형한테 간단히 소개할 수밖에 없네요. 이 마당의 담장 밖에 또 하나의 마당이 있는데 더 가면 오척 높이의 낮은 담장이 있습니다. 밖에서 사람들이 아주 쉽게 원 내의 정황을 알 수 있죠."

여기까지 들은 심우는 아직도 단서를 찾을 수 없어 더욱 흥미진진하게 귀기울여 들었다. 방공영은 계속해서 말했다.

"그 낮은 담장 밖에는 사람들의 집이 있고, 그 사람들의 집 담장은 모두 높이가 두 장 이상이나 됩니다. 따라서 만약 어떤 이가 골목으로 들어와 이곳으로 오게 되면 겨우 저희 집 마당이나 볼 수 있게 됩니다."

다른 사람들이 모두 가만있자 심우가 생각했다.

'그럼 그들이 이 비밀을 모두 알고 있단 말인가?'

심우가 바로 물었다.

"그럼 방대인 이 집은 일부러 밖에서 행인들이 안의 상황을 들여다볼 수 있게 만들었단 말입니까?"

방공영이 고개를 끄덕이며 말했다.

"그렇습니다. 바로 이 골목으로 나가면 큰 공터인데 그 옆에 본성의 감옥이 있습니다. 이 두 높은 담장 뒤에 갇힌 사람들은 사형범이 아니면 중형범들입니다."

심우는 알아챘다는 듯이 말했다.

"그럼 방대인은 일부러 담장을 덜어내어 도망범들의 함정으로 만들었단 말입니까? 이건 방대인이 치안 유지의 중임을 맡지 않고서야 누구도 이렇게 할 수가 없는 일이죠."

방공영이 말했다.

"심형은 듣자마자 알아차렸군요. 정말 재질이 뛰어난 분입니다."

심우가 말했다.

"방대인 무슨 말씀을 하십니까. 다만 옥에서 탈출하는 일들이 자주 발생합니까?"

방공영이 머리를 끄덕이며 말했다.

"그렇습니다. 이 감옥 안에는 사형범이 천명도 넘습니다. 그것은 남방 여러 성의 사형범들은 모두 여기로 보내오기 때문입니다. 중형범도 몇천명이 되는데 모두 큰 안건에 관련된 자들입니다. 사건의 내막을 들여다보면 한 성의 범위를 넘은 것도 있고 아니면 여러 사건에 걸쳐 있는 사람도 있고, 이들을 모두 남경으로 보냅니다."

그 당시 남경은 남방의 중앙 정부라는 허명虛名을 보유하고 있었는데 각 부部, 부府, 원院, 사寺, 감監 등 관제는 북경北京과 마찬가지였으며, 다만 내각內閣이 없고 인원이 적었을 뿐이었다. 남직예南直隸의 범위가 넓기로 강소江蘇, 절강浙江 두 성을 포괄하니 방공영 이 총포두의 권력은 말할 것도 없이 대단히 컸다. 하지만 일도 많은데다가 남방 여러 성의 중안重案들도 남경으로 옮겨오니 방공영의 책임이 막중하였다. 듣고만 있던 방공영이 말했다.

"저는 항상 범인에 대해 지나치게 엄격하게 대하지 말 것을 주장합니다. 더욱이 사형범들인데 그 중 억울함을 당한 사람도 있기 마련입니다. 만약 그들이 참형당할 시간이 정해진 사람에게도 엄한 수단으로 대한다면 그것은 말이 안된다고 생각합니다. 그래서 여기 이 감옥에 있는 범인들은 다른 전국 각지의 감옥 생활보다 형편이 낫다고 볼 수 있습니다. 그러므로 기회를 포착하여 달아날 틈이 있어 감옥을 탈주하는 일들이 자주 발생하기도 합니다."

심우는 그가 수범자에게 관대해야 한다는 주장을 강하게 하는 것을 듣고 숙연해졌고 존경심이 일어났으며 다음과 같은 생각이 들었다.

'공문 중에서 첫째 둘째가라면 서러워할 인물임에도 불구하고 구태의연한 악습이 없으며, 의연히 개인의 권리를 존중해주니 이런 견식과 포용력은 보통 사람들에게서 찾아볼 수 있는 것이 아니다.'

그는 참지 못하고 진지하게 물었다.

"그럼 감옥에서 도망치는 일들이 자주 발생하면 방대인에게 있어서 좋은 일은 아닌 듯싶습니다."

방공영이 웃으며 말했다.

"이런 것쯤이야 감당할 수 있습니다. 또 하나 알려드리겠는데 제게 다른 수단이 있어 거의 탈주범들을 다시 잡아온답니다."

심우가 놀라며 물었다.

"이 함정을 이용해서 말입니까? 정말 효과가 있습니다. 그런데 한번 두번 일이 있은 후에는 범인들이 서로 알려주고 할 텐데 어떻게 계속 효력을 유지할 수 있습니까?"

방공영이 말했다.

"이미 한번 도망쳤던 사람들을 잡아온 후에는 격리시킵니다. 즉시 처결할 범인이 아니라면 다른 감옥으로 이송합니다. 그러면 다신 도망칠 기회가 없죠. 그 다음 감옥은 감시가 삼엄하여 누구도 도망쳐 나간 적이 없습니다."

심우가 말했다.

"제가 알 것 같습니다. 방대인은 범인들에게 인자하게 좋은 기회를 주는데 그들이 만약 악성을 고치지 못하고 도망치려고 한다면 그때는 정말로 가두는 거죠."

방공영이 말했다.

"심형이 말한 것이 맞습니다. 저의 관찰에 의하면 세상의 사람에게 너무나 많은 관용을 베풀 필요는 없습니다. 더욱이 사람들에게 유해한 인간들은 한번의 기회밖에 줄 수 없습니다. 만약 계속 고치지 않는다면 엄격하게 제지를 해야죠. 이런 사람들이 세상에 도망나가 다른 사람들한테 해를 끼치지 못하게 말입니다."

그는 잠시 멈추었다가 다시 말했다.

"모든 범인한테 반복적으로 이 도리를 알려준 적 있는데 그럼에도 불구하고 도망가려고 하는 사람은 절대 다수가 완고하고 비열하며 사나운 악한들이죠."

그가 여기까지 말하고 있는데 뜻밖에도 종 소리가 들려왔다. 이어 또 세 번의 짧은 종 소리가 들렸다. 방공영이 얼굴색이 조금 변하더니 말했다.

"정말 괘씸하군요. 도망가는 사람이 있습니다, 그것도 세 명이나 말입니다."

앉아있던 사람들 모두 흥분의 기색을 감출 수 없었으며 눈길을 돌려 마당 쪽을 바라보았다. 방공영이 말했다.

"지금 이 세 탈주범들이 이쪽으로 달아나고 있습니다. 골목으로 접어들어서 담장을 따라 여기로 올 것입니다. 여러분이 마침 볼 수 있게 되였으니 이쪽으로 와서 보시면 잘 보일 것입니다."

그는 사람들을 이끌고 마당으로 들어와 오른쪽 벽으로 갔다. 꽃 근처의 나무판을 옮기니 벽에 넓적한 금이 가 있었는데 원래는 벽돌을 한 줄 빼내었던 것이다. 그러나 금 저쪽은 빽빽한 넝쿨에 가려져 있어 그 넝쿨 사이로 내다볼 수는 있었지만 저쪽 사람들은 절대 누가 보고 있다는 것을 알아차릴 수가 없었다. 심우 등 팔구 명이 사람들은 숨을 죽이고 밖을 내다보고 있었는데 마당 저쪽에는 꽃과 나무들이 심어져 있었다. 대청이 왼쪽에 있으므로 그들은 다만 대청 문 밖의 일부분만 볼 수 있었는데, 이와 마찬가지로 밖의 낮은 벽을 통해 안을 들여다 보는 사람도 다만 대청의 일부분만을 볼 수 있었다.

순식간에 세 사람이 나타났는데 모두 낮은 담장 밖에서 발길을 멈췄다. 이 세 사람 중 둘은 만면에 수염이 나 있었고 머리도 산발을 하고 있었다. 다른 한명은 하얗고 깨끗한 얼굴의 사십 세쯤 되어 보이는 남자였다. 그들은 모두 죄수복을 입고 있었는데 한눈에 탈주범이라는 것을 알 수 있었다. 이 세명의 도망범 중에는 만면에 수염인 둘은 비록 크고 흉하게 생겨 사람으로 하여금 두려움을 주는 인상이었지만, 얼굴이 하얀 중년 남자가 이들 집단의 수령인 것으로 보였다. 그 중년남자의 태도가 신중하고, 눈길이 예리하여 다른 둘보다 높은 기질을 갖고 있었다. 그는 담장 안쪽의 형세를 살피더니 머리를 끄덕이며 말했다.

"우리는 들어가서 먼저 몸을 은신합시다."

한 대한이 말했다.

"여긴 감옥과 너무 가까이어서 좀 더 멀리 가는 것이 좋겠습니다."

그러자 중년남자가 냉랭하게 말했다.

"더 멀리 간다고요? 이 시퍼런 대낮에 우리가 이 죄수옷을 입고 어디로 달아난단 말입니까?"

담장 이쪽 사람들은 그들의 행동을 볼 수 있을 뿐만 아니라 대화도 들을 수 있었는데 모두 약속이나 한 듯이 방공영의 이 함정이 참 교묘하다고 느껴졌다. 그 세 사람은 담장을 넘어왔는데 사람들은 세 사람의 동작을 보고 놀랐다. 그들의 동작이 민첩한 것을 보아 경공 고수임이 분명했다. 그 중년 남자가 솔선해 행동하면서 말했다.

"우리 먼저 이 옷을 바꿔입고 봅시다."

그들은 대청 쪽으로 향했는데 대청 쪽으로 해서 뒤란에 들어가 옷도 훔치고 동시에 돈도 좀 훔쳐 쓸 생각이었다. 그들이 막 층계를 올라 갈려고 하다가 모두 발길을 멈췄다. 계단 위에 한 사람이 나타났는데 다름 아닌 남직예 총포두 방공영이었다. 방공영은 비록 혼자였지만 그의 기백과 위세는 사람으로 하여금 간단치 않은 인물임을 보여주었다. 중년 남자가 먼저 입을 열었다.

"당신은 누구십니까?"

방공영이 냉랭하게 말했다.

"본인은 남직예 소속으로 이곳 주변 수천리의 순찰을 담당하고 있는 방공영이라고 합니다. 당신들이 내 이름을 들어보았는지 모르겠습니다."

이 세 탈주범들은 모두 놀라 멍해졌다. 그러면서 왜 이 사람이 이토록 대담하게 혼자 나타나 그들의 갈 길을 막는지도 알 것 같았다. 우두머리인 중년 남자가 말했다.

"원래는 총포두 방대인이셨군요. 우리는 그럼 스스로 그물 속으로 뛰어든 것이 아닙니까?"

방공영이 말했다.

"당신이 지금 입으로 말은 이렇게 하고 있지만 속으로는 다른 생각이 있죠. 내 말이 맞습니까?"

그 남자가 말했다.

"역시나 방대인은 공문의 노련함이 있습니다. 안력이나 재질이 모두 뛰어나시군요. 그렇습니다. 제가 다른 타산이 있는지 어떻게 제 생각을 알아낸 겁니까?"

방공영이 말했다.

"말해줘도 괜찮죠. 우선 당신의 눈빛에서 이미 흉심이 드러났습니다. 잡히기를 거부한다는 것이죠. 둘째로는 당신들이 담장을 넘는 수법에서 알 수 있었는데 세 사람 모두 무공이 상당한 사람들이라는 것을 알 수 있었죠. 무공이 있으니 한번 손을 써보려고 하는 것도 당연합니다."

중년남자가 말했다.

"방대인의 생각이 정확하시군요. 정말 탄복합니다. 그러나 한가지 일은 알아맞히지 못할 것입니다."

방공영이 말했다.

"세상 일이 많기로 쇠털과 같은데 내가 어떻게 다 알아맞힐 수가 있겠습니까?"

중년 남자가 말했다.

"제가 말한 것은 제가 감옥에 들어간 일을 말하는 것입니다. 아마 알려드리면 절대 믿지 못할 것입니다."

방공영이 말했다.

"그렇다면 당신이 스스로 말하는 것이 어떻습니까? 그 김에 이름도 대고 말입니다."

중년 남자가 말했다.

"저는 시도時都라고 하고 산동山東 사람입니다."

방공영이 바로 이어서 말했다.

"원래는 익남冀南 무림 고수 시도형이군요. 제가 생각하건데 감옥에 들어갈 때는 이 이름을 쓰지 않았죠?"

시도는 머리를 끄덕이며 말했다.

"그렇습니다, 제가 들어갈 때는 다른 이름을 썼습니다."

방공영은 예리한 눈길로 다른 두 명을 보며 말했다.

"이 두 분은 낯익은데 모두 강남 흑도 상의 친구들인 것 같습니다."

그 두 사람은 방공영을 몹시 무서워하는 듯 그의 눈길을 피하며 감히 마주보지 못하였다. 시도가 말했다.

"이 두 분은 제가 감옥에서 사귄 친구들입니다. 이분은 계진국季鎮國 형이고 이분은 유흠劉欽 형입니다."

방공영이 놀라며 말했다.

"원래 모두들 단독으로 움직이는 해적들이었군. 그러니 낯익을 수밖에 없지."

사실 그는 이 두 사람을 알아보지 못할 수가 없었는데도 이렇게 말한 것이었다. 시도가 말했다.

"방대인이 여기서 나타날 때는 이미 준비가 있었을 텐데 우리들은 스스로 그물 속에 들어온 것이니 누구 탓도 아니죠. 그런데 왜 아직도 수하들이 나타나지 않는 것이지요?"

방공영이 말했다.

"만약 내가 일찍이 당신들 세 분인걸 알았으면 병사들을 소집했을 것입니다."

시도는 하나도 이 공문 고수를 두려워하는 것 같지 않았다. 그는 담담히 웃으며 말했다.

"방대인이 이렇게 저희들을 높게 대할 필요가 없습니다. 그러나 만약 방대인이 서로 이야기를 나눌 생각이 있다면 저에게도 생각이 하나 있습니다. 우리 쌍방에게 이익이 되면 되었지 해는 없을 것으로 압니다. 방대인께서 받아 들으시겠는지요?"

방공영이 속으로 생각하고 있는 것이 바로 옆에서 내다보고 있는 사람들과 같은 느낌이었는데 이 시도의 말과 태도 중에 손을 쓸 생각은 아예 없다는 것이다. 이런 반응은 다른 탈주범들이 공인을 만났을 때와 너무도 달랐는데, 이중에 필시 무슨 속셈이 있는 것이 분명했다. 시도는 익남 무림에서 꽤 이름이 있는 사람인데, 무공이 고강할 뿐만 아니라 동시에 전문적으로 암거래를 하는 사람이었다. 기이한 성격을 가진 사람이라는 명성이 자자한 인물이었다. 만약 단지 무공만을 논하자면 시도는 방공영, 혹은 그 어떤 고수하고도 손을 쓸 수 있는 실력이 있었다. 그러나 공문 고수와 결투를 하는 것은 강호 사람들이 모두 범하기 싫어하는 금기 같은 것이었다. 일단 공문의 유명한 인물을 죽이면 그는 천하 관가의 역량과 적대시하는 것으로, 만약 부모나 아내가 있다면 더구나 그 해가 그 집안에 까지 미치게 되기 때문이다.

다시 말하자면 그 어떤 사람도 일단 천하 공문 포두의 원수가 된다면 그가 얼마나 큰 재주가 있던지 간에 편안한 날을 보낼 생각을 말아야 한다. 이런 상황은 누구나 잘 알고 있었다. 따라서 제아무리 흉악한 죄인이라고 해도 다른 선택이 없는 상황이 아니라면 될 수 있으면 가급적 공문의 사람을 죽이지 않았다. 공문 중의 유명한 인물에게는 더군다나 가해할 수 없었다. 시도의 표현은 이 원칙과 딱 위반되었다. 그래서 방공영 본인을 포함하여 모든 사람들은 의아해 하였다. 방공영이 이 일을 한지 얼마나 되었던가? 그는 충동적으로 화를 내지는 않으며 천천히 말했다.

"시형, 그 말 흥미롭습니다. 한번 들어보죠."

시도가 말했다.

"지금 방대인은 저희들 셋을 감옥에 다시 넣거나, 우리를 도망치게 하는 것 이 두 길 외에 다른 생각이 없지 않습니까?"

방공영이 말했다.

"아닙니다. 가능하다면 손을 써 셋에게 모두 불행을 줄 수도 있습니다. 이것이 세 번째 가능성입니다."

시도가 말했다.

"만약에 손을 써 생사를 가른다면 어느 한쪽이 살고 죽던지 토론할 필요가 없습니다. 사람이 죽은 후에 무슨 영욕이나 득실이 필요하겠습니까? 그래서 이 한가지는 생략했습니다."

방공영이 머리를 끄덕이며 말했다.

"시형이 말한 것에 도리가 있습니다. 저도 이점을 생략한 것을 동의합니다."

시도가 말했다.

"방대인이 뛰어난 재질과 원대한 계략이 있으신 것을 천하가 알고 있으니 제가 진진하게 상의해 보려고 하는 것입니다."

그는 사방을 유심히 살펴보고 다른 의심스러운 정황이 없자 또 말했다.

"만약에 방대인이 우리들을 놓아준다면 제가 큰 돈을 낼 수 있습니다. 재물 뿐만 아니라 또 다른 것이 있는데, 예를 들면 싫어하는 사람이 갑자기 의외의 사고를 당하게 한다거나, 혹은 어떤 사람들을 감옥에서 좀 쉬게하고 싶다면…."

방공영이 짤라 말했다.

"또 다른 생각이 있습니까?"

시도가 말했다.

"다른 생각은 방대인이 우리를 다시 옥중에 돌아가게 하는 것인데 이것 역시 할 수 있습니다."

방공영이 말했다.

"저는 법을 어긴 사람하고 거래를 하지 않습니다. 이 점을 시형이 잊지 않았으면 좋겠습니다."

시도는 기색의 변화도 없이 웃으며 말했다.

"그렇습죠, 그렇습죠. 방대인 같이 이런 신분을 가진 사람이 어찌 범인의 위협을 받겠습니까? 저는 다만 자그마한 의견을 드려 방대인이 참고하기를 바랄 뿐입니다."

방공영은 경험이 풍부하고 재질이 뛰어났지만 이 시각 도무지 상대방이 무엇을 생각하고 있는 지 알 수가 없었다. 그는 머리를 약간 수그리며 말했다.

"시형이 한번 말해보십시오."

시도가 말했다.

"방대인은 힘을 하나도 안들이고 저를 잡아갈 수 있습니다. 그러나 한가지 고치셔야 할 곳이 있는데, 그것은 고도로 기밀을 지켜야 서로 이익을 볼 수 있습니다."

방공영이 말했다.

"고칠 곳이 하나 있다면 그것은 감옥인데 그러면 시형이 반대할 겁니다."

시도가 웃으며 말했다.

"아닙니다. 당연히 감옥에 돌아가지요. 제가 모를 리도 없고 반대할 이유도 없습니다. 다만 방대인이 기밀을 지키느냐 지키지 않느냐가 관건입니다."

방공영이 난처해 하며 말했다.

"정말 때가 맞지 않습니다. 보통 때 같으면 그 조건이라도 아무 문제가 없습니다. 하지만 지금 많은 표국의 명가들이 직접 눈으로 보고 있고 귀로 듣고 있으니 제가 어찌 기밀을 지킬 수가 있겠습니까?"

그는 노련한 공문 고수인데 상대방이 이런 쉽게 이행할 수 있는 조건을 내놓는다면, 필히 거대한 관계가 있기 마련이니, 대답하지 않을 수도 없는 일이었다. 먼저 그들을 가둔 다음 보자고 해도 이렇게 되면 더 큰 일이 일어날 지도 모르는 일이었다. 그래서 그는 사전에 내막을 알아낸 다음 다시 결정하기로 했다. 그는 신중히 고려한 다음 말했다.

"당신들 세 분이 옥중에 있는다면 또 그 안에는 또 당신들의 행방을 묻는 사람이 있습니까?"

시도가 말했다.

"그렇습니다. 만약 다른 사람들이 저희들이 도망나갔다는 것만 알고 저희가 다시 잡혀갔다는 것을 모르게 된다면 그것으로 좋습니다. 우리들은 이제 방대인을 따라 가겠습니다."

방공영이 말했다.

"원래는 그런 일이었군요. 당신들의 뜻을 알았습니다. 그러나 공사상 기밀을 지키기가 좀 곤란한데 만약에 새어나갔다면 저를 원망하지 마십시오.”

그들이 갑자기 귀 기울여 들으니 고함소리가 바람을 따라 전해오고 있었다. 시도가 말했다.

“방대인이 시간을 끈 이유가 사람들이 모이기를 기다린 것입니까?”

방공영은 근본 이런 뜻이 없었다. 그가 남직예 총포두라는 신분이 있었기에 탈주범에게 일일이 이를 해석할 수가 없었다. 그는 다만 어깨를 으쓱거렸을 뿐 아무 말도 대답하지 않았다. 시도가 또 말했다.

“방대인이 근본적으로 저희들의 말을 듣지 않으니 더 말해보았자 무익합니다. 그럼 먼저 가겠습니다!”

시도의 이 말은 너무 웃겼다. 어디 탈주범이 포두에게 작별인사를 드리는 법이 있는가. 방공영이 입을 열어 말을 하려고 하다가 생각이 바뀐 순간 이미 낮은 담장 밖으로 한 거대한 사람이 걸어오고 있는 것을 발견했다. 이 사람은 순식간에 담장 쪽까지 다가왔다. 방공영도 말을 삼키고 말았다. 이미 시도의 작은 신체가 크게 진동하고 있음을 볼 수 있었는데 심중으로 이 돌연간 나타난 사람이 필히 시도가 탈주한 것과 관련있다는 것을 알 수 있었다.

이 걸어오고 있는 사람은 몸집이 크고 건장하였으며 기백이 넘쳐 흘렀다. 어깨에는 긴장도를 빗겨 차고 있었고, 눈에서는 신광이 사방으로 발출되며 시도를 노려보고 있었다. 시도가 조금 뒤로 들어서자 표국 사람들이 보고 있는 담장에 가까워졌다. 심우는 웃으며 속으로 생각했다.

‘만약 시도가 담장을 넘어 달아나면 제가 갑자기 막아선 후 잡을 수 있습니다.’

그가 눈길을 돌려 보니 기타 동항들은 모두 말에 앉아 당장이라도 쳐들어갈 준비를 하고 있었는데 모두들 그와 같은 생각이었던 것이다. 저쪽에서 걸어오던 대한이 이미 담장을 넘어 마당 안에 들어서서 양천대소하며 말했다.

"시도, 이 큰형님이 나타날 줄 몰랐지?"

시도는 감히 도망가지 않고 말했다.

"마충馬充형, 우리 오랜만이네요."

그 마충이라 불리운 대한이 두 눈을 크게 부라리며 말했다.

"오랜만이긴. 우리 전번 달에 무석無錫에서 만났는데 벌써 못본 지 오래라고 생각되는가? 흥, 흥. 이번엔…"

그는 다른 두 명의 도적들을 힐끗 쳐다보더니 말했다.

"이번엔 몇 명이 당신을 도와준다해도 내 칼을 벗어나 도망갈 수 있다고 생각을 마라."

그는 또 방공영을 보더니 말했다.

"당신은 도주범이 아니군. 모습도 정파답고. 보아하니 시도와 한 길 가는 사람은 아닌 듯한데 그냥 빠지시오."

방공영은 이럴 때 말을 하지 않을 수가 없어 겸손하게 말했다.

"저도 상관없는 일에 개입하기는 싫지만 때론 그럴 수가 없군요. 혹시 그 노서도법魯西刀法 명가 지살도地煞刀 마충형이십니까?"

마충은 그를 주의깊게 한 눈으로 훑어보더니 말했다.

"내가 바로 그 사람이요. 다음 번에는 친구 당신에게 가르침을 받겠소. 시도 이 놈이 교활하기 그지 없으니 이번엔 절대 놓칠 수가 없소."

방공영이 말했다.

“마형이 만리를 마다하지 않고 여기까지 찾아온 것을 보아 시도와 큰 원수를 진 것 같은데 저는 하나도 말릴 생각이 없습니다. 그러나 만약에 시도가 관가 수중에서 국법에 따라 징벌을 받고 있다면, 마형이 법을 어기며 사람을 죽이는 것 보다 낫지 않겠습니까?”

마충은 머리를 연신 흔들며 견결히 말했다.

“안되오. 이 놈이 비록 도망범이라지만 죽을 죄로 감옥에 들어간 것이 아니오. 더구나 내가 직접 그의 생명을 끊고야 말테요.”

시도는 아무 말도 하지 않을 뿐만 아니라 가만히 손짓으로 유흠, 계진국 두 사람에게 아무 말도 행동도 하지 못하게 제지하고 있었다. 눈이 밝은 사람은 그가 지금 방공영을 이용해 그 대신 마충을 상대하고 있다는 것을 알 수 있었다. 방공영은 총포두로서 치안을 유지해야 할 책임을 짊어지고 있다. 아무리 쌍방이 그 어떤 원한이 있더라도 이미 그가 마주친 이상 법을 따라야 하지 마충으로 하여금 마음대로 사람을 죽이게 할 수는 없는 일이었다. 그래서 시도는 잠시 아무 말도 행동도 하지 않고 있다가 형세가 자기한테 유리할 때 도망가거나 아니면 방공영과 함께 마충을 대처하기로 마음먹었다.

그러나 속으로는 너무 두려웠다. 그는 저번에 다른 세 명의 흑도 고수들과 같이 마충을 만나 겨루었을 때 마충의 무공이 예상 밖으로 너무 고강했던 기억이 났다. 그때 만약 그 세 명의 흑도 인물들이 도와주지 않았으면 아마 이미 그한테 목숨을 바치고 말았을 것이다. 따라서 시도는 지금 다만 방공영이 마충과 한판 붙어 겨루기를 바랬다. 이러면 그가 도망갈 수도 있고 또 정황을 보아 손을 써 마충을 죽임으로써 후환을 없앨 수 있었다. 방공영은 소홀히 대할 수가 없었다. 그는 허리에서 연검을 뽑아들어 휘두르더니 말했다.

"마형, 제가 누구인 줄 압니까?"

지살도 마충은 그가 오직 내가의 진력이 고강한 지사들만이 쓸 수 있는 연검을 꺼낸 것을 보고 그를 업신여겨 볼 수가 없었다. 그러나 속으로 또 분노가 넘쳐 크게 욕해댔다.

"난 너같은 자식을 모른다. 네가 감히 막려려고 한다니 어디 목숨을 바쳐라."

그는 "쨍"하는 소리와 함께 장도를 꺼내들더니 도광에 눈이 번쩍하였다. 확실히 날카롭고 빠르기게 대단했다. 방공영이 냉랭하게 말했다.

"마형이 어찌 이리 안하무인입니까? 본인이 남직예 총포두 직을 맡고 있으니 어찌 맘대로 탈옥범을 죽이게 할 수 있습니까?"

마충은 이 사람이 바로 강저江浙 지역을 관할하는 공문 수뇌일 줄은 꿈에도 생각지 못했다. 그는 놀라며 물었다.

"아니, 그럼 당신이 총포두 방공영이란 말입니까?"

방공영이 말했다.

"바로 저입니다."

마충은 흉한 눈을 돌리더니 흉악한 기세를 누그러뜨리고 포권하며 말했다.

"방대인께서는 저의 경솔함을 용서하기 바랍니다. 저와 이 시도 놈은 세불양립하는 사이입니다. 방대인께서 이렇게 막아서다니 급한 마음에 대인에게 심려를 끼쳤습니다."

방공영은 이 사람이 입과 마음이 서로 다른 것을 알았다. 하지만 표면 상으로는 어쩔 수 없이 공수하며 인사를 받았다.

“작은 오해입니다. 마형이 마음에 담아둘 필요가 없습니다.”

시도가 보니 형세가 좋지 않았다. 그가 막 도망치려고 하는데 별안간 담장 뒤에서 소리가 들려왔다. 비록 그 소리는 낮았지만 사람이 매복하고 있음을 알 수 있었다. 그는 다시 생각을 바꾸어 담장을 넘지 않았다. 심우도 자연히 소리가 나는 것을 들었는데 눈을 돌려보자 가제지가 낸 소리임을 발견했다. 심우는 재질이 뛰어난 사람이라 가제지가 고의로 시도에게 이쪽에 사람이 있다는 것을 알려주어 그로 하여금 이쪽으로 도망치지 않게 한 것을 알아차렸다.

가제지의 이 행동은 과연 효과를 보았는데 방공영이 허락하기 전에는 모두들 막연히 손을 쓰지 않게 되었다. 더욱이 그들은 표항 인물들이라 흑도들과 원한을 맺으면 좋지 않았던 것이다. 이런 싸움은 개인적인 이익 차원에서는 하지 않는 게 제일 좋았다. 심우는 이런 생각이 들었다.

‘가제지 머리가 이처럼 영활하니 참으로 보기 드문 인재인데, 그가 작은 표점에 있으면서 아무리 닭의 머리가 될지언정 소의 꼬리가 되지 않으려는 것인가. 그렇지만 그의 재지로 어찌 표점의 경영을 호전시키지 못하는가? 그는 대체 어떤 사람이란 말인가?’

저쪽에서 마충이 말했다.

“방대인이 여기 계시니 저는 그만 물러나겠습니다. 그러나 시도가 교활하기 그지없어 이 반년 동안 저를 몇만리 길을 찾아다니게 했으니 마음의 이 화를 쉽게 풀 수가 없네요. 만약에 방대인이 허락하신다면 제가 대신 그를 잡아 방대인에게 드려 법대로 처리하시도록 하겠습니다.”

시도가 바로 그 말을 이어 받았다.

"방대인, 절대로 그가 손을 쓰게 해서는 안됩니다. 이 사람은 맘먹고 기회를 보아 저를 죽일 생각입니다. 방대인이 절대 그의 속임수에 넘어가지 말길 바랍니다."

방공영이 냉랭하게 말했다.

"본인도 다 생각이 있으니 시형은 근심마십시오."

마충이 말했다.

"맞다. 방대인도 자연히 생각이 있으신데 어디서 감히 가악한 도주범들이 말을 섞는단 말인가. 정말 죽여 마땅합니다."

방공영이 이 말을 듣자 속으로 이 지살도 마충 역시 그냥 흉폭하기만 한 것이 아니라 노련하고 또 교활한 인물임을 알았다. 더욱이 그가 시도와 세력이 대등한 형세가 아니라면 시도도 그에게 쫓겨서 갈 곳이 없게 되지는 않았을 것이다. 그러나 방공영의 입장에서 자연히 마충에게 더 기울일 수밖에 없었다. 왜냐하면 마충은 기껏해 탈주범을 죽이려는 것이고, 시도는 그의 직무와 직접 충돌이 있었던 사람이었다. 방공영이 말했다.

"마형이 비록 당신들과 원한이 있지만 그의 말도 도리가 있습니다. 시형이 만약 손 안쓰고 그냥 잡힌다면 괜찮을텐데 그러지 않는다면 아마 마형이 칼을 뽑아 도와줄 것이므로 당신들은 어떻게 하겠습니까?"

시도가 높이 말했다.

"방대인이 이렇게 협박한다면 저를 원망하지 마십시오."

방공영이 냉소하며 말했다.

"시형이 원래 저를 마음에 두지도 않고 있으면서 왜 이렇게 체면을 차리십니까?"

마충이 큰소리로 말했다.

"방대인, 닭 잡는데 소 잡는 칼을 쓸 필요가 있습니까. 제가 대신 잡아 벌하면 되지 않을까요."

담장 저쪽의 소리가 들려오는데 이젠 마충마저도 들을 수 있었다. 그것도 듣자마자 인원수가 적지 않음을 알 수 있었다. 방공영은 속으로 감사했다. 이 표국 사람들이 고의로 그의 위신을 높여주고 있음을 알 수 있었다. 그가 말했다.

"마형이 손을 쓰면 당연히 식은 죽 먹기죠. 그러나 절대 그의 생명을 끊어서는 안됩니다. 이 점은 꼭 대답해줘야 합니다."

마충이 머리를 숙이며 말했다.

"부득이 할 경우만 아니면 꼭 산 채로 잡을 겁니다."

이때 낮은 담장 밖 골목에서 발소리가 들려왔다. 네 명의 공인이 수색하다 여기에 시도 등 사람이 있는 것을 보고 분분히 병장기를 뽑아 들었다. 방공영은 위세가 더 강해졌다. 비록 이 공인들이 이런 무림 고수들 앞에선 어쩔 수가 없지만 그래도 사람이 많으니 위세는 강했다. 시도는 형세가 위험함을 느꼈다. 더구나 방공영이 이미 마충에게 손을 쓰게 했으니 비록 마충이 산 채로 잡겠다 했지만 그것은 거짓말이고 기회를 보아 자기를 죽일 것이 뻔했기 때문이다. 지금 더 이상 머뭇거릴 수가 없었다. 그는 암호를 내려 유흠과 계진국 두 사람을 마충 쪽으로 도망가라고 했다. 그 자신은 크게 숨을 쉬더니 잽싸게 높이 뛰어 올랐다.

마충은 크게 소리 한번 지르더니 급히 따라갔는데 그는 정면으로 시도를 향해 덮친 것이 아니라 조금 왼쪽으로 가서 따랐다. 그것은 이 담장이 지극히 높았는데 대개 일장하고도 육칠자 정도되어 한번에 건너가기가 힘들었던 것이다. 그래서 그는 벽을 잡고 넘어가려고 했던 것이다. 그가 만약 곧게 덮친다면 시도는 그보다 한발짝 빨리 벽 위로 올라가 쉽게 손을 써 공격할 것이다. 이렇게 되면 그가 봉변을 당하게 될 것이다. 그의 몸이 공중에 떠있을 때 이미 시도는 벽을 잡고 몸을 위로 솟구치더니 벽보다 훨씬 높게 날아올랐다. 시도는 돌연 두 발로 담장 윗 선을 밟더니 잽싸게 방향을 바꾸어 뒤로 담장을 넘지 않고 마당 가운데로 다시 내려왔다.

마충도 급히 방향을 바꾸어 한 손으로 담장을 한번 짚고 몸을 다시 돌리더니 낮은 담장 부근에 내려 시도가 달아나는 것을 막았다. 시도는 유흠, 계진국 이 두 명의 도적들이 암호에 따라 달아나지 못했다는 것을 발견했을 뿐만 아니라 더욱 놀라운 것은 금방 그가 담장 위로 올라갔을 때 강력하고 누군가의 전륜한 지력指力이 그의 뒤 대혈을 급습한 것이다. 따라서 그는 하는 수 없이 발로 한번 다시 밟더니 다시 원래 자리로 돌아왔던 것이다. 그는 두려움에 떨면서 물었다.

"공문 중에 어떻게 이런 고수가 담장 저쪽에 매복해 있습니까?"

생각을 돌릴 때쯤 마충이 이미 그를 향해 따라오고 있었다. 방공영이 말했다.

"마형 좀 기다리십시오."

마충이 말했다.

"방대인이 무슨 분부가 있습니까?"

방공영이 말했다.

"분부시라니요. 지금 마형이 결단코 손을 쓰겠다니 저도 막기는 곤란하지만 마형이 절대로 죽이면 안된다는 것만 기억해주시오. 그렇다면 공사 양측 모두 문제가 없을 것입니다."

마충이 말했다.

"방대인 근심마십시오. 다만 이 놈이 쉽게 잡혀준다면 저도 절대 죽이지 않겠습니다."

이렇게 말하면서 이 거대한 남자는 장도를 거두었다. 그가 장도를 거둔 이유는 첫째로는 시도가 병기를 지니지 않았고, 둘째로는 그가 정말 산 채로 잡겠다는 성의를 표시한 것이었다. 시도가 말했다.

"방대인, 제가 아무리 그냥 잡히려고 해도 마충은 저를 가만두지 않을 것입니다. 방대인이 믿으실지 모르겠네요."

방공영이 신속하게 말했다.

"그가 당신과 어떤 원한이 있길래 꼭 죽이려고 한단 말입니까?"

시도가 말했다.

"그는 한 여인의 명을 받고 저를 죽이려고 하는 것입니다. 그래서 이렇게 끈질기게 따라다니는거죠."

방공영이 의아해하며 말했다.

"그러면, 마형이 당신과 직접적인 원한이 없단 말입니까?"

시도가 급히 답했다.

"비록 직접적인 원한은 없지만, 그러나…."

방공영이 그의 말을 끊었다.

"시형이 저를 설득할 생각입니까?"

시도는 얼굴색이 크게 변했다. 그가 강호에 오래 다녔기에 사람의 마음을 잘 잘 알아볼 수 있는데 이 시각 방공영이 이미 결단을 내렸다는 것을 알았다. 아무리 말해보았자 그의 생각을 돌리기는 힘들 것이다. 만약 정상적인 상황 하에서는 시도가 아예 이 방면으로 신경을 쓰지 않았을 것이다. 만약에 정황을 보아서 손을 쓸 수 있으면 쓰고 아니면 바로 도망갔을 것이다. 그러나 지금 그는 도망칠 곳도 없고 마충과 대항할 힘도 없었다. 따라서 그는 머리를 짜내어 방공영을 설득할 수 있는 방법을 찾아낼 수밖에 없었다.

마충이 폭소하더니 크게 따라 붙었다. 시도는 갑자기 마충이 자기를 죽일 것을 증명할 수 있는 방법을 생각해냈다. 이 방법이 통할지는 몰라도 그냥 죽기만을 기다리는 것보다는 나았다. 그는 돌연간 큰소리로 장소하였는데 귀를 진동할 것 같은 이 웃음소리가 과연 마충을 멍하게 만들어 발걸음을 잠시 멈칫하게 하였다. 방공영 등 사람들은 이 사람의 내력이 아주 심후하다는 것을 발견하고 크게 놀랐다. 모두들 시도가 그처럼 심후한 공력을 가지고서도 왜 이토록 마충을 두려워하며 손 한번 쓰지 못하는지 알 수 없었다. 방공영의 미음이 크게 움직이며 말했다.

"마형 잠시만 기다려주십시오."

마충은 거리를 고려해보더니 만약에 방공영의 말을 못들은 척하고 손을 쓴다면 시도의 조예를 생각해 볼 때 방공영의 도움없이는 시도를 죽이기 힘들었다는 생각이 들어 그는 바로 발걸음을 멈추고 대답했다.

"방대인 무슨 분부시죠?"

방공영이 말했다.

"마형 제가 아직 시도형에게 한마디 가르침을 받을 것이 있습니다."

시도는 이것이 방공영이 그에게 입을 열어 장소한 이유를 해석할 기회를 주고 있음을 확신하며 말했다.

"방대인, 먼저 마형에게 유흠과 계진국 두 사람을 잡아보라고 해보세요, 그러면 마충의 수단과 마음을 알 수 있을 것입니다."

마충이 말했다.

"대장부가 혼자 한 일을 혼자 감당해야지. 옆 사람까지 끌어당길 필요가 있나."

방공영이 말했다.

"시도형의 뜻은 마충이 당신만 죽이는 것이 아니라 유흠, 계진국 두 사람도 놓아주지 않을 것이라는 말이죠?"

시도가 간결히 말했다.

"맞습니다. 저와 맞닥뜨린다면 살려는 생각을 말아야지요."

이미 한 쪽에 수그리고 있던 유흠, 계진국 두 사람은 시도가 동료를 배반하며 그들의 생명으로 마충의 흉악함을 증명하려고 한 것에 크게 분노하며 막 욕을 해댔다. 방공영은 시도의 말이 믿기 어렵다고 생각되었다. 더구나 시도가 이미 마충의 옆에 있는데 마충이 아무리 흉폭하다고 해도 당장에서 유흠, 계진국 두 사람을 죽이는 바보스런 행동은 하지 않을 것이었다. 그리고 시도가 이미 그런 말을 뱉었는데 당연히 마충이 조금 인내하지 않겠는가? 그는 머리를 가로 젓더니 말했다.

"마형이 손을 쓰려면 쓰시오."

마충이 날카롭게 웃더니 이후공견翼侯攻堅이라는 권을 써서 유성과 같이 중관中官을 딛고 홍문洪門으로 맹공을 퍼부었다. 시도는 다른 말없이 왼손 다섯 손가락을 같이 사용하여 적의 손목을 긋더니 오른손으로 적을 반격하였다. 그의 조식은 기이하였고, 내력이 심후하여 정말 무림 고수의 기백을 엿볼 수가 있었다. 그럼에도 그가 너무도 지살도 마충을 두려워하니 사람으로 하여금 이해하기 힘들게 하였다.

그러나 마충은 몸을 돌려 시도의 일장을 비키더니 쌍권을 함께 날려 신속하게 맹공하였다. 시도는 절묘하게 세밀한 수법과 심후한 내력으로 적의 위맹한 권로拳路를 하나 하나 풀어헤쳐 나갔다. 이 두 사람은 잠깐 사이에 칠팔 초를 겨루었는데 방공영과 담장 뒤의 표국 사람들은 모두 의혹에 가득 차 있었다. 왜냐하면 시도의 무공과 내력의 조예로만 볼 때 마충과 백중을 가릴만하였다. 결투를 한다면 누가 질 지는 함부로 짐작하기 어려울 정도인데 왜 그가 그토록 마충을 두려워하느냐 말이다.

갑자기 마, 시 두 사람이 함께 장을 교환했다. 그러자 큰 소리가 나더니 모두 뒤로 물러났다. 마충은 크게 한번 소리치더니 몸을 비틀어 힘껏 덮쳐갔는데 기세가 이만 저만이 아니었다. 두 사람은 또 다시 싸우기 시작했는데 손발이 오가고 위로 솟았다 아래로 내렸다 전황이 아주 격렬하였다. 마충의 흉악한 기세는 처음부터 사람들에게 나타났기 때문에 중인들이 보기에도 기이한 감을 주지 않았다. 도리어 시도의 정묘한 수법이 무궁하여 표국 명가들 가운데 많은 사람들이 속으로 자기가 그에 미치지 못하다는 느낌에 자탄하기도 하였다.

마, 시 두 사람은 또 다시 십여 초를 겨뤘다. 갑자기 마충이 일초 기괴한 수법으로 권을 장으로 바꾸어 상대방이 펼쳐놓은 면밀한 장세를 뚫고 들어가 직접 사람을 향해 내리 치더니 "펑"하는 소리와 함께 시도 가슴의 요혈을 격중했다. 이 초식은 명확하고 결단력이 있었는데 사람들 제각기 보고도 이런 초식이 어디서 왔는지 알 수 없어, 모두 일시간에 추정해 낼 수도 없었다. 심우는 진기를 발출하여 담장 위로 올라갔다. 가제지 등 사람도 동시에 올라왔는데 마음속으로 또 한번 놀랄 수밖에 없었다.

가제지는 그와 동시에 땅에 내려 각각 시도의 옆에 섰다. 그러나 이 익남冀南의 고수는 땅에 누운 채로 두 눈을 감고 있었는데 코와 입가에서 피가 흐르고 있었다. 이미 심맥이 끊어져 당장에 죽고 말았던 것이다. 마충의 눈길을 이미 유, 계 두 사람한테 쏠리었다. 유, 계 두 사람은 도적이라 사람들을 수 없이 죽였는데 마충이 주시하자 모두 심장이 멎을 듯 했다. 원래 마충의 눈에 흉기가 사려있었는데 마치 미친 사람과 같이 두려움을 주었다. 방공영이 노하며 말했다.

"마충형, 당신은 아예 산 채로 시도를 잡을 생각이 없었군요."

마충은 독살스럽게 웃더니 그를 전부 아랑곳하지 않고, 유, 계 두 사람을 향해 걸어가는데 발걸음을 떼는 것과 동시에 이미 장도를 뽑아들었다. 유, 계 두 사람은 손에 아무런 병기도 없었다. 거기다 그를 보았는데 흉악한 기운이 사람을 위협하는 것이 미친 사람과 같아서 말로는 말릴 수도 없었다. 따라서 그 두 사람은 저들도 모르게 뒤로 후퇴하였다. 심우는 앞에 나가 막고 싶었지만 생각을 바꾸었다.

'가제지가 재질과 무공이 모두 다 고명하니 먼저 기회를 주고 그가 어떤 수를 쓰는지도 보자.'

방공영은 거리가 좀 멀었는데 심, 가 두 사람이 이미 나타났으니 그들이 꼭 손을 써 막을 것이라고 생각하여 급히 따라오지 않았다. 가제지는 비록 조금도 움직임이 없었다. 심우가 발견했을 때는 이미 마충의 도광이 번개처럼 유흠, 계진국 두 사람을 향해 발출되고 있었다. 그의 도법은 권세보다 더 흉악하였는데, 강대한 도기는 삽시간에 유, 계 두 사람을 향해 날아가고 있었다. 유, 계 두 사람은 비록 마음속에 무서움이 가득 찼지만, 사람을 죽이며 화물을 강탈하던 도적 출신이라, 힘을 내어 최후의 발악을 하였다. 두 사람은 앞뒤로 협공을 하여 권장을 함께 시전하였다. 마충은 "쏴쏴쏴" 삼 도를 발출하여 상대방에 반격하며 대항하였다. 그의 네 번째 도세가 빛을 내며 폭열하자 유흠의 어깨를 내리 찍었다. 그의 이 칼은 흉폭했지만 엄밀함이 부족했다. 계진국은 크게 한번 소리치더니 쌍장을 운용하여 모든 힘을 다해 그의 뒤를 맹공격했다.

심우는 속으로 머리를 흔들며 마충은 반드시 대항할 것이니 유흠의 위기는 자연히 해소되고 마충의 이 도기는 무위로 돌아갈 것이라 보았다. 그가 곁눈으로 보았는데 가제지도 마충에 대해 이해할 수 없다는 듯한 표정을 짓고 있었다. 그러나 갑자기 마충이 머리도 돌리지 않은 채 더 흉악하게 칼을 쓰더니 유흠의 비명소리와 함께 그의 몸이 장도에 의해 두쪽으로 찍히면서 새빨간 피가 사방에 뿌려졌다. 말하는 것보다 빨랐다. 계진국은 쌍장에 모든 힘을 다해 "펑"하는 소리와 함께 마충의 뒤를 격중하였다. 마충은 세네 발자국 앞으로 가 돌개바람처럼 회전하더니 계진국을 향해 맹공을 펼쳤다. 심우를 포함한 모든 사람들이 경악을 금치 못했다. 마충이 계진국의 쌍장에 전력으로 격중당하고도 아무 일 없이 계진국을 향해 급공격을 하니 말이다.

다른 사람이 이상하다고 느낀 점은 마충이 어떻게 일격을 당하고도 왜 아무 일 없는가하는 것이다. 심우가 경악한 것은 이 마충의 흉악무도함은 실제로 정말 보기 힘든 것이었기 때문이다. 마충의 날렵한 동작에서 그가 이미 계진국을 죽이려고 한 결심을 보여주었던 것이다. 그러나 심우가 알기로는 계진국은 다만 시도와 동료였을 뿐 그와 다른 원한을 쌓은 것이 없는 사람이었다. 그러니 마충이 그를 급히 죽인 것은 분명 다른 이유가 있었는데 인질의 입을 막기 위함이었던 것이다.

심우의 생각이 채 바뀌기도 전에 마충의 칼은 계진국을 찍었다. 이 시각 그의 흉폭함은 이미 계진국을 완전히 억눌렀는데 그는 근본적으로 대항할 힘을 잃었다. 그러나 도광이 번뜩이는 동안 계진국의 비명소리와 함께 다시 한명이 죽고 말았다. 방공영은 마충이 다만 흉악하기 그지없을 뿐만 아니라 무공이 그 누구도 따를 수 없을 만큼 고강하다는 것을 보았다. 이런 인물들을 대할 때는 제일 좋기로는 건드리지 않는 것이다. 그러므로 생각을 바꾸어 이 상황을 해결할 수 있는 방법을 찾았다. 가제지가 높은 목소리로 말했다.

"마형의 도법은 무림 상에서 제일이라고 할 수 있네요. 탄복하지 않을 수가 없습니다."

마충은 연달아 세 사람을 죽이고 흉성이 대발하여 이번엔 방공영을 향해 보고 있었는데 또 죽이려는 생각을 가졌다. 왜냐하면 방공영은 남직예 총포두로서 어찌 그가 맘대로 사람을 죽이는 것을 보고 가만히 있을 수 있단 말인가? 더욱이 그가 약속을 어기고 시도를 죽였으니 방공영이 가만히 있을 수 없기 때문이었다. 가제지의 이 한 마디가 그로 하여금 놀라 돌아보게 만들었다. 이때서야 그는 갑자기 나타난 이 두 사람을 대해 훑어보게 되었다. 방공영이 말했다.

"이분은 호광표국의 총표두 가제지 형이고 옆에 한 분은 금방 새로 부임한 남경표국의 총표두…."

그가 아직 심우의 이름을 채 말하기도 전에 마충이 이미 말했다.

"그럼 표항의 명가인데 가형은 어떻게 보셨습니까?"

그의 어투와 말속에는 모두 강렬하게 도발하는 의미가 들어있었다. 가제지는 슬쩍 웃더니 두 손을 모아 포권하며 말했다.

"저는 마형의 도법에 대해 탄복합니다. 그래서 감히 방대인과 논의드리려고 하는데, 아무튼 마형의 이 행동은 세상을 위해 해를 없앤 것이니 말입니다."

마충이 여기까지 들더니 얼굴색이 차츰 밝아지면서 눈에 흉광이 순식간에 사라졌다. 그는 연달아 머리를 끄덕이며 말했다.

"가 총표두는 정말 융통성이 있으십니다. 이 시도는 전문적으로 암중에서 간음하고 강탈하는 등 못하는 짓이 없는 무림 패류고 인류에 큰 해악이라 할 수 있습니다."

방공영은 가제지가 길을 열어놓았으니 이미 이 상황을 좋게 마무리할 수 있었다. 그가 말하려는 순간 심우가 갑자기 끼어들었다.

"그러나 마형의 수단이 너무 독했습니다."

방공영은 그가 이렇게 끼어드니 마음속이 매우 다급했지만 그렇다고 무슨 말을 이어야 할지 몰라 그냥 입을 막고 있었다. 마충은 그를 한번 흘겨보더니 냉랭하게 말했다.

"자네는 나이도 어린데 벌써 총표두라니 견식이 넓을 뿐만 아니라 무공도 높을 것 같구만."

심우가 말했다.

"마형의 과찬을 감당할 수가 없네요. 다만 마형이 급히 시도 등 세 사람을 죽인 이유는 무엇입니까? 누구의 지시를 받은 겁니까?"

마충은 눈에서 흉광이 다시 일더니 심우를 뚫어지게 노려보면서 말했다.

"너무 다 알려고 하는구만."

심우는 비꼬는 듯한 웃음을 지으며 말했다.

"마형은 너무 사람 죽이는 것을 좋아합니다."

마충이 말했다.

"만약에 방대인이 허락한다면 나는 자네 젊은 총표두와 한번 겨루어 보고 싶네."

가제지가 말했다.

"방대인이 심우형의 일에 간섭하기 불편하니 마형이 허락을 받으실 필요는 없습니다."

가제지의 이 한마디는 방공영을 이 상황 속에서 끄집어 내는 동시에 마충으로 하여금 심우와 한판 겨루지 않을 수가 없게 만들었다. 심우는 그 의도를 자연히 눈치챌 수 있었으며, 속으로 생각했다.

'이 가제지는 도대체 어떤 인물인지 속을 알 수가 없네.'

마충이 크게 놀라며 다시 한번 심우를 훑어보더니 말했다.

"원래 당신이 심우였군요. 그러니 제가 안중에도 없는 거죠."

심우가 말랬다.

"제가 언제 마형을 얕잡아보았단 말입니까?"

마충이 말했다.

"당신이 바로 백의도객白衣刀客 상인무정霜刃無情 려사와 겨룬 그 심우입니까?"

심우가 말했다.

"저는 려사의 칼 아래 패한 사람인데 마형이 그걸 왜 얘기합니까?"

마충이 말했다.

"듣자하니 려사의 칼 아래 살아난 사람이 없다고 하던데, 심우형이 살아났으니 자연히 일반 인물이 아닐 겁니다."

가제지가 말했다.

"마형이 심우의 위명을 알고 있다니 잘 됐네요."

마충이 냉랭하게 말했다.

"그러나 저는 그를 무서워하지 않습니다."

심우는 가제지의 이 한마디가 마충을 손 쓰게 부추킨다는 것을 알았다. 심우는 원래 그도 끌어들여 그가 도대체 어떤 사람인지 보려고 했지만 이러면 너무 총명하다는 티가 날 것 같아 그냥 모르는 척 하기로 생각을 바꾸었다. 그는 본래 기회를 찾아 손을 쓰려고 했다. 왜냐하면 마충 같은 이런 사람 죽이기를 밥먹듯이 하는 려사와 같은 사람들을 모두 용납할 수가 없었기 때문이다. 그래서 더구나 물러설 수가 없었다.

"마형이 지적을 좀 해주겠다면 저도 당연히 하겠습니다."

가제지는 즉각 널려있던 시체들을 옮겼는데 그들의 결투에 방해될까봐 였다. 그러면서 심우한테 물었다.

"심형은 무슨 병기를 쓸 것입니까?"

심우는 낮은 담장 쪽에 있는 공인들과 말했다.

"어느 분이 저에게 검을 좀 빌려주십시오."

그 중 한사람이 손의 검을 빼어 들자 가제지가 말했다.

"던져주시면 됩니다."

그 공인은 잠깐 망설였다. 왜냐하면 그는 이 칼이 얼마나 예리한지 알고 있었는데 이렇게 멀리서 던지면 심우를 다칠 수 있었던 것이다. 방공영이 말했다.

"검을 던지시오."

그 공인은 방공영의 말이 떨어지자 검을 던져왔다.

제26장

巨靈掌輕取修羅手

거령장으로 가볍게 수라수를 취하다

심우가 손을 내밀어 검을 받았는데 무게가 좀 가벼웠다. 가제지가 물었다.

"너무 가벼운 것이 아닙니까?"

심우는 속으로 은근히 그의 안력에 놀라며 대답했다.

"괜찮습니다, 비슷합니다."

마충은 칼을 잡고 호시탐탐 노려보았는데 그 태도에 명가의 기백이 나타났으며 아주 침착하였다. 심우는 장삼을 벗지도 않았고 깃도 세우지 않아 사람으로 하여금 그가 너무 경솔하다는 느낌을 주었다. 사실 심우의 이런 행동에는 다른 원인이 있었다. 그의 보검이 그의 장단지에 감겨져 있었는데 비록 바지로 가리고 있었으나 장삼이 없다면 사람들한테 들키기 쉬웠다. 그는 단지 보검을 자기 신변에서 떨어지게 하기 싫어 장단지에 감춘건데 만약 다른 사람한테 발각되면 방공영이 필히 오해할 것이 뻔했다. 그가 연회에 참석하는데, 그것도 총부두의 연회인데 어떻게 병기를 가지고 온단 말인가? 마충은 심우가 외투를 벗지 않은데 대해 몹시 언짢게 생각했다. 심우가 자기를 깔보는 거라고 생각했다. 쌍방은 중간으로 모두 모여 서로 인사를 하였는데 심우를 적대시하는 태도를 보였다.

그러나 사람들은 그가 검식이 깊고 기세가 강대하여 시도보다 훨씬 낫다는 느낌을 받았다. 마충은 사람도 흉폭하고 배운 도법도 공격을 위주로 하여 큰소리와 함께 칼을 휘두르며 진격하였는데 기세가 위맹하였다. 그러나 그의 도광이 번뜩이더니 "쨍쨍쨍" 연이어 세 번이나 맹공하였는데, 모두 심우가 교묘하게 피해냈다. 그러자 마충은 기세가 더 등등하여 연이어 여섯 번이나 맹렬하게 칼을 썼다. 심우는 도광의 막에 가려졌지만 일일이 모두 다 막아냈는데 방공영과 가제지 모두 눈썹을 찌푸리고 구경했다. 왜냐하면 비록 심우가 검법이 아주 절묘하고 공력이 심후하다지만 일방적으로 마충의 공격에 피해간다면 실패하기 마련이었던 것이다.

과연 마충은 계속하여 맹공하였는데 기세가 강대하여 연속 삼오백도의 공격은 어려움 없이 이어갈 것 같았다. 이때 심우가 주도면밀하게 검법을 썼는데 마치 봄누에가 번데기를 만들 듯 검광으로 자기 전신을 빽빽하게 둘러쌌다. 처음에 곁에서 보던 사람들은 이 검법의 신묘한 점을 발견하지 못했는데 마충의 장도가 사면팔방으로부터 광풍과 폭우처럼 서른 번 넘게 공격함에도 불구하고 하나도 쓸데없게 된 것을 보고서야 이 검법의 위력을 알았다.

담장 한 켠에서 구경하고 있는 표항 인물들을 포함한 모든 사람들이 이런 생각이 들었는데 바로 심우의 검법이 비록 수비 위주이고 보기엔 아무렇지도 않은 것 같지만 아마 그 어떤 사람도 그의 검막을 깨뜨릴 수 없을 것이라 생각하였다. 그들은 심지어 심우의 검법은 영원히 파괴할 수 없는 검법이라고 생각하였다.

심우는 그 나름대로 따로 생각이 있었는데 방금 마충이 시도를 죽일 때 기괴하고 흉독한 수법을 썼는데 이 독초로서 그 흉맹한 도법과 대응할 수 있다고 본 것이다. 그는 그것이 상승의 무공 절학임을 알았다. 자목대사가 말하던 수라밀수修羅密手와 비슷했다. 그러므로 그는 반드시 조심하여 대처해야지 아니면 이런 사람한테 목숨을 바칠 수가 있었다. 그리고 그가 그의 진정한 절예를 보여주지 않는 다른 이유가 있었다. 구경하고 있는 사람들 모두 공문과 표항 인물들인데 너무 티를 내면 다른 사람의 질투를 불러올 수 있기 때문이었다. 마충은 이미 전력을 다하여 사십여 번 공격을 하였는데도 적의 검법이 하도 면밀하고 견고하여 그로 하여금 도무지 타파하지 못하겠다는 생각을 들게 만들었다. 그는 속으로 생각했다.

'이 검법은 공력이 심후한 사람들만이 할 수 있는 소림사의 대비검법大悲劍法 비슷한데 단지 공략할 수 없을 뿐만 아니라 상대방의 기력을 소모시키는 일도 있으니 오래 해보았자 나한테만 불리하다. 다른 방법을 생각해내야 되겠군.'

그는 일시간에 좋은 방법이 떠오르지 않아 조급한 나머지 손에 든 장도가 점점 흉맹해져갔다. 심우는 비록 현저하게 나타나지는 않았지만 상대방의 심신이 흔들리고 있음을 알았다. 그와 같은 공력을 가진 사람한테 있어서는 이것을 이용하기에 충분했다. 그러나 그는 그렇게 하지 않으며 생각했다.

'무공이 이토록 강한데 어떻게 이런 현상이 일어나는 거지?'

그는 그 원인을 알아냈다. 마충은 크게 공격만 해대고 수비를 하나도 하지 않았던 것이다. 심우는 속으로 불만에 가득 차 이런 생각이 들었다.

'만약 내가 수비하지 않았더라면 이놈이 어떻게 이렇듯 마음 놓고 맹공을 할 기회가 있단 말인가? 그 원인 때문에 나를 얕잡아보는군.'

고수들끼리 싸울 때는 꼭 공격과 수비를 겸비해야 하는 것이 상례인데 마충이 공격만 하고 수비를 하지 않는 이유는 상대방을 얕본다는 뜻이 담겨있는 것이었다. 사실상 이러한 일은 첫째 마충 이 사람의 인성이 지극히 흉폭했고, 둘째 심우의 대비검법이 불가의 것이라 수비를 주로 하고 공격의 초식이 없는 것이기 때문이다. 하지만 이 검법은 수련을 위한 검법이지만 이런 조예를 가진 사람이 이론상 전력으로 겨룬다면 그 적수를 찾아보기 어려운 검법이기도 했다. 이런 고로 마충은 손을 써서 공격을 하였고 수비를 고려하지 않았으니 이것이 도리가 없다고 보기는 어려웠다.

방공영 등 사람들은 마충의 흉독한 도법을 보고, 또 그의 기세를 보아 모두 속으로 떨며 만약 오늘 심우가 그를 막지 않았더라면 이 국면은 비참하기 그지 없었을 거라고 생각하였다. 지금 그들은 모두 안도의 숨을 쉬었는데 보아하니 심우가 족히 당해낼 수 있을 것 같았다. 마당 다른 벽쪽에 있던 몇몇 사람들은 모두 노강호들이었다. 먼저 도맹비가 뒤로 두 발자국 물러서더니 다른 사람들도 모두 그 비좁은 틈에서 나왔다.

그들은 서로 바라보고 머리를 끄덕이더니 모두 함께 담장 위에 올라가 기세를 더해주었다. 마충은 많은 사람이 담장 위에 나타난 것을 보았는데 이 담장이 보통 벽보다 훨씬 높은 것이라 일단 올라갈 수 있는 사람은 자연히 무림 고수라고 여겨졌다. 그는 여러 사람의 기세도 등등하고 심우도 만만치 않아 격패할 수 없다는 생각이 들어 후퇴하기로 했다. 심우는 그의 눈동자가 흔들리는 것을 보고 바로 그의 의도를 알아차렸다. 마충은 갑자기 칼을 치우면서 뛰어 올랐다. 그는 한 번 더 뛰어 제일 바깥 쪽 낮은 담장 위에 섰다. 그는 도망가지 않고 흉흉하게 노려보았다. 심우가 큰 소리로 말했다.

"마형, 우리 아직 승부도 못가렸는데 물러나다니요."

그러자 마충이 말했다.

"당신들 사람이 점점 많아지는데 내가 더 싸울 이유가 없지 않소."

심우가 말했다.

"마형이 만약 오늘 이후로 다시는 방대인 관할 지구에 나타나지 않겠다면 방대인께서 이번 한번은 용서할 것이지만, 그렇지 않을 경우에는 다시 돌아와 나랑 승패를 겨루어야 할 겁니다."

마충이 웃으며 말했다.

"우린 언젠가 꼭 승부를 가리게 될 거요, 두고 보시오!"

그는 형세를 보아 더 모진 말을 할 필요가 없었는데 그러다가 상대방의 그 많은 사람들이 끝까지 쫓아와 손을 쓴다면 달아날 곳이 없었던 것이다. 그들 몇 명의 공인들은 방공영의 명령이 있어 아무 소리도 내지 않고 있었다. 그리하여 열 몇 쌍의 눈동자는 살인범이 눈앞에서 멀리 사라지는 것을 보고만 있어야 했다. 모든 표사들은 마당에 모였는데, 방공영이 시도 등 세 사람의 시체를 보며 긴 한숨을 쉬더니 이렇게 말했다.

"시도가 감옥에 들어온 까닭이 마충을 피하기 위함이라니."

밖에 있던 공인들이 담장을 넘어 들어와 그 세 사람의 시체를 들어

내갔다.

가제지가 말했다.

"방대인이 말한 것이 맞습니다, 지살도 마충과 같은 이런 놈들은 정말 대응하기 어렵습니다. 시도는 하도 피할 길이 없어 감옥에 들어와 피했을 겁니다."

방공영은 두 주먹을 잡고 심우에게 인사를 하며 이렇게 말했다.

"심우형 덕분입니다, 그리고 심형의 절예를 잘 보았습니다."

심우가 대답했다.

"흉악범을 잡지 못해 미안합니다."

도맹비가 말했다.

"심형의 검법은 고묘하기 그지 없었습니다. 그 중 몇가지는 소림심법少林心法인 것 같은데 맞는지요?"

공임중이 웃으며 말했다.

"도형도 소림문 중의 명가인데 잘못 볼 리가 있겠습니까?"

도맹비가 말했다.

"저는 비록 소림파 아래 육합문六合門 출신이라지만, 소림파 아래 문호가 하도 많아 각 절예 심법을 다 알 수가 없습니다."

심우가 머리를 끄덕이며 말했다.

"도형이 맞췄습니다, 이 검법은 소림에서 나온 것입니다. 듣자니 오늘까지 전해 내려오면서 그 중 어떤 것은 원래 것과 많이 달라졌다고 합니다."

도맹비가 말했다.

"그렇군요, 그러나 방금 심형이 손을 쓸 때 이미 삼엄하고 정묘하기 그지없고 빈틈이 없었는데 만약 제대로 전수받았다면 반드시 더 놀라울 겁니다."

심우는 속으로 웃으며 말했다.

'이것이 바로 정식으로 전수받은 대비도법인데 당신들이 어떻게 알겠는가.'

그는 줄곧 고개를 끄덕이며 도맹비의 생각을 찬성한다는 것을 표시했다. 모두들 인사를 나누고 흩어졌다. 장홍양과 심우는 집에 돌아왔다. 장홍양은 한편 사람을 보내 향상여를 청해오게 하고 다른 한편 표국의 사람들을 집합시켰다. 그들은 객실에 앉아 있었다. 심우는 그가 총망히 사람들을 집합시키는 것을 보고 무슨 의도인지를 몰라 몹시 궁금했다. 장홍양은 사람을 나가라고 한 뒤에야 심우한테 얘기했다.

"오늘 마충과의 일은 향노向老한테 필히 알려드려야 하는 것입니다. 제가 보기에 마충이란 사람은 일반 강호 인물들과 너무 다릅니다."

심우가 말했다.

"이런 일은 당연히 향노 선배한테 알려드려야 하죠."

그는 잠시 멈추었다가 물었다.

"그런데 동주께서 왜 표국의 사람들을 다 집합시키는지요?"

장홍양이 말했다.

"심형한테 사실대로 말하는데, 제 생각에 마충이 이대로 그만둘 것 같지 않아 먼저 포국을 해 놓으면 적어도 위세 면에서 그로 하여금 조금 생각해 보게 하려고 그럽니다."

심우는 그제서야 장홍양의 의도를 알아차렸다. 그에게 따로 마음속에 수가 있는데 무슨 다른 사람의 도움이 필요하단 말인가? 더구나 마충과 같은 이런 사람은 표국의 표사 여덟 열명이 같이 덤벼도 어림없을 것이다. 그러나 지금은 이미 제지하기 어려우니 아예 말하지 않기로 했다. 그는 속으로 이렇게 생각했다.

'장홍양은 진정한 고수들이 싸우는 큰 장면을 목격해보지 못한 사람이니 마충의 무공 조예를 짐작할 수가 없는 거지. 그러니 저런 삼류들을 보고 나를 도우라고 하는 거고, 이 행동은 틀린 것이지만 그가 마충이 가만 있지 않을 것을 알아낸 것을 보면 보통사람이 아니라 할 수 있다.'

얼마 지나지 않아 향상여가 들어왔다. 이어 표국의 사람들도 들어왔다. 마침 요 며칠 두 표화가 출발할 준비를 하고 있는 중이라 전 표국의 고급 인원들이 모두 소식을 듣고 달려왔다. 도합 표국의 일곱 사람이 왔는데, 그 중 한 사람은 부총표두이고, 나머지 여섯 명은 표사들인데 모두 오랫동안 자격을 갖고있는 사람들이었다. 그들은 모두 표국에서 외지 사람을 청해 총표두를 시킨데 대해 불만을 품고 있었다. 특히 부총표두 양중달梁仲達은 표항업 중에서 이름도 좀 있고 무공도 못하지 않는데다가 그가 총표두로 승진하지 못한 것에 대해 제일 탐탁하게 여기지 않는 사람이었다.

이 사람들은 다들 간단치 않은 사람들인데 심우가 이렇게 나이가 어리고 또 그 항업 내의 사람도 아니니 모두 속으로 합작하지 않을 생각이지만 표면상으로는 그를 드러내지 않고 있었다. 이 사람들이 심우와 만나 얘기를 하고 있는 중에 향상여가 장홍양을 한켠으로 데리고 와 물었다.

"이 사람들 혹시 자네 앞에서 불만의 소리를 한 적이 없소?"

장홍양이 머리를 흔들며 말했다.

"그들은 막말하지 않을 겁니다."

향상여가 말했다.

"말 들으니 자네도 이 사람들이 심우형에 대해 불만을 품고 있다는 것을 알고 있다는 얘기 같은데, 맞소?"

장홍양이 말했다.

"맞습니다, 그러나 이것은 단지 말로 그들을 설득할 수가 없습니다, 이후에 심형이 진짜 공력을 보여주면 그때 다들 설복될 겁니다."

향상여가 말했다.

"자네 나를 무슨 일로 찾았는가?"

장홍양은 점심에 있은 일을 말하고 나서 마지막에 해석하여 말했다.

"그 마충은 무공이 뛰어나고 도법이 흉악하기 그지없는데 정말로 제 평생에 처음보는 것이었습니다. 당시 우리가 사람이 많아 위세가 드높았기 때문에 마충이 도망간 겁니다."

향상여는 조금 생각하다가 말을 꺼냈다.

"지살도 마충이 이름도 있고 당연히 보통 고수가 아닌데 자네가 생각하기엔 심우가 이겨내지 못할 것 같소?"

장홍양이 말했다.

"마충은 천성적으로 흉폭하기 그지없는 사람이라 오늘 일을 절대로 그만두지 않을 겁니다. 심형이 이기지 못할 수가 있으니 제가 사람들을 소집해 사전에 포석하여 놓는 겁니다."

향상여가 살며시 웃으며 말했다.

"표국의 사람들이 마충의 장도를 당해낼 것 같소?"

장홍양이 말했다.

"당연히 택도 안 되지만 그러나 사람많고 위세가 강하면 마충도 사람을 얕보지는 못할 것 아닙니까."

향상여는 얼굴이 어두워지더니 말했다.

"항상 온건하고 세심하게 행동하는 것은 자네의 일관된 작풍이니 이상할 거 없는데 오늘 이 일은 완전히 잘못 포석한 것이네."

장홍양은 마음을 가라앉히며 말했다.

"향노의 뜻을 알 것 같습니다. 향노는 심형에 대해 믿음이 가득하니 이런 무예가 평범한 사람의 도움이 필요 없다고 생각되는 거죠."

향상여가 말했다.

"그렇네, 자네도 그한테 믿음이 없는가?"

장홍양이 말했다.

"노인께서 잘 모르고 하시는 얘기같은데, 제가 직접 눈으로 심우와 마충이 겨루는 것을 보았는데 심형은 방비만 할뿐 공격하지 못했습니다. 그래서 향노의 도움 외에 또 사람들을 불러 위세를 높이려고 한 것입니다."

향상여가 단연히 말했다.

"이 사람들 몽땅 쓸데 없소, 나도 포함해 모두 참여할 것 없고 심우의 한 검이면 족히 마충을 이길 수 있소."

그가 하도 굳건히 확신하는 바람에 장홍양은 더 이상 반박도 못하고 그냥 좋게 말했다.

"향노께서 이렇게 말씀하시니 제가 양중달 등 사람들을 돌려 보내면 되죠."

향상여는 생각을 바꾸었다.

"그럴 필요는 없고 잠시 그들을 남겨 표국의 일을 좀 상의하지. 마충이 안 오면 그만인데 만약에 온다면 마침 양중달 등 사람들에게 보여주어 이후에 탐복하게 하지 않으면 안되게 해야겠소."

장홍양이 말했다.

"좋습니다, 그러나 향노께선 정말로 심형이 이길 거라고 믿고 계십니까? 어떻게 그렇게 확신하시는지요?"

향상여가 말했다.

"그 이유는 이후에 자네한테 알려주겠네, 먼저 가서 얘기를 하게."

그리하여 장홍양은 임시 회의를 시작하였다. 그는 한편 문제를 제기하고 한편으로 사람들에게 보고하게 하여 심우가 표국의 형세를 이해하는데 도움이 되게 하였다. 그들은 몇시간째 얘기를 하였는데 표국의 각종 형세와 문제점들을 대개 다 논의하게 되었다. 따라서 심우는 전반적인 상황을 파악하게 되었다. 갑자기 한 하인이 급히 들어와 심우에게 보고를 하였다.

"밖에 한 남자가 마충이라 하는데 총표두를 만나겠다고 합니다."

양중달 등 사람들은 이미 여기에 오느라고 심우와 마충이 겨룬 사실에 대해 듣지 못했다. 그는 눈썹을 찌푸리며 말했다.

"그 사람은 누굽니까?"

다른 한 노표사老鏢師 위령魏齡이 이어 말했다.

"총표두의 오랜 친구인가?"

심우가 머리를 흔들며 말했다.

"오랜 친구가 아닐 뿐만 아니라 적수입니다."

양중달은 의아해하며 말했다.

"그 사람은 어떻게 이렇듯 고명한가? 어떻게 여길 알고 찾아온단 말입니까?"

심우는 그 하인한테 말했다.

"그를 들어오라고 하시오."

이어 설명을 했다.

"이 원수는 금방 맺었는데 말하자면 깁니다. 제가 먼저 이 중안重案을 해결한 다음에 여러분들한테 보고해 드리겠소."

이때 밖에서 거친 목소리가 들려왔다.

"심우, 나와 죽음을 받으라."

이 목소리는 내력이 어지간하지 않아 객실에 있던 모든 사람들의 귀가 쩌렁쩌렁 울려 삽시간에 이 사람이 무공이 아주 고명하다는 것을 알게 되었다. 모든 사람이 눈을 돌려 바라보니 밖에는 얼굴에 수염이 가득 난 한 남자가 손에는 장도를 들고 기세 사납게 서 있었다. 비록 객실에 사람이 많이 있는 것을 보았는데도 아무런 걱정이 없는 듯하였다. 이 사람들은 무공은 보통이지만 눈치 하나는 빨랐다. 모두 이 새로운 불청객은 절대 쉽게 건드릴 사람이 아니라는 것을 짐작했다. 심우가 일어나며 말했다.

"마형이 기세등등한 것을 보아 오늘 결판을 내고야 말겠군요."

마충이 말했다.

"그렇네. 내가 적수를 만나보기 힘든데, 오늘 자네와 통쾌하게 한 판 겨루겠네."

이때 그의 눈길은 객실에 앉아있는 다른 사람들한테 쏠렸다.

"만약 나와 심우간에 일에 간섭할 생각이 있는 사람은 지금 명백히 말하길 바라네. 그렇지 않으면 무능한 사람을 한명 더 죽이게 될 테니 나의 보검을 더럽히고 싶지 않네."

심우는 모든 사람들한테 말했다.

"이 분은 도법 명가 지살도 마충입니다. 오늘 일은 저와 이분 사이 일이기에 여러분은 절대 나서면 안될 것입니다."

모든 표사들은 전에 그와 아는 사이도 아니고 서로 감정도 나눈 적이 없는지라 당연히 선불리 그를 도와 나설 리가 없었다. 더욱이 지금 한번 그의 능력을 볼 좋은 기회이니 말이다. 이때 마충이 또 말했다.

"저기 늙은이는 성이 뭐고 이름이 뭐요?"

사람들이 보니 마충이 가리킨 사람은 다름 아닌 향상여였다. 향상여가 말했다.

"나는 절대로 남의 일에 간섭하지 않는 사람이고, 더구나 심우형이 못 당해낼 일이라면 나는 더 어림도 없는 일이요."

그는 한편 말하면서 문쪽으로 걸어가 또 이렇게 말했다.

"그러나 이 늙은이가 보기엔 마형이 심우를 찾아와 겨루어보겠다는 이 행동은 참 우둔하다고 생각되네. 자네한테 말하는데 여기 모든 사람들이 절대로 간섭하지 않을테니 만약 마형이 진짜 믿음이 있다면 우린 한 켠에서 구경할 것이오."

마충은 고수 그룹의 인물로 성격이 날카로울 뿐만 아니라 관찰력 또한 고명한데 그 실력이 성격의 영향을 받지 않는 특징이 있었다. 이것이 바로 고수가 될 수 있는 조건의 하나인 것이다. 그는 향상여에 대해 조금도 업신여기지 않았는데 오직 그만이 위협력이 있는 적수라고 인정하였다. 하여 그는 내심 향상여가 간섭하지 않겠다는 말이 십분 반가웠다. 향상여가 나가자 심우를 포함한 모두들 밖으로 나갔다. 마충은 엄포를 놓으며 말했다.

"심우가 잘못되는 한이 있더라도 당신들 간섭하지 않는 거지요?"

향상여가 말했다.

"마형이 그런 능력이 있다면 당장에 그를 죽여도 우린 가만히 있을 거요."

마충이 냉랭하게 말했다.

"늙은이 너무 심우를 높이 보는 것 같구만요."

향상여가 말했다.

"심형도 당연히 결투에서 패할 때가 있겠지만 절대 마충과 같은 사람이 해낼 수 있는 건 아니지요."

심우는 큰 발자국으로 넓적한 마당으로 걸어가 왼손에 장검을 빼들었다. 그는 신색이 담담하고 풍도가 넘쳤는데 자연히 사람으로 하여금 그를 얕잡아 볼 수 없게 만들었다. 마충은 눈길을 다시 심우에게로 돌리며 말했다.

"너의 죽을 날이 왔으니 무슨 할 말이 있으면 하거라, 내가 손을 쓰기 시작하면 넌 입을 열 기회가 없을 테니까."

심우는 담담히 웃으며 말했다.

"마형의 신심은 굳세다지만, 십중팔구 자기 뜻대로 안되는 게 세상일이죠, 마형이 오늘 나를 이기겠다고 하는데 아마 쉬운 일은 아닐 겁니다. 한가지 묻겠는데 마형은 왜 이렇게도 저를 미워하는지 모르겠습니다. 우리가 맺은 원한이 이 정도까진 아니라고 봅니다."

마충은 하늘에 대고 큰소리로 웃으며 말했다.

"자네한테 알려주겠는데, 첫째는 자네가 드문 적수여서 한번 맘놓고 통쾌하게 겨룰 수 있기 때문이고, 둘째는 자네가 전에 시도의 일 때문에 나와 손을 쓴 적이 있기 때문이지. 그 어떤 사람이든 시도의 일과 관계되면 나는 그를 죽이고야 말 것이오."

심우가 말했다.

"시도와 저는 모르는 사이이고 또 그가 죽은 뒤에 나와 충돌이 생긴 건데 어떻게 그와 저를 한데 연결시키는지요?"

마충이 냉랭하게 대답했다.

"그건 개인의 생각이 다른거니 더 물을 거 없소."

심우가 웃으며 말했다.

"이미 여기까지 찾아왔는데 이런 얘기가 필요 없지요. 아무래도 손을 쓰고 말거니까."

마충이 말했다.

"그렇소, 아마 자네는 모르고 있을 것인데 시도가 도망다닌 그 시절에 일부 도적들과 어울렸는데 전후로 적어도 여덟아홉 번은 표화를 강탈했소. 내가 알기론 자네 표항 중 이름있는 금도태세金刀太歲 유만리劉萬裏도 그의 검에 죽은 거요."

모든 표사들은 경악을 금치못하며 낮은 목소리로 서로 얘기를 했다. 원래 금도태세 유만리는 아주 이름있는 사람인데 그가 살해당한 일은 줄곧 동항 사람들이 관심을 둔 일이었다. 오늘 흉수의 이름을 알게 되었으니 이 사람들이 놀랄 만도 하였다. 더욱이는 유만리를 죽일 수 있는 흉수가 마충의 손에 죽었으니 여기서 마충의 무공이 자연히 더 고강하다는 것을 보여 주었다. 심우가 말했다.

"이것은 제가 모르는 일입니다. 그런데 소식을 어디서 들은 겁니까?"

마충이 말했다.

"내가 산동山東 양곡현陽穀縣에서부터 줄곧 여기까지 쫓아왔는데 시도의 일을 내가 모르는 것이 있겠소?"

심우가 이어 말했다.

"제가 기억하기에는 시도가 마형이 자기를 명령을 받고 죽이려고 한다는 얘기를 한 적이 있습니다. 그러므로 마형과 같은 사람한테 누가 지시를 내릴 수 있을까 생각했는데 지금 마형이 산동 양곡현에서부터 왔다니 이제 알 것 같습니다."

마충이 놀라며 말했다.

"무엇을 알았단 말인가?"

모든 표사들과 향상여마저 크게 놀랐다. 더욱이 그 표사들은 비록 경력이 풍부한 사람들인데 심우와 마충의 대화는 그들을 놀라게 만들었다. 하여 저도 모르게 마, 심 두 사람이 자기들 보다 한층 높다고 생각되었다. 이 사람들은 본래 심우에 대해 십분 탄복하지 않았다. 심우가 나이도 어리고 이름도 없고 든든한 뒷받침도 없는데 무엇을 믿고 오자마자 총표두를 하는지, 하지만 오늘 듣고보니 이 나이어린 사내가 꽤 하는 듯싶었다. 심우가 담담히 말했다.

"마형은 사부인謝夫人의 명을 받고 시도를 죽이러 온 것 아닙니까?"

마충은 입을 연 채 아무 말도 못했는데 그 모습에서 이미 답이 나왔다. 심우가 말했다.

"만약에 사부인이 지시를 내려 시도를 죽이라고 한 것이라면 놀라울 것 없습니다."

마충이 말했다.

"자네 또 무엇을 알고 있나?"

심우가 말했다.

"사부인의 공자 사진謝辰을 알고있는데 무공이 고명하지요."

마충은 알았다는 듯이 말했다.

"오, 자네 혹시 진춘희陳春喜 낭자를 만났는가?"

심우는 놀라며 물었다.

"진춘희? 그녀가 어디 있습니까?"

마충은 머리를 흔들며 자기말로 중얼거렸다.

'아니지, 진춘희는 아직 양곡현에 있지.'

그는 다시 심우를 주시하며 말했다.

"자네가 려사와 겨룬 적이 있다는 일을 진춘희한테서 들은 적이 있네. 그는 지금 사공자를 따라 무예를 배우고 있는데 아마 이미 그의 사람으로 됐었을 거요."

심우는 해변 어촌이 기억나면서 그 얼굴이 발그레하고 생기가 넘치면서도 소박한 그 소녀가 기억났다. 그러면서 호옥진의 모습도 떠올랐다.

"맞습니다, 호옥진이 그를 양곡현으로 데리고 간 것이 틀림없습니다. 왜냐하면 호옥진은 사진의 미혼녀인데 예전에 해변 어촌에서 얼굴을 본 적이 있지요. 그가 어떻게 진춘희를 데리고 갔는지는 직접 물어보아야 알 것 같습니다."

마충이 또 물었다.

"심우, 자넨 어떻게 사부인 일을 알고있나. 빨리 처음부터 말해보게."

심우는 웃으며 말했다.

"마형이 이런 어투로 묻는다면 제가 알려줄 수가 없네요, 내가 오히려 묻겠는데 만약 처음부터 말하지 않겠다면 어떻게 할겁니까? 그래도 죽을 건데, 사실 내가 말하건 말하지 않건 그냥 놓아주지 않을 게 아닙니까?"

마충은 할 말이 막혀 그냥 거칠게 말했다.

"도대체 말할 거냐, 안 할거냐?"

심우가 말했다.

"저는 말하고는 싶은지만, 만약 사과하지 않으신다면 전 말하지 않겠습니다."

마충이 생각하기에도 상대방의 이유가 합당하였다. 말해보았자 아무래도 죽일 건데 말 안해도 무방하였다. 그는 확실히 이 사람의 소식이 어디에서 왔는지 알아내야 했다. 저번에 명령받고 시도를 죽이러 다닐 때 사부인이 그와 합작한 적이 있는데 무림 고수들을 죽일 활동을 준비하였던 것이다. 그들은 이익도 바라지 않고 그렇다고 원수를 진 것도 아닌데 단지 이런 행위가 충격적이기 때문이었다. 사부인이 곧 이 길에 발을 들여놓을 사람이라 그에 관한 일이라면 될수록 알아두는 것이 좋았다. 이런 일에 있어서는 마충과 같은 흉폭한 사람도 어쩔 수 없는 일이다.

"좋소, 좋소, 내가 자네한테 사과하지. 말이 타당하지 못했으니 용서하시오."

심우는 고개를 끄덕이며 말했다.

"이래야 말 같지요."

일부 표사들은 거의 웃음소리를 낼 뻔했는데 이런 일은 너무 웃기는 일이었던 것이다. 심우는 이어 말했다.
"내가 양곡현 사가謝家에 대해서 알게 된 지 이미 오랜 데 그들의 사가 수라밀수는 무림에서 제일 높은 절예 중 하나이죠."
마충은 얼굴색이 조금 변하면서 이 청년이 어지간한 사람이 아니라는 것을 느꼈다. 심우가 또 말했다.
"사부인의 일에 관해서는 이번에 사천에 들어올 때 알게 되었습니다. 그는 원래 무산 신녀의 사람인데 후에 사가에 시집왔지요. 맞습니까?"
마충은 얼굴빛이 어두워지며 말했다.
"그렇네, 자네가 너무 많은 걸 알고 있네. 내가 자네를 영원히 말하지 못하게 하겠네."
심우가 말했다.
"저를 제외하고 여기 많은 사람들이 우리의 대화를 들었는데 그들마저 말을 못하게 할건가요?"
마충이 말했다.
"그 일은 우리가 겨루고 난 뒤 봅시다."
심우가 냉소하며 말했다.
"왜 지금 말을 못하는 거지요, 제가 댁의 말을 이용해 이 친구들이 저를 돕게 만들까봐 그러는지요?"
마충이 생각하기에도 그랬다. 만약 심우가 이 친구들의 도움을 받을 것이라면 이렇게 군말 할 필요가 없는 것이었다. 그는 크게 웃으며 말했다.
"당신들한테 알리는데 내가 심우를 죽이고 난 뒤에는 당신들 차례요. 하나도 살아남지 못할거요."

심우는 사람들을 한번 둘러보니 그들의 얼굴에는 모두 분노의 신색이 나타났다. 이때 그가 말했다.

"마충형, 쓸데없는 말은 하지 맙시다. 오늘 댁이 저를 가만두지 않더라도 저도 댁을 살려 보낼 수는 없습니다. 첫째로는 댁을 잡아다 방대인한테 보내 벌을 받게 해야 되고, 둘째로는 당신과 같은 이런 흉독한 사람은 살아서 자신한테 좋을 것도 없고 세상 사람들한테도 해로운 것 같군요."

그는 "웅"하는 소리와 함께 손에 들고 있던 장검을 빼내 들었는데 눈이 부실 정도였다. 마충은 무섭게 칼을 휘둘렀는데 칼날이 후하는 사이에 심우를 겨누고 있었다. 심우가 한번 헤치고 나가는 사이에 마충의 장도가 어느새 그를 내리치고 있었다. 잠깐 사이에 칼소리가 끊이지 않았는데 마충은 이미 일곱 여덟번 넘는 공격을 사납게 전개했다. 대청에 앉았던 모든 사람들은 마충이 이렇듯 용감하고 도법이 이만저만이 아닌데 대해 크게 놀랐다. 비록 그들이 심우에 대해 좋지 않게 보고 있었지만 생사가 오고가는 이런 상황에서는 적과 아군의 선이 분명했는데 다들 심우가 실패하기를 바라지 않았다. 심우는 엄밀하게 검으로 막아냈는데 마충의 공세는 완전히 저지당했다.

이번의 상황은 앞서와는 달랐는데 전에 그가 마충과 겨룰 때는 구경하는 사람이 방공영을 제외하고도 각 표항의 경영자와 같은 인물들이 있었기에 그는 자신의 모든 공력을 보여주기가 불편했다. 지금 이 시각 구경하고 있는 사람들이 모두 그가 다스려야 할 아래 사람들이니 이 기회를 빌어 필히 위신을 얻어 매사람마다 탄복하게 만들어야 했다. 그래서 그는 일곱 여덟 칼을 막아낸 뒤 갑자기 등교기봉騰蛟起鳳 일초를 써 적의 칼을 막아낼 뿐만 아니라 동시에 적을 억눌렀다.

마충은 적의 검이 자기를 향해 내려꽂는 것을 보았는데 칼날은 언제든 찍을 듯 했고 검마저 언제든 날아갈 태세였다. 그는 일시간 다른 좋은 방법을 생각해낼 수가 없어 할 수 없이 괴상한 소리를 지르며 뒤로 물러났다. 사람들은 그의 괴상한 소리에 모골이 송연해졌다. 이 고함소리에는 강렬한 분노의 감정이 담겨있었다. 누구도 마충이 왜 이리도 분노하는지 알 수 없었다. 심우도 이상하여 저도 모르게 뒤로 나서며 물었다.

"마형. 어찌하여 이렇게 노하는 겁니까?"

마충은 포효를 하더니 말했다.

"내가 평생 백여차 되는 결투를 했어도 한번도 그 누구한테 밀려 후퇴한 적이 없었는데, 자네가 처음이오."

심우가 알았다는 듯이 말했다.

"원래 이것 때문에 마형이 이렇게 노했군요, 그럼 마형 일생 중에 한번도 져본 적이 없겠네요?"

마충이 말했다.

"난 아직 적수를 못만났소."

심우가 말했다.

"이 말은 사부인을 포함해서 하는 말입니까?"

마충이 말했다.

"그는 당연히 다르지."

심우가 말했다.

"마형은 천성적으로 용감하고 무공은 더 말할 나위 없는데 제가 만약 당신을 이긴다면 그것은 요행일뿐이지요."

마충이 말했다.

"입닥쳐라. 자넨 아직 이긴 것이 아닌데 이런 말은 왜 하는가?"

심우가 말했다.

"저는 단지 마형이 성격이 폭렬하여 만일 졌을 때 자결이라도 할까봐서 입니다."

마충이 욕하며 말했다.

"허튼 소리 하고 있네. 나는 지지도 않을 것이고, 자결도 하지 않을 것이오."

심우가 말했다.

"그러면 됐습니다. 자!"

그는 문파의 무공을 선보였는데 초식이 고원하고 삼엄하였는 바 그 전에 보였던 소림 비전의 대비검법과 엄연히 달랐다. 마충은 눈이 휘둥그레 보면서 속으로 생각했다.

'이 놈이 이만 저만이 아닌데, 내가 업신여겨서는 안 되겠군.'

그는 생각이 바뀌었다. 그는 크게 소리 한번 치더니 맹공격을 들이댔다. 삽시간 이 두 무림고수는 또 맞붙었는데 심우의 검법은 평담하고 심원했으며 간단함으로 번잡함을 누르고 공격과 방어를 겸비했다. 마충은 공격이 많고 방어가 적었는데 수중의 긴 칼을 눈이 부실 정도로 휘둘러댔는데 기세가 대단하였다. 그러나 그가 연속해서 칠팔초를 공격했지만 심우가 그의 위세에 눌리지 않을 뿐만 아니라 오히려 점점 전진하여 마충은 뒤로 한발 한발 후퇴하게 되었다. 표국 내의 사람들이 한 눈에 보기에도 심우가 검법상에서나 공력상에서 모두 완벽하였으니 마충이 비록 맹공격을 들이댔지만 그의 적수가 아니었던 것이다.

심우는 전력을 다해 마충으로 하여금 후퇴하게 하였는데 연이어 여섯 일곱 발자국 후퇴하게 만들었다. 그러더니 심우는 큰 포효소리와 함께 수중의 장검을 들고 돌연히 다른 초식으로 전환하였다. 그의 검은 질풍과 같이 빨랐고 사람도 번개와 같이 빨랐는데 삽시간에 사면팔방은 온통 검광으로 번쩍이면서 마충을 향해 공격해 들어갔다. 향상여는 저도 몰래 크게 찬탄해마지 않았다.

"좋은 검법이요, 심가의 절예가 과연 위풍당당하오."

심우는 민첩히 올라솟았다 내려앉았다 했는데 상대방의 칼을 향해 공격했다. 마충은 크게 소리치면서 솟아 올랐는데 수중의 칼은 이미 땅에 떨어지고 말았다. 이때 이 만면에 수염이 가득한 대한은 이미 어깨가 붉은 피로 물들여졌다. 심우는 길게 웃더니 말했다.

"마형은 제가 쓴 검법이 무엇인지 알겠습니까?"

마충은 흘겨보면서 노기등등해 하며 말했다.

"소림사에는 아마 이런 검법이 없는 것 같네."

향상여가 말했다.

"마형이 아마도 출도한지 좀 늦은 것 같소. 아직 칠해도룡 심목령, 심대협의 독보적인 검법을 못보았군."

마충이 의아해하며 물었다.

"아, 이것은 도룡검법이었소?"

심우가 말했다.

"향선배께서 과찬하셨습니다. 소인의 가전 검법은 절예에 속하지 못합니다."

마충이 고개를 끄덕이며 말했다.

"내가 천하무쌍의 도룡검법 아래에 졌으니 너무 수치스러운 건 아니군. 심형이 만약 아직 힘이 딸리지 않다면 우리 한번 칼을 쓰지 않고, 장세를 겨뤄보는 것이 어떻소?"

심우는 수중의 검을 내던지고 흔쾌히 대답했다.

"좋습니다. 마형과 또 한판 겨루어 봅시다."

마충은 분명히 심우의 입에서 사가의 수라밀수 수법을 들었지만 그래도 미덥지가 않았다. 왜냐하면 이런 기공 절예는 그 이름을 말해내긴 쉬워도 진정 어떤 수법인가를 알기는 쉽지 않았다. 더욱이 상대방이 절대로 자기가 이미 두 초의 수라밀수를 장악한 줄을 알 수가 없었을 것이었다. 이 수라밀수는 무도 중 초절정의 절예라고 할 수 있는데, 그 기술은 바로 상대방의 빈틈없는 공격을 뚫고 빛처럼 공격해 갑자기 적을 때려 눕히는 수법이었다. 그래서 이름이 수라밀수였던 것이다. 마충은 비록 아직 두 초 밖에 장악하지 못했지만 그래도 이 두 초 만큼은 능히 잘 다룰 수 있었다. 그는 이미 이 절예의 위력을 시험해 보았었는데, 속으로 이길 수 있다는 믿음이 가득했다. 심우는 점점 다가오면서 팔을 휘두르며 말했다.

"마형, 조심해서 초식을 보십시오."

마충은 적의 장력이 아주 매섭기가 산을 가를 정도가 됨을 알았다. 그는 한편으로 그를 막아내면서 다른 한편으로 생각하였다.

'이 한쌍의 장력이 만만치 않군, 그러니 담도 크게 검을 버리고 겨루어보자고 했을 때 응했겠지. 하지만 내가 사가의 수라밀수 기공을 연마했을 줄은 생각 못했을 걸.'

심우는 장을 들어 예리한 칼처럼 연달아 사오초를 공격했는데 마충은 견디기가 어려웠다. 이때 마충과 구경하던 사람들 모두가 심우가 쓰고 있는 장법이 소림사의 이름난 거령장법巨靈掌法임을 알아차렸다. 하지만 심우가 쓸 때는 보통 거령장법과 틀렸는데 자연히 심우가 쓰는 장법의 위력이 대단하여 산을 깎고 바다를 채우고, 땅을 갈라 강을 만들 기세였다. 사람마다 눈이 휘둥그레지고 정신이 잃을 정도였는데 갑자기 심우가 좌수로 권세를 취하더니 휘둘러댔다. 사람들이 세심히 바라보니 이것은 소림사에 널리 전해지고 있는 복호권伏虎拳이었는데 심우가 쓰니 오히려 더 큰 위력이 발산되고 있었다.

이때서야 사람들은 소림 무공은 그 진전을 이어받은 사람이 쓸 때 남다르다는 것을 알았다. 그들은 또 한가지 일을 몰랐는데 심우가 거령장 중에 복호권을 합해 쓰고 있을 때 마충이 수라밀수를 쓰고 있었으며 심우의 일련의 권법에 마충의 독수가 모두 말살되고 말았던 것이다. 마충은 크게 겁먹었다. 그러면서 이런 장 속에 권이 있고, 권 속에 장의 무공이 곁들어진 것은 극히 어려운 일이라고 생각했다. 소림사의 거령장과 복호권이 기이하여 승리를 취할 것은 못되었지만, 이 두 종 수법이 함께 발출되자 그 가운데 절묘함으로 위력이 몇 배나 증가했는지 알 수 없을 정도였다.

마충은 아직 두 수의 수라밀수 밖에 연마 하지 못했는데 어떻게 심우의 이런 절세 무공 앞에서 시위할 수 있겠는가? 결투를 지켜보는 사람들은 쌍방이 서로 다른 권장을 쓰는 것을 볼 수 있었고, 초식마다 절륜하여 모두 탄성이 그치지 않았다. 마충은 적을 이길 방법이 없고 두려움이 들어 속으로 도망갈 생각을 했다. 그러나 그는 도망가는 일이 그리 쉽지 않을 것이라고 생각하였다. 첫째로는 심우가 이미 국세를 장악하였고, 둘째로는 그가 적수가 된다고 생각했던 향상여가 한창 두 눈을 부릅뜨고 지켜보고 있으니 향상여가 직접 그를 수습하진 않아도 조금만 막아나서면 심우가 쫓아올 수 있을 것이었다.

그래서 마충은 필히 향상여가 저지할 수 없는 쪽으로 가야 했는데, 이론상 그가 단지 향상여가 있는 방향으로 도망가지 않으면 되는 것이었다. 그러나 사실상 마충은 이미 열세에 처해 있었는데, 갑자기 도망가려면 기회를 엿보아야 했고, 만약 기회가 있다고 하더라도 향상여를 피해갈 수 없다면 다른 도리가 없었다. 갑자기 향상여가 크게 말했다.

"여러분 주의하세요. 이 사람이 지금 도망갈 생각을 하고 있는데, 우리가 조금만 막아서도 그가 도망가는 걸 막을 수 있소."

사람들이 모두 일어서 병기를 꺼내들고 기다렸다. 향상여의 이 행동은 과연 마충의 정곡을 찔러 그로 하여금 도망칠 생각을 접게 만들었다. 심우는 정신을 가다듬고 급히 장으로 찍어 내렸는데 마충을 놀라 후퇴하게 만들었다. 마충이 아직 제대로 몸을 가누지도 못했지만 두 손으로 각각 수라밀수의 한 수 절예를 썼는데, 심우가 틈으로 들어가려고 했지만 그의 이 절기에 막히고 말았다. 심우가 냉랭하게 말했다.

"수라밀수는 과연 명불허전이군요. 하지만 오늘 나를 만났으니 어쩔 수 없을 겁니다."

마충은 들어올 수 없을 거라고 생각하고 큰소리로 말했다.

"자네가 어쩔건가?"

두 사람은 한편으로 말다툼을 하면서 다른 한편으로는 손을 쓰고 있었는데 심우가 말했다.

“만약 당신이 사진이라면 그렇게 말할 수 있어도 마형 입에서 그런 말이 나오면 아마 사람을 웃기는 일이지요.”

마충이 욕을 했다.

“이런 썩을 놈. 사진 그 패기없는 놈하고 나를 어떻게 비긴단 말인가.”

심우가 말했다.

“사진이 아무리 패기가 없다고 해도 도망갈 생각까진 하지 않지요. 마형이 무슨 영웅 인물인 것도 같지 않네요.”

그의 이 말은 심리를 자극하려는 것이었는데 마치 사진과 잘 아는 사이인 것처럼 말했다. 과연 마충이 주춤하더니 잠시 생각에 잠겼다. 심우는 갑자기 반대방향으로 손을 펼치더니 작은 틈 사이로 공격해 마충의 얼굴을 한바탕 갈겨놓았다. 이 한기는 진짜 공력이 들어간 것이 아니었지만 그래도 마충으로 하여금 혼쭐이 나게 만들었다.

“이런 빌어먹을 놈. 이건 또 무슨 무공인거냐?”

아직 채 욕이 끝나지도 않을 때 심우가 허리를 또 공격했는데 심우는 상대방이 욕을 할 때면 중판에 틈새가 생기는 것을 알았고 이를 이용해 과연 적을 찌를 수 있었다. 마충은 상대방에게 일 권을 맞자 허리가 몹시 아팠다. 그러나 그는 많은 경험이 있는 사람이라 수라밀수의 또 다른 한 수를 써 심우의 공세를 막았다. 심우는 한편 비웃으면서 계속 공격을 가했다. 하지만 마충은 책략을 바꾸어 계속 그 두 수의 수라밀수만 반복하였는데 그의 공세를 막아냈을 뿐만 아니라 삽시에 칠팔 초를 막아냈다. 곁에서 구경하고 있던 사람들은 분명히 심우가 우세를 차지하고 있는데도 불구하고 이기지 못하니 속으로 조급함이 생겼다. 이러다 혹시 그가 오히려 그가 마충의 손에 질까봐서였다.

심우도 이런 결투가 얼마나 위험한지 알고 있었는데 아무리 우세를 차지하다가도 조금만 잘못하면 생명의 위험이 있는 것이었다. 그러나 마충의 공력이 이미 고수의 경지에 이르러 그를 이기기가 힘들었다. 사가의 수라밀수가 이런 장소에서 그 위력을 발휘했는데 마충이 이러한 상황을 견뎌나갈 수 있는 중요한 원인 중의 하나였다. 두사람은 또 칠팔초를 겨루더니 심우의 권장이 수를 바꾸어 전문적으로 반대 방향으로 손을 썼다. 일시간에 마충은 뺨을 연속으로 두들겨 맞았다.

그러나 이런 반역수법反逆手法은 상승의 기력을 쓸 수가 없는데 마충이 일련 대여섯번 맞았지만 아무런 부상도 없었고 결투의 역량도 줄지 않았다. 무공의 도리로 보면 병기를 들고 하거나 권각으로 하거나 모두 기세 발동이 필요한데, 우측으로 내는 장세를 발출할 때 발경하며 힘을 쏟다가 반대로 방향을 돌리면 경력은 사라지게 되는 것이다. 따라서 심우는 가볍게 상대방의 뺨을 때렸지만 그 마충을 근본적으로 쓰러뜨리지 못한 이유가 된다고 할 수 있다. 심우가 크게 웃으며 말했다.

"마형 얼굴이 참 두껍소. 어찌할 방법이 없군요."

마충이 노기에 차 욕해댔다.

"빌어먹을, 너야말로 얼굴이 두껍구나."

심우가 말했다.

"나의 낯가죽은 너무 얇은데, 만약 내가 마형 손에 몇 번 맞는다면 죽지 않으면 자살할 겁니다."

마충은 그한테 화가 나다 못해 크게 고함치더니 심우를 향해 힘껏 공격했다. 그의 공세는 흉폭하기 그지 없었지만, 무공 중의 큰 금기를 범했다. 적을 채 때리기도 전에 가슴에 이미 크게 한 주먹을 들이 맞았다. 마충의 큰 신체가 뒤로 육칠 자 밀리더니 땅에 처박혔다. 마충은 땅에 뒹굴었다. 그는 기어서 일어나려 했다. 비로소 상반신을 일으키려 했는데 수 장 거리의 심우의 눈과 마주쳤다. 심우의 눈길이 번개와도 같았고 칼과도 같이 예리하여 그의 가슴을 찔렀다. 마충은 상대방의 눈길이 자신에게 죽음을 선포하는 사자로 보였다. 마충은 신음소리를 냈다. 입에서는 선혈이 쏟아졌다.

그는 자기가 아무리 흉폭하게 나가도 상대방의 굳건한 투지를 흔들 수 없다는 것을 느꼈다. 이때 이길 수 없으면 지는 것이다. 마충의 몸이 흔들리더니 다시 한번 바닥으로 넘어졌다. 움직이려 해도 움직일 수 없었다. 구경하던 사람들은 마충이 기어서 상반신을 일으켰을 때 중상을 견디지 못하고 죽었다는 것을 알았을 뿐이고, 마지막 한순간 쌍방은 의지를 가지고 격렬한 한 초를 겨뤘음을 알 수 없었다. 만약 심우가 빈틈없을 정도로 심령을 수련하지 않았고 조금만 흔들렸다면 마충이 상대방의 후퇴하는 의지 중에서 힘을 얻고 계속 싸웠을 지도 모른다. 사람들은 비록 이런 절묘한 변화를 읽어내지는 못했지만 마충이 죽고, 한동안 숙연한 분위기에서 헤어나오지 못했다. 향상여가 먼저 말을 했다.

"심형. 오늘 정말 우리 눈을 뜨게 했소."

심우가 겸손하게 말했다.

"과찬이십니다."

향상여가 말했다.

"내가 보기에 마충의 성격과 그의 무공 조예는 이미 일반 고수들과 비길 수 없는 정도인 것 같소."

심우는 이 말에 대답하기가 곤란하였다. 왜냐하면 만약 향상여의 말을 승인한다면 마충이 자기 손에 죽었으니 그러면 자기 스스로를 추켜세우는 것으로 되고 그렇다고 향상여가 말한 것이 틀리지도 않았기 때문이다. 마충은 확실히 일반 고수들을 뛰어넘는 사람이었던 것이다. 이 한번의 결투 후 남경표국의 사람들이 그의 무공과 재질에 대해 탐복할 뿐만 아니라 기타 표국의 사람들도 심우가 마충의 시체를 방공영한테 맡겨 모두 이 일을 알게 되었다. 마충의 무공이 어느 정도인지 다들 알고 있는 사실이라 심우의 명성이 사람들 입에서 널리 알려졌다.

심우의 명성은 날이 갈수록 커졌는데 빠른 시간 내에 전국 표항에서 제일 이름있는 인물이 되었다. 그외로 그는 아무도 몰래 칠팔명의 사람을 데려왔는데 왕이랑과 임봉林峰 두 사람을 표항의 표두로 임명하는 것을 제외하고 나머지 사람들은 모두 표국 내에서 일을 하도록 하였다. 왕이랑은 제약우의 내질이고, 왕옥령의 동생으로서 무공이 뛰여났는데 제약우가 직접 가르쳐 키운 사람이었다. 임봉은 심우가 고른 사람인데 그가 보기에 이 사람이 두뇌가 명석하고 반응이 빨라 특별히 그를 데려다 표사로 임명한 것이다.

남경표국의 장사는 심우가 관리하면서부터 날마다 번성하였다. 그리고 안으로는 향상여가 있고 밖으로는 제약우가 심우를 도와주고 있었다. 하지만 어떤 사업을 동항들이 일부러 그에게 떠맡기어 난처하게 만들려고 하려는 경우도 있었지만 그때마다 심우는 이를 미리 발견하여 지혜롭게 일을 잘 처리해나갔다. 동업자들의 간의 경쟁은 오히려 그의 능력을 보여줄 기회가 되었다. 그리하여 그의 명성은 더욱 높아졌다. 그는 방공영의 도움도 많이 받았는데 장사가 끊임없이 들어왔다.

각 방면의 상황은 모두 심우로 하여금 만족하게 만들었다. 지금은 다만 기회를 기다려 표국 중의 모든 오래된 사람들이 나가면 그는 지도에 따라 황금굴을 발견하러 갈 수 있게 되었다.

금을 캐는 일은 작은 일이 아니었다. 심우 등 사람들의 조사에 의하면 남경표국의 전신은 원래 한 대택大宅이었는데, 수십 번의 주인이 바뀌면서 옛날의 건물들과 방들은 이미 평지로 되었는데, 황금굴의 위치가 바로 이 후원이라고 하였다. 심우는 반드시 적당한 기회를 기다려 파야지 그렇지 않으면 비밀이 누설될 수도 있다고 생각했다. 또한 업무가 잘 되어가고 있는 대다가 그도 통솔에 자연히 전력을 다해야 하기에 금을 파는 일을 잠시 연기하기로 하였다. 시간은 어느새 흘러 깨닫지 못하는 사이에 몇 개월이 지났다. 어느날 심우는 방공영의 소개로 큰 장사를 맡게 되었다.

그것은 본성에서 제일 큰 금점金店이었는데 귀중한 주보珠寶를 경사京師로 운반하는 일이었다. 이 주보들의 가치가 십만냥이 넘었고, 그 중 어떤 것은 조정에서 예약한 것으로 절대 잃어버리면 안 되는 것이었다. 하여 이 금점은 방공영을 통해 심우를 찾았던 것이다. 심우는 돌아와 향상여와 장홍양과 상의하였다.

"이번 일은 고객이 저더러 직접 운송해달라고 하는데 운송방식은 특별히 지정하지 않고 제가 알아서 하라고 합니다."

향상여가 말했다.

"방총포두가 소개한 것이니 해야지요."

심우가 말했다.

"맞습니다, 더욱이 그들이 보통 때보다 열배나 더 되는 보수를 내는데 기타로 들어가는 돈도 따로 대겠다고 합니다. 이런 조건은 너무도 좋은 것이지요."

장홍양이 말했다.

"경사로 가는 북쪽 노선이 근래 아주 평온한 것으로 보이니 큰 문제는 없을 것 같은데, 이 일을 맡고 안 맡고는 총포두가 직접 결정하시오."

심우가 말했다.

"향선배께서 금방 방공영과의 관계를 말했다시피 본국은 이 일을 맡지 않을 수가 없습니다. 저는 이번에 암표暗鏢 방식으로 경사에 운송하려고 합니다."

향상여가 말했다.

"나도 같이 갈까요?"

심우가 말했다.

"향선배께서 도와주신다면 더 좋습니다."

장홍양이 눈썹을 찌푸리며 말했다.

"두 분이 모두 이렇게 조심스러운 것으로 보아 무슨 집히는 것이라도 있습니까?"

심우가 머리를 흔들며 말했다.

"아닙니다. 향선배 생각은요?"

향상여가 말했다.

"이번 일은 아주 좋은 일이므로 어떤 나쁜 일도 없을 겁니다."

장홍양이 말했다.

"그렇다면 향노께서 직접 나서 고생할 필요가 있습니까?"

향상여가 웃으며 말했다.

"심우한테 물어보게."

심우가 말했다.

"향선배께서 같은 생각인 줄 모르겠지만 제 생각에는 이번 일이 너무도 순탄하다는 것입니다. 이윤도 높고 각 방면에서 생각해볼 때 아무 문제가 없으니 오히려 그것이 이상합니다."

향상여가 말했다.

"맞소, 맞소이다. 이번 장사가 모험이 너무 적으니 오히려 불안하오."

장홍양이 웃으며 말했다.

"그러면 두분은 위험이 있는 장사가 더 좋단 말입니까?"

향상여가 말했다.

"그런 말이 아니오. 우리 이 항업의 규칙은 위험이 작으면 보수도 적은데, 이번은 정반대이니 사람으로 하여금 의심하지 않을 수가 없소."

장홍양이 말했다.

"그러나 이 물건들은 가치가 엄청난데 당연히 보수가 톡톡해야 되는 게 아닙니까."

심우가 말했다.

"그러나 이 보수가 너무 과하게 많다는 겁니다. 혹시 우리가 너무 조심스러운 것도 있겠지만 아무튼 제 생각에는 이번 일에 전력을 다해야 한다고 봅니다."

그들은 여기까지 의논하고 이미 결정을 지었다. 황혼 무렵, 심우는 비밀리에 제약우를 만나 다시 이 일에 대해 의논했다. 제약우는 그들의 결론을 듣고 난 뒤 사색에 잠겼다. 한쪽에 있던 왕옥령이 심우를 향해 웃음을 던지며 말했다.

"심총좌께서는 요즈음 너무 바쁘신거 아닙니까?"

심우가 말했다.

"어찌된 겁니까, 내가 무슨 잘못이라도 했습니까? 어찌 칭호마저 달라진겁니까?"

왕옥령이 말했다.

"아닙니다, 우리가 오랜만에 만났는데 무슨 잘못이라니요."

심우가 말했다.

"제가 오기싫어 오지 않은 것이 아니라 촌주께서 분부하시기를 긴요한 일이 아니면 연락을 가급적 하지 말라고 해서입니다."

왕옥령이 말을 이었다.

"그럼 그 말 뜻인 즉 자주 나를 보러 오고 싶다는 말인가요?"

심우가 어찌 그의 속마음을 모를까. 이런 노골적인 말로 왕옥령은 자신의 마음을 보여주었다. 하지만 심우로서는 그냥 쉽게 대답해 그녀의 자존심을 상하게 할 수는 없었다. 다행히 그는 많은 경험을 겪은 사람이라 미소를 지으며 이렇게 말했다.

"어떤 일은 말을 하지 않아도 알 수 있지 않소."

그는 이어 대화의 소재를 바꾸었다.

"내가 방금 말한 일에 대해 그대는 어떻게 생각하고 있소?"

왕옥령도 과연 이 일에 대해 집중하고 있었는데 잠깐 생각하더니 말했다.

"의문점은 없는 것 같습니다."

제약우가 말을 이었다.

"이번 장사는 심형이 직접 나서야 방공영한테도 할 말이 있소."

심우가 말했다.

"이 점은 이미 결정했습니다. 촌주께서 다른 의견이 있습니까?"

제약우가 말했다.

"자네가 필히 직접 나서야 하는 것 외에 또 중요한 점은 향상여 선생께서 동행하시면 안되오."

심우는 놀라며 물었다.

"촌주의 뜻은 향선배께서 나서면 오히려 일을 망친단 말입니까?"

제약우가 말했다.

"향상여 선생께서 동행하면 자네의 실력이 증가하여 자연히 더 온전할 거요. 그런데 내가 묻고 싶은건 어찌하여 향상여를 동행하자는 거요?"

심우가 말했다.

"그가 동행하면 더 안전하니 말입니다."

제약우가 고개를 끄덕이며 말했다.

"맞소. 이번 장사는 가치가 이만저만이 아니고 보수가 넉넉하니 자네들이 더욱 조심스레 하나의 실수도 안 하려고 할테요."

심우가 말했다.

"제노께서 아시면서 왜 저한테 묻는 것입니까?"

제약우가 말했다.

"이번 일을 자네들이 너무도 전력을 다해 할 것이 뻔한 일이니 더욱 일이 발생할 수 있는 문제가 된다는 거요."

심우가 말했다.

"제노께서 말씀하시는 것은."

제약우가 말했다.

"내 생각에는 이번 일을 먼저 놔두고 보았을 때 자네의 표국에서 값이 엄청난 물건이거나 한 수레의 곡식이거나를 막론하고 일을 망쳤을 때 명의 상 손실은 똑같을 것이 아니요."

그가 이렇게 말하니 심우는 깨닫게 되었다.

"제노께서는 표국 중에 뛰어난 사람들이 나서면 또 다른 장사가 들어왔을 때 더 이상 위험을 떠맡을 수 없게 될까봐서 였군요."

제약우가 말했다.

"만약에 내가 자네들에게 타격을 입히고 싶다면 이런 기괴한 수단을 쓸 것이오. 상대방이 맘먹고 망치려고 든다면 필히 모든 방법을 다해 손을 쓸거요. 그들은 자네와 향상여가 직접 나선 일 외에 다른 일들을 모두 다 망칠 것인데 이렇게 되면 강호에서 좋지 않은 소문이 돌게 뻔하오."

심우는 머리 숙여 말했다.

"제노 말씀이 맞습니다. 만약 정말로 우리를 타격하려고 하는 자가 있다면, 이전의 순조로운 국면 또한 그들이 계획하고 주도한 것일 수도 있습니다. 그들은 남경표국이 명성이 자자할 때 손을 쓰면 강호를 크게 뒤흔들 수 있다는 것을 노렸을 수도 있습니다."

왕옥령이 말했다.

"이 가상의 적을 두 분이 생각해 낼 수 있을까요?"

심우가 생각에 잠기도니 머리를 흔들면서 말했다.

"생각할 수 없어요. 어떤 단서도 찾을 수 없습니다."

제약우가 말했다.

"생각해 낼 수 있다면 이상한 일이지. 상대방이 절대로 자기를 의심할 수가 없다는 믿음이 없다면 이런 일을 할 수 있을까?"

왕옥령이 말했다.

"촌주께서 말씀한 것이 도리는 있으나 사실상 일에 대해 아무 도움이 안되는 것 같은데요."

제약우가 말했다.

"어떻게 도움이 안된단 말인가. 적어도 그런 의심은 할 수 없으나 이런 역량을 갖고 있는 사람들로부터 생각해 볼 수 있을 것이오."

심우가 말했다.

"남직예 지역의 치안을 담당하고 있는 방공영이 아무런 의심은 가지 않지만, 그런 역량은 있는 분이시지요."

제약우가 말했다.

"그건 아니 것 같으니 더 생각해보시오."

심우가 말했다.

"관가의 역량을 제외하고는 조직이 있는 강호상에 사람들이지요."

제약우가 말했다.

"자네가 이 두달 동안 산서山西, 하남河南, 악북鄂北 등 표물 운반 노선을 개통했는데 이 노선 중에 적어도 두 조직은 역량이 있어 보이네."

심우가 말했다.

"주노께서 말씀하시는 것이 진성晉城의 청풍보淸風堡와 양양襄陽의 음양교陰陽敎가 아닙니까?"

제약우가 말했다.

"맞소. 이 두 조직은 흑도 상의 패왕들이라 할 수 있지. 지금은 비록 그들의 전성기와 비할 순 없지만, 그러나 아직도 전국 각지 적지 않은 흑도 인물들이나 방파가 그들의 지시를 받고 있소."

심우가 말했다.

"이 두 세력의 두령을 제가 다 만나보았는데 생각해보면 그들 모두 저를 건드릴 것 같지 않았습니다. 그들은 아직도 강대한데 하필 일을 만들 리가 있겠습니까? 남경표국을 망쳐놓아 그들이 덕을 볼 건 없지 않습니까?"

제약우가 말했다.

"나는 그들이 꼭 적일 것이라고는 확정하지 못하오, 다만 그들이 이런 역량을 갖고 있으니 참고대상으로 하길 바라는 거요."

그들은 한참 토론을 했지만 그래도 비교적 긍정적인 결론이 나지 않았다. 왕옥령이 심우를 바래주면서 말했다.

"아마 이런 염려는 걱정을 만드는 것일 수도 있습니다."

심우가 말했다.

"그러길 바라오. 하지만 제노의 말은 극히 도리가 있는 말이라고 생각되오."

왕옥령이 말했다.

"촌주께선 항상 일을 잘 예견하였는데 이번도 마찬가지인 것 같습니다."

그녀의 이런 생각은 분명히 남경표국에 일이 발생할 거라고 생각하고 있음을 보여주었다. 심우는 돌연히 가슴을 두드리며 호기롭게 웃으며 말했다.

"이러해도 좋소. 어떤 사업이든 간에 어려운 일이 닥치지 않은 일은 없다는 것이지요."

왕옥령이 그의 옷깃을 잡아당기며 대문 앞에서 그를 붙잡았다.

"어떻게 할 건가요?"

심우가 말했다.

"만약 상대방이 몇 개 노선 상에서 같이 손을 쓴다면 내가 경사에 가지 않더라도 몸을 나누어 상대할 수가 없는 일이요."

왕옥령이 말했다.

"그렇다고 그냥 일이 발생하도록 놓아두진 말아야지요."

심우가 말했다.

"무슨 생각이 있소?"

왕옥령이 말했다.

"만약 당신이 국주를 설득할 수 있다면 당신들이 경사에 갔다오는 동안 잠시 다른 일을 맡지 말라고 하면 어떨까요?"

심우가 웃으며 말했다.

"그러면 이후에는? 계속 그런 식으로 할 수는 없지 않소."

왕옥령이 난처한 표정을 지으며 말을 하지 않았다. 심우는 그녀의 진지한 관심을 느낄 수 있었는데 이것이 순수한 우정에서 나온 것인지 의심이 갔다. 만약 그가 심우에 대한 감정이 우의의 범위를 벗어난 것이라면 다른 문제였다. 그는 한편으로 왕옥령의 문제를 생각하고 또 한편으로 표국이 당면한 위험에 대해 머릿속으로 생각했다. 갑자기 그는 영감이 떠올랐는데 이것은 왕옥령의 말에서 계시를 받아 생각난 것이었다. 그는 잠시 생각하더니 말했다.

"좋은 방법이 생긴 것 같소. 옥령이 춘주한테 가서 힘을 쓸 수 있는 사람들로 준비해달라고 알려주오, 내가 돌아가서 몇 개 노선과 운송해야 할 물건들을 적어 보낼 것인데 그 사람들 보고 나를 따라 오게 하되 무슨 일이 있든 절대 손을 쓰지 말고 그냥 따라만 오게 하면 되오."

왕옥령이 말했다.

"그 다음 당신이 물건을 찾아갈 건가요?"

심우가 말했다.

"도난당한 물건은 그냥 포기하기로 했소."

왕옥령이 의아해하며 물었다.

"그러면 어떻게 됩니까? 아무리 재산이 많다 할지라도 주인이 물건을 내놓으라고 소송이라도 하면 남경표국의 명예는 어떻게 할겁니까."

심우가 말했다.

"말한 것이 맞소. 그러나 우리가 맡은 물건은 근본적으로 남경성 밖으로 운송하지 않는다는 거요."

왕옥령이 알았다는 듯이 말했다.

"당신이 운송하는 물건들은 다 값이 안나가는 것으로 바꾼다는 말이지요?"

심우가 말했다.

"그렇소. 이렇게 되면 우리가 이번에 절도당한 일이 전해지더라도 오히려 본국의 위상을 높이게 될거요. 왜냐하면 이번 일을 통해 본국은 소식이 영통하여 사전에 모든 의외를 대비하고 배척할 수 있다는 걸 보여주는 것이니까. 또한 우리를 해치려는 표국을 알아내어 처벌을 하게 된다면 우리가 전국에서 일류 표국으로 도약할 게 아니요."

왕옥령이 말했다.

"맞습니다. 그러면 당신도 천하 제일 고수로 되는 거지요."

심우가 말했다.

"이건 정말 생각지도 못한 일이요. 만약 우리가 잘못 생각하고 근본적으로 해치려는 사람이 나타나지 않는다면 할 말이 없겠지만, 우리의 예상대로 일이 일어났다면 그건 동항들의 질투와 흑도 인물들이 협력해 타격하는 등 원인 이외에도 나에 대한 사적인 보복일 수도 있는 일이요."

왕옥령이 놀라며 물었다.

"정말 그렇게 생각하는 겁니까?"

심우가 말했다.

"그렇소. 뒤에서 지시하는 사람만 잡아낸다면 우리 심가 참극의 실마리가 풀릴 것 같소."

그는 재삼 왕옥령에게 세세한 부분까지도 부탁하고 나서 돌아섰다. 표국에 도착했을 때는 이미 날이 어두워졌다. 넓은 마당안에는 칠팔개의 횃불이 켜져 있고, 몇 대의 큰 마차에 많은 사람들이 물건을 담고 있었다. 심우가 조용히 보고 있는데 왕이랑의 목소리가 들려왔다.

"대가, 국주께서 또 오셨습니다."

심우가 말했다.

"좋소, 들어오시라고 하오."

왕이랑은 감히 더 묻지 않고 돌아가 본국의 동주인 장홍양을 모시고 들어왔다. 장홍양은 물건을 싣고 있는 사람들을 보더니 말했다.

"심우형, 이번 일에 문제가 있소?"

심우가 고개를 흔들며 말했다.

"물건은 문제가 없습니다."

장홍양이 웃으며 말했다.

"그러면 사람이 문제가 있단 애기인가?"

심우가 말했다.

"목전 본국의 백여명의 일꾼들은 절반 넘게는 이미 오래전부터 이 일을 해 오던 분들이고, 새로 들여온 사람들도 모두 조사를 거쳤으니 아무 문제 없습니다."

장홍양이 웃음을 거두더니 말했다.

"그러면 무슨 문제가 자네를 근심하게 하는가?"

심우는 머리를 돌려 날카롭게 이 중년을 보더니 엄숙하게 말했다.

"본국의 근심은 동항지간의 질투와 일부 흑도 인물들이 마음 먹고 우리를 타격할려고 하는 것 외에 또 하나가 있는데 동주께선 모르시는지요?"

장홍양도 노련한 사람이라 대충 짐작해 내고 이렇게 말했다.

"심형의 이 말은 정말 사람을 놀라게 하는구료. 만약 본국에 무슨 일이 발생한다면 그것은 상대방이 공적인 보복이 아니면, 사적인 보복일 수도 있는 것 같소."

심우는 연속 머리를 끄덕이며 말했다.

"그렇습니다. 동주께서 말한 것이 맞습니다."

그의 눈길은 계속 상대방을 응시하고 있었다. 장홍양이 또 말했다.

"본인은 조상 때부터 표국 항업을 해 온 집이라 은원도 많소. 하지만 대체로 모두 작은 원한들이고, 또 이런 일들은 그냥 덮어두는 습관이 있소."

심우가 말했다.

"동주께서 아주 명백히 짚어 말씀하셨는데, 맞습니다. 만약 사적인 보복이라면 아마 저를 향해한 것 일겁니다."

장홍양이 눈썹을 치켜들며 말했다.

"어느 사람이 강호에 들어서 아무 원한도 없을 수 있단 말이요? 심형 너무 속에 담아둘 건 없소."

심우가 말했다.

"동주께서 이렇게 양해해주시고 지지하시니 다른 말은 더 할 필요가 없네요. 다만 한가지 말하고 싶은 건 저도 적이 도대체 어떤 사람인지 모르고 있다는 겁니다. 이 말을 동주가 믿을지 모르겠습니다."

장홍양이 말했다.

"이 중에는 필히 곡절이 있을거니 내가 어찌 안 믿을 수가 있겠소?"

제27장

降龍棒力克追魂刀

항룡봉이 추혼도를 누르다

심우가 말했다.

"동주의 도량과 기백은 모두 보통 사람들이 미칠 바가 아닙니다. 오늘 일로 이미 증명이 되었는데 소제가 매우 탄복하고 있습니다."

장홍양이 웃으면서 말했다.

"그만두오, 심형. 어떤 사람이라도 한번 보고는 당신이 정직한 협의지사임을 알 수 있는데, 반평생 강호에서 살아온 내가 어찌 알아 보지 못하겠소?"

심우가 말했다.

"동주의 견해로는 만약 우리를 꺾고 본표국의 명예를 훼손시키려는 사람이 있다면 어떤 수법이 가장 효력이 있겠습니까?"

장홍양이 말했다.

"당연히 본 표국에서 호송하기로 한 모든 표물들을 빼앗아 가는 것이오."

심우가 말했다.

"우리들이 이번에 접수한 주보는 그 가치를 헤아릴 수 없습니다. 만약 빼앗기면 명예를 잃을 뿐만 아니라 동주가 배상할 때 필연적으로 가산을 탕진하게 될 것이 아닙니까?"

장홍양은 의아해서 생각했다.

'이것은 매우 명백한 일인데 무슨 영문으로 또 언급을 하는 거지?'

하지만 입으로는 도리어 다음과 같이 말했다.

"옳소, 그러므로 우리는 오후에 이미 의논하였고 모든 힘을 기울여 이 표물을 보호하기로 합의한 것이지요."

심우가 말했다.

"이런 이치는 우리들의 적들도 알고 있을 겁니다. 그들이 만약 주보를 빼앗으려고 한다면 솔직하게 말해 그들도 막대한 희생을 각오해야 할 것입니다."

장홍양이 말했다.

"만약 우리가 주보를 빼앗아 가려는 사람이 있다면 구실을 생각하여 이 장사를 밀어버리는 것도 하나의 방법이요."

심우가 말했다.

"동주는 나의 뜻을 오해하지 마십시오. 이번 장사는 이윤이나 인정, 체면은 물론 여러 방면으로 볼 때 운송을 접수하지 않으면 안되고, 게다가 소제의 이번 걸음은 순탄할 것이므로 더욱 포기할 수 없습니다."

장홍양이 의아해서 말했다.

"당신의 생각은…."

심우가 그의 말을 받았다.

"소제의 생각에는 주보는 큰 문제가 발생할 것 같지 않지만 저녁부터 운송하는 세 표물은 꼭 풍파가 있을 것 같습니다. 비록 세 표물은 모두 귀중한 표물이 아니고 대량으로 하는 영업은 아니지만 세 표물이 모두 탈취당한다면 본 표국도 견뎌내기 힘들 것입니다."

장홍양은 그 말에 이치가 있으므로 삽시간에 눈이 휘둥그레졌고 망설이면서 생각했다. 한동안 지나자 장홍양이 비로소 말했다.

"아! 모두 주보에만 신경을 썼지 언제 그 외의 표물이 문제가 발생할 수 있다고 생각이나 했겠소?"

왕이랑이 끼어들며 말했다.

"그렇다면 총표두가 남몰래 다른 표물을 바꾸어 호송하십시오. 이 수는 상대방이 생각지 못할 것입니다."

심우가 말했다.

"내가 보기에는 표물을 빼앗으려고 손대는 사람들은 역량이 강할 것이요. 그런데 나는 기껏해야 한 곳 밖에 돌볼 수 없으니 그 외의 두 표물은 어떻게 하겠소?"

왕이랑은 할 말이 없었다. 그것은 심우가 적의 실력이 강대하다고 암시했고, 이미 심우가 직접 대처하지 않으면 안될 정도에 이르렀다는 것을 알았기 때문이었다. 그러므로 심우하고 재능을 비할 수 있다고 자신하는 사람이라야 표물을 호송하는 임무를 담당할 수 있는데 적임자를 쉽게 찾을 수 없을뿐더러 두 사람 정도를 더 필요로 한다고 할 때 방법이 없었다. 장홍양이 말했다.

"세상 일은 실현하기 전에는 도저히 예측할 수 없소. 심형의 추측이 옳을 수도 있고 그를 수도 있소. 그렇지만 어떠할 지라도 본 표국은 절대로 파산할 여지가 있는 모험을 할 수 없소. 이 세 가지 장사는 즉시 되돌려보내면 되오."

왕이랑은 연신 머리를 끄덕이면서 말했다.

"옳습니다, 옳습니다. 이것이야말로 상책입니다."

장홍양은 심우의 동의한다는 말을 듣지 못했으므로 눈길을 돌려 그를 바라보면서 물었다.

"심형은 혹시 다른 묘책이 있소?"

심우가 대답했다.

"본 표국이 이 세 가지 표물을 되돌리면 손실이 적을 뿐만 아니라 위험을 피할 수는 있는데, 이것은 원래 나의 최초의 생각이었습니다."

장홍양이 말했다.

"그렇다면 뒤에는 심형이 어떤 방법을 생각했소?"

심우가 말했다.

"나는 이 세 표물을 모두 운송할 수 있다고 생각합니다. 내가 이미 상품명세서를 검사해 보았는데 좋은 비단 한 가지가 값이 좀 많은 외에 다른 두 가지는 모두 보통 물건이어서 사고 싶으면 어떤 곳에서도 살 수 있습니다."

장홍양이 의아해서 말했다.

"살 수 있다 해도 상품명세에는 물건을 배상하여야 한다고 밝히지 않았소?"

심우가 말했다.

"그렇습니다. 시간을 지연한 손실을 은자로 배상하여야 하는 외에 원 물건대로 배상해야 하지, 은자로 환산하여 배상하지 못합니다."

장홍양이 말했다.

"이 괴상한 규칙은 사해와 무위 양가에서 말한 것이고, 지금의 보증단에는 십중 팔구 이 조목을 넣어두었소."

심우가 말했다.

"이 한 조목이 확실히 소규모의 표국에 대해 매우 불리한 조건입니다. 지금 우리는 이것을 논의하지 맙시다. 그 비단으로 말하면 원료와 도안은 모두 주문을 받아 만들었고 만약 원 물건대로 배상하려면 우리가 몇 배의 돈으로도 그런 물건을 찾아 사들이기가 쉽지 않습니다. 그러므로 이 물건은 운송할 수 없습니다."

장홍양이 말했다.

"심형의 생각은 혹시 몰래 바꾸어 놓는 수법을 쓰려는 것이 아니요?"

그는 경험이 풍부한 노강호로 어떤 간교한 수법이든 모두 보아 왔으므로 즉시 심우의 의도를 알아 차렸던 것이다. 심우는 고개를 끄덕이면서 말했다.

"즉시 모양이 같은 나무 상자를 많이 구해 그 안에 천을 가득 채워 넣은 다음 운송합시다."

왕이랑은 알 수 없어 물었다.

"왜 천을 상자에 담습니까? 그러면 은자를 많이 쓰고 또 사람도 많이 힘들지 않습니까?"

장홍양이 해석했다.

"돈을 아껴서는 안 될 것입니다. 노련한 강호인이라면 차바퀴 자국과 일어나는 먼지를 보고도 차의 무게를 대개 짐작해 낼 수 있소. 만약 빈 상자라면 남경성을 벗어나기 무섭게 다른 사람에게 간파될 것이요."

왕이랑은 의견이 잘못되자 매우 쑥스럽게 느끼고는 입을 다물고 말았다. 심우와 장홍양은 모두 모르는 체 하였고 심우가 말했다.

"시기를 늦추면 안될 일이므로 즉시 손을 써야 합니다. 그러나 천을 사는 행동은 반드시 다른 사람들의 눈을 속여야 하고 본표국에서 사들이는 것임을 모르게 해야 합니다."

장홍양이 말했다.

"이 일은 내가 처리하겠소."

그는 나갔다. 심우는 왕이랑에게 말했다.

"임봉을 찾아서 본 표국의 앞뒤를 지키고 만약 의심스러운 사람이 있으면 즉시 붙잡게 하시오. 물론 당신들이 본 표국의 이름을 내걸지 않는 것이 가장 좋소."

왕이랑은 눈 깜짝할 사이에 임봉이 거처하는 곁 뜨락에 이르렀다. 그는 임봉의 방에 불이 켜져있는 것을 보고 소리쳤다.

"임봉, 아직도 무공을 연마하고 있소?"

방 안에서 웅장한 목소리가 들려왔다.

"그렇소."

왕이랑이 문을 열고 들어갔다. 임봉은 침대 위에 가부좌를 틀고 앉아 있었고 상반신을 드러내서 온 몸의 건장한 근육이 모두 노출되었다. 임봉은 아직 서른 살이 되지 않았고 비록 용력이 뛰어한 지사였다. 그는 총명하고 청수한 용모를 가지고 있었다. 왕이랑이 말했다.

"하루에 몇 시간씩 연마하오?"

임봉이 쑥스러운듯 웃고 나서 말했다.

"이전에 닦은 무공은 강맹한 것을 위주로 하여 다년간 내공을 홀시하였습니다. 이 몇 달 이래 다행히 심선생으로부터 소림 정종의 내공심법을 배웠는데 처음부터 연마하는 것과 같소. 만약 무공에 몰두하여 연마하지 않는다면 성과가 없을 것이오."

왕이랑은 관심있는 어조로 말했다.

"정진한 느낌이 있소?"

임봉은 고개를 끄덕이고 말했다.

"이 몇 달 연마한 이래 이미 감각이 크게 다르오. 더욱이 내력을 자연스럽게 거두어들이고 발출할 수 있기 때문에 이전에는 생각지도 못하던 일부 섬세한 초식도 이미 시전할 수 있게 되었소."

왕이랑이 말했다.

"나도 이 몇 달 이래 무공이 몇배로 정진한 느낌이요. 좋소, 심형이 방금 명을 내렸는데 우리 두 사람에게 표국의 앞뒤를 지키라고 했소, 만약 의심스러운 사람이 있면 즉시 붙잡으라 했소."

이어서 그는 남몰래 표물을 바꾸는 일을 임봉에게 알려주었다. 임봉은 겉옷을 걸치며 말했다.

"심선생은 정말 대단하군요. 지혜나 무공은 막론하고 모두 당금의 제일의 인물일 게요!"

그들은 걸어나오면서 이야기를 나누었다. 왕이랑이 말했다.

"하지만 그의 원수는 아마 그보다도 더욱 센 것 같소, 정말로 두려운 일이요."

임봉이 말했다.

"지금 상황은 급격히 변했소. 이전에는 그의 원수의 수단이 괴상 야릇한 탓으로 근본적으로 경계하고 반격할 수 없었소. 하지만 우리는 이미 행동을 개시하였고 심선생은 마치 세상에 이런 한 원수가 있다는 것을 전혀 모르는 것 같소."

왕이랑은 임봉을 줄곧 존중하고 탄복하였다. 그것은 그가 어린아이

일 때 임봉은 이미 제약우의 유능한 수하였고, 늘 왕이랑을 데리고 놀았으며 여러 방면으로 왕이랑을 매우 살뜰히 보살펴 주었다. 그리고 또 임봉의 재능 때문에 왕이랑은 임봉의 말은 깊이 믿었다. 임봉이 또 말했다.

"심선생이 숨겨져 있는 원수를 찾아내지 못하면 몰라도 만약 찾아낸다면 향후의 일은 쉬울 것이오. 지금 가장 어려운 것은 아직도 원수의 문제를 정찰하는 것이오."

그는 앞문을 가리키면서 말했다.

"이랑, 앞문을 지키시오, 나는 뒷문으로 가겠소."

왕이랑은 대답하고 갔으며 임봉은 거위털 부채를 찾아가지고는 가슴을 드러내고 딸깍딸깍하고 나막신을 끌면서 골목길을 가로 질러 표국을 빙돌아 뒤편으로 갔다. 임봉의 분장을 보면 다만 바람 쐬러 나온 장거리의 빈민이라고 여길 뿐 그가 남경표국의 당당한 표사라고는 누구도 생각지 못할 것이다. 그는 표국 뒤편의 골목 길을 왔다갔다 하였다. 이 골목길은 상당히 넓고 길었는데 조금 먼 곳의 어떤 집 문 앞 그늘진 곳에서 바람을 쐬는 사람도 있었다.

임봉은 부채질하면서 입으로는 흥얼흥얼 콧노래를 불러 한가하고 편안한 모습을 하였다. 표국 뒤뜨락은 넓어 마차도 출입할 수 있었기 때문에 임봉이 한 끝에서 다른 한 끝까지 돌아볼 때 거리가 멀고 굽은 곳도 있어서 한눈에 골목길 안을 모두 볼 수는 없었다. 그가 순라도는 행동은 일종의 안전조치에 불과하지 문제가 발생한다는 의미가 아님을 그는 잘 알고 있었다. 하지만 그래도 그는 경솔하지 않고 표국의 뒤편을 잘 순찰하였다. 만약 정말로 사고가 발생한다면 뒤편에서 발생할 가능성이 있다고 짐작했기 때문이었다.

여러 번이나 돌아본 뒤 임봉은 바람을 쐬고 있는 사람까지도 포함하여 부근에 있는 사람을 모두 눈여겨 보아 곳곳에 어떤 사람이 얼마나 있는가 등을 파악하였다. 이렇게 함으로써 어느 곳에 만약 돌연 사람이 불어나면 그는 조금도 힘들이지 않고 어떤 사람이 방금 나타났는지를 가려낼 수 있었다. 오른쪽에 있는 민가에서 아기 울음소리가 들려왔다. 임봉은 그 앞을 천천히 지나갔는데 아기의 울음소리가 멎었다. 그는 퍼뜩 보았는데 소부인이 팽팽한 유방을 아기의 입에 물려 주었다. 그가 보고 있을 때 소부인의 옆에 또 다른 두 아이가 울면서 소란을 피웠고 소부인은 곧 두 아이를 꾸짖었다. 임봉은 한 손으로 부채질을 하였고 다른 한손으로는 배를 만지고는 머리를 가로저으면서 중얼거렸다.

'나는 서른에 가까운데 아직 마누라를 얻지 않는 것은 무공을 연마하는 일 외에도 아이들의 시달림이 두렵기 때문인가 보다.'

이때 한 남자가 집안으로부터 나왔고 손에는 사탕과자를 들었다. 그것을 본 그 두 아이는 삽시간에 소란을 멈추고 환호하는 소리를 질렀다. 아이들은 그 남자의 다리에 매달려 사탕 과자를 먹으려고 서로 다투었다. 임봉은 이 일을 보고 감상에 젖었다. 그것은 그 남자와 소부인이 모두 유쾌한 기분으로 웃으며 말하였고 게다가 아이들의 기뻐하는 소리는 화목하게 보였다. 그는 잠깐 멍해있다가 머리를 돌려 걸어갔지만 마음속에는 가족의 단란한 모습의 여운이 남았다. 그는 길 모퉁이에 있는 한 민가의 계단에 앉았고 눈길은 때때로 좌우 두 곳을 둘러 보았는데 이따금씩 표국 뒤 뜨락의 문이 열리면서 등불을 들고 출입하는 사람이 있었다. 그때면 표국 뒤 뜨락의 횃불 빛이 문 밖으로 흘러 나와서 골목길을 잠깐씩 밝게 하였다.

임봉은 출입하는 그 사람들을 멀리서 보고도 어떤 사람들임을 알았는데 다행히 거리가 멀었으므로 그에게 인사를 하는 사람이 없었다. 한 동안 지나서 임봉은 이상한 느낌이 들어 골목길 왼쪽을 바라보았는데 사람 그림자가 골목길에 들어선 뒤 줄곧 어둠 속에 머물러 있었다. 그 사람 그림자 쪽에도 한 개 문이 있었다. 그러나 그 문은 폐쇄되어 마차와 사람들은 모두 다른 문으로 출입하고 있었다.

임봉이 이상하게 여긴 원인은 그 사람 그림자가 뒷 문의 맞은편 담벽 밑에 서 있었을 뿐 다른 행동은 없었기 때문이었다. 그 사람이 서 있는 위치로는 표국 뒤 뜰 안의 상황을 볼 수도 없고 또한 자신을 쉽게 드러낼 수도 있기 때문에 임봉은 의혹을 풀 수 없다고 느꼈다. 그는 기다렸고 퍽 오랜 시간이 지나자 그 사람 그림자가 어둠 속에서 나왔는데 곧장 뒷문으로 가서 그 문에 붙어섰다. 지금 그 사람은 문틈으로 뜨락 안의 상황을 엿볼 수 있었다. 임봉은 가벼운 냉소를 하고는 몸을 일으키고 딸깍딸깍하고 나막신을 끌면서 그 사람을 향해 걸어갔다. 그가 그 사람 그림자와 몇 장 떨어진 곳까지 갔으나 그 사람은 꿈쩍도 하지 않았다.

임봉은 마음속으로 우습다고 여겼다. 그것은 상대방이 자기를 부근의 주민으로 여겨 걸을 때 이런 소리를 낸다고 생각하는 것이 뚜렷했기 때문이다. 그는 걸음을 멈춘 뒤 움직이지도 않고 소리도 내지 않으면서 어둠 속의 그 그림자를 지켜보았다. 잠깐 지난뒤 상대방은 이상한 느낌이 들었는지 천천히 머리를 돌려 그를 쳐다보았다. 임봉은 상대방을 향해 헤벌쩍 웃었는데 상대방이 흠칫하는 것을 보고는 삽시간에 마음이 진정되었다. 원래 그는 가까이에 가서 움직이지 않고 서서 지켜보고 있을 때 그 그림자가 여인임을 알았던 것이다.

이것은 그로 하여금 이상하다고 느끼기에 충분하였다. 그녀가 머리를 돌렸는데 상상외로 버들잎 모양의 눈썹, 새하얀 얼굴에 빨간 입술로 매우 예쁜 용모였다. 미모의 여인은 약 십팔구 세였고 손에는 하나의 긴 보따리를 들고 있었다. 임봉은 얼핏 보고도 그것이 도검 따위의 병기임을 알았다. 그는 또 다시 상대방을 향해 웃으면서 말했다.

"낭자, 당신은 무얼 보고 있소?"

미모의 소녀는 웅장한 남자의 아래 위를 훑어보았는데 임봉이 가슴을 드러냈고 나막신을 끌고 있어 돼지나 소를 잡는 백정과 매우 흡사했다. 그리하여 그녀는 코를 쫑긋하더니 말했다.

"당신과 상관없는 일이니 어서 가세요."

임봉은 키득키득 웃으면서 말했다.

"당신이 나와 관계 없는 일이라는 것을 어떻게 알고 있소?"

미모의 소녀가 말했다.

"당신은 이 표행 사람이 아닌데 어떻게 당신하고 관계가 있을 수 있어요?"

임봉이 말했다.

"이상한 일이구만, 나는 내가 무엇을 하는 사람이라고 당신한테 알려준 적이 있소?"

미모의 소녀는 그를 향해 걸어왔고 바싹 접근하였으므로 임봉은 그녀 얼굴에 귀찮은 기색이 뚜렷하게 어려 있는 것을 보았다. 아울러 그녀의 아름다움도 더욱 자세하게 감상할 수 있었다. 그녀는 냉랭하게 말했다.

"작작 지껄이세요. 당신 가겠어요, 안가겠어요?"

임봉은 한 보 뒤로 물러서면서 말했다.

"좋소, 좋소. 내가 가겠소."

말을 하고 이내 후회하였다. 그는 의심스러운 사람을 감시해야 했다. 그리고 그녀를 이곳에서 떠나도록 만들어야 했기 때문이었다. 소녀는 미소를 지었다. 왜냐하면 그가 느릿하게 몸을 돌려 떠났기 때문이었다. 임봉은 걸어가면서 남몰래 자기를 멍청한 놈이라고 꾸짖었고 마음속은 매우 쓸쓸했다. 돌연 귓가에 소녀가 부르는 소리가 들렸다.

"잠깐 기다리세요."

임봉은 즉시 걸음을 멈추고 그녀를 바라보았다. 미모의 소녀는 걸어와 그의 앞에 서더니 말했다.

"나는 당신이 매우 총명한 사람이라는 것을 알아요."

임봉은 어깨를 으쓱거리면서 마음속으로는 그렇게 말한 의도를 전혀 알 수가 없었다. 그는 비록 지혜가 뛰어나다고 자부하지만 지금 그녀가 왜 자기를 추켜세우는지 갈피를 잡을 수가 없었던 것이다. 미모의 소녀가 또 다시 말했다.

"당신 이름이 뭐죠?"

임봉은 저도 모르게 이름을 말했다.

'이 소녀가 도대체 무슨 농간을 부리려는거지?'

미모의 소녀가 말했다.

"당신의 이름은 매우 웅장하고 쟁쟁하여 당신과 잘 어울리는군요."

임봉은 속으로 중얼거렸다.

'날 추켜세워서 무엇을 하려는지?'

그는 의혹에 가득 찼지만 얼굴을 싱거운 미소를 지었다. 미모의 소녀가 또 말했다.

"나의 성은 범씨예요. 당신은 이 부근에 사는 사람인가요?"

임봉은 머리를 끄덕이고 말했다.

"그렇소."

미모의 소녀가 또다시 물었다.

"그럼 당신은 남경표국의 사람들을 알고 있나요?"

임봉은 그녀가 이제야 본 화제를 거론한다고 생각했다. 임봉이 대답했다.

"당연히 표국 사람들을 알고 있소!"

미모의 소녀는 "오"하고 일성하고는 말했다.

"그들을 알고 있다니 좋아요."

임봉이 물었다.

"좋다니요? 뭐가 말이오?"

미모의 소녀는 대답하지 않고 되려 반문했다.

"그들은 매우 바쁜 것 같고 저녁에도 물건을 실고 있는데 늘 이런가요?"

임봉은 속으로 이 미모의 소녀가 적이 아니기를 간절히 바랐다. 그는 머리를 가로저으면서 말했다.

"음. 늘 이렇지는 않소."

미모의 소녀가 말했다.

"나는 방금 싣던 물건을 다시 내리는 사람을 봤어요. 어찌된 일이죠? 그들은 그렇게도 한가하나요?"

임봉은 머리를 가로저으면서 말했다.

"범낭자가 질문이 너무 많아 생각지 않은 재난을 초래할까봐 두렵소."

미모의 소녀는 "흥"하더니 달가와 하지 않고 말했다.

"물어도 재난을 초래하나요? 흥, 그들에게 기대는 것이 있어 이렇게 무례한가요?"

임봉이 말했다.

"표국에서 일하는 사람들은 모두 칼날에 피를 묻히고 사는 삶이여서 꺼리는 것이 매우 많아 보통 사람들이 생각할 수 있는 것이 아니오."

미모의 소녀는 의아한 눈길로 이상하게 그를 쳐다보았는데 백정같이 거친 사나이는 침착하고 태연하게 말하였고 언어도 간단하고 미끈했다. 그녀는 아름다운 눈을 깜빡거리면서 물었다.

"당신은 어느 일에 종사하나요?"

임봉은 웃으면서 말했다.

"범낭자가 맞추어 보오."

미모의 소녀가 말했다.

"그래 당신도 표국에서 일한단 말인가요?"

임봉이 말했다.

"범낭자의 짐작이 맞소."

범낭자는 발을 구르면서 화난 소리로 말했다.

"그럼 당신도 남경표국의 사람이란 말인가요?"

임봉이 말했다.

"범낭자의 짐작이 또 맞았소."

미모의 소녀는 상대방에게 놀림을 당하여 분개하다고 느끼고는 분연히 말했다.

"좋아요. 당신은 담도 커요. 감히 저를 놀리는 군요."

임봉이 바삐 말했다.

"범낭자 화내지 마시오. 당신이 나를 죽이려 해도 할 말은 명백하게 해야 하오."

미모의 소녀가 말했다.

"또 무슨 할 말이 있어요?"

임봉이 말했다.

"당신을 놀렸다니 나야말로 이런 억울한 누명을 쓸 수 없소."

미모의 소녀는 버들모양의 눈썹을 찌푸리고 말했다.

"그래도 나를 놀리지 않았다고 말하나요? 당신은 왜 표국사람이라는 것을 일찍 말하지 않았어요?"

임봉이 말했다.

"당신이 나에게 이 부근에서 사는 가하고 물었소? 그리고 나에게 남경표국의 사람들을 아는 가하고 물었으므로 나는 모두 사실대로 알려주었소. 어떤 면에서 내가 당신을 놀렸다는 것이요?"

범낭자가 말했다.

"나는 당신과 긴 말을 하지 않겠어요. 당신은 남경표국에서 어떤 직에 있었어요?"

임봉이 말했다.

"나는 표사를 맡고 있소."

범소녀가 말했다.

"당신은 최근에야 이곳에 와서 일을 하게 되었지요, 옳은가요?"

임봉은 깜짝놀라면서 말했다.

"그렇소, 낭자가 어떻게 알고 있소?"

범소녀는 화내지 않고 말했다.

"당신이 나를 모르고 있으니까요."

임봉은 또 한번 깜짝놀라면서 말했다.

"원래 범낭자는 남경성 내에서 유명한 인물이구만, 만약 당신 이름을 알려주면 내가 들은 적이 있을지도 모르오."

그는 말하면서 마음속으로 거듭 생각해보았지만 본성 중에는 확실히 유명하고 능력이 있는 나이 어린 미모의 소녀가 없었다. 미모의 소녀가 말했다.

"나의 성이 범씨고, 나의 이름은 옥진이에요."

임봉은 입속으로 중얼거렸다.

"범옥진…, 범옥진…. 아니, 나는 정말 견문이 너무 적구나, 뜻밖에도 이 이름을 한번도 들어본 적이 없다."

범옥진이 냉랭하게 말했다.

"당신이 나의 이름을 모르는 것으로 보아 당신은 표국에서 가장 작은 표사에 불과하다는 것을 알 수 있겠어요."

임봉은 바삐 말했다.

"나는 확실히 처음으로 강호에 나왔고, 그럭저럭 밥이나 얻어 먹을 뿐이므로 표국 중에서 확실히 인물이라고 할 수 없소."

그의 말이 겸손할수록 범옥진은 그가 관계에 의거하였거나 운수가 좋아 그럭저럭 표사의 지위에 오른 것이지 진정한 재주가 있는 지사는 아닌 것 같았다. 범옥진이 말했다.

"당신의 총표두한테 물어보면 내가 어떤 사람이라는 것을 알 수 있어요."

임봉은 황공해하면서 말했다.

"그렇다면 범낭자는 우리 표국의 총표두를 알고있을 뿐만 아니라 오늘밤에 우리 표국을 찾아 왔단 말이요?"

범옥진이 말했다.

"그렇다고 할 수 있어요."

그녀의 서릿발 같던 표정은 온화해지면서 말했다.

"당신은 이미 강호에 발을 들여놓은 사람인데 왜 이렇듯 담이 작나요, 나를 만나고는 두려워서 이런 모습을 다 나타내다니요?"

임봉이 대답하려고 하는데 범옥진은 손을 흔들면서 또다시 말했다.

"물론 당신이 꼭 풋내기인 까닭으로 모든 일에 조심하는 것 같아 담이 작아 보이는 거예요, 그렇지 않아요? 당신의 모습을 보면 비겁한 겁쟁이는 아닌 것 같은데요."

임봉은 쓴웃음을 짓고나서 말했다.

"범낭자는 옳은 말을 하였소. 내가 처음으로 강호에 발을 들여놓았으므로 응당 모든 일에 조심해야 하고 적어도 표국에 번거로움을 끼칠 줄 수는 없소."

그의 눈길에는 광채가 발출되었고 상대방의 눈을 주시하면서 또 다시 말했다.

"더욱이 범낭자와 같은 인재가 적이 아니고 벗이라면 이것이야말로 기뻠과 위안이 되는 경사스러운 일이요. 만약 적이라면 매우 유감스럽소."

범옥진이 말했다.

"당신의 말은 정말 듣기 좋군요. 그럼 당신이 나를 벗으로 여기면 불편한 일이 없다고 생각해요."

임봉이 말했다.

"이것은 내가 매우 갈망하는 일이니 범낭자가 오늘 저녁에 도대체 어떤 용의로 이곳에 왔는지 알려주겠소?"

범옥진은 미소를 짓고 말했다.

"만약 내가 당신에게 알려주지 않는다면은요?"

임봉은 두 손을 벌리고 별 수 없는 모습을 나타내고 말했다.

"낭자가 나에게 알려 주려하지 않는다면 물론 나도 방법은 없소."

범옥진이 말했다.

"나는 당신에게 알려주지 않기로 결정했어요. 적인지 벗인지 당신 스스로 결정한 다음 나에게 통지하여 주세요."

임봉이 말했다.

"내가 어디에 가서 낭자를 찾고 통지한단 말이요?"

범옥진이 말했다.

"바로 이곳이에요. 내가 당신을 기다리겠어요."

임봉은 사정이 이런 국면으로 전개되리라고는 절대 생각하지 못했다. 물론 그는 손을 써서 그녀를 붙잡고 심우더러 뒷 일을 처리하게 할 수 있었다. 그러나 그는 상대방의 미모와 교태에 끌렸는데다 그녀가 나쁜 사람이 아니라고 느꼈기에 결단을 내릴 수 없었다. 범옥진은 웃음을 머금고 건장한 이 남자를 바라보면서 흥미를 느꼈다. 그녀의 직감은 이 남자가 그녀에게 마음이 기울었기 때문에 쉽사리 그녀에게 노여움을 사지 않으려는 것 같았다.

바로 이때 그들은 돌연 모두 이상한 느낌이 들어 일제히 눈길을 돌려 왼쪽 방향을 바라보았다. 눈길이 닿은 곳에 다만 두 명의 검은 옷의 사람이 이미 한 장 거리 이내에 와 있는 것이 보였다. 이 두 사람은 아무런 기척없이 나타났으므로 어둠 속에서 더욱 더 얼마 간의 은밀한 분위기를 자아냈다. 그들도 임, 범 두 사람을 살펴보았는데 이 두 사람이 마주 서 있는 모습은 매우 정다운 것 같았다. 그러므로 그들은 즉시 마음이 홀가분하게 뚜렷이 변했고, 그 중 보통의 신체를 가진 한 사람은 이빨을 드러내고 웃기까지 했다.

임봉은 이빨을 드러내고 웃는 녀석이 광대뼈가 튀어나왔고 입이 툭 튀어나왔으며 눈길이 예사롭지 않아 한번 보고도 매우 지독하고도 여색을 즐기는 망나니임을 알 수 있었다. 다른 하나는 키가 작은 편이며 이마가 좁고 입술이 가늘었는데 눈에서는 한줄기의 흉악한 빛이 노출되었고 등에는 한자루의 장도를 메고 있었다. 임봉은 생각을 번개같이 굴리면서 중얼거렸다.

'이 두 사람의 내력이 매우 의심스럽다. 만약 싸우게 되면 나는 야위고 키작은 자를 꼭 주의해야겠다.'

쌍방은 이렇게 서로 상대방을 훑어보았고 범옥진의 가냘픈 몸은 앞으로 치우치면서 즉시 임봉에게 기대었는데 그녀의 이 거동은 행동거지가 은밀한 두 검은 옷의 남자를 두려워하였기 때문에 그녀가 남자 벗의 몸에 자기 몸을 기댄 것으로 보였다. 임봉은 즉시 그녀의 풍만한 탄성을 느꼈고 아울러 싱그러운 향기도 맛보았다. 그는 본능적으로 그녀를 끌어 안았는데 마치 그녀를 보호하는 것 같았다. 검은 옷의 남자들의 눈길은 떠나갔고 그들을 스쳐지나 눈 깜짝할 사이에 이미 골목길 다른 한 쪽 끝으로 사라졌다. 임봉은 계속해서 그녀를 끌어 않은 채로 있었으므로 그의 건장하고 울뚝불뚝한 가슴 근육은 마구 뛰었다.

범옥진은 비록 이 남자에게 바싹 안기지는 않았지만 도리어 남자들의 건장한 근육, 그가 발출하는 뜨거운 기운과 그의 향기를 맡을 수 있었다. 이것은 매우 낯설고도 또한 가슴을 떨리게 하는 느낌을 자아내게 하였다. 그러므로 그녀는 즉시 움직이지 않았고, 애써 벗어나려고 하지 않았다. 사실상 그들은 다만 살짝 다가섰을 뿐 뜨거운 포옹도 없었고, 달콤한 사랑의 이야기도 없었다. 그러나 바싹 사로잡힌 감각은 도리어 이 한쌍의 마음속에 넘쳐났다. 어둠 속에서 두 사람은 이런 자세를 하고서는 오랫동안 지나서야 범옥진은 머리를 들고 이 낯선 남자를 쳐다보았다. 임봉도 머리를 숙이고 그녀를 보면서 온화한 웃음을 지었다. 범옥진이 물었다.

"왜 웃어요?"

임봉이 급히 대답했다.

"아니, 나의 웃음은 마음속으로부터 나온 것이고 다른 뜻은 없소."

범옥진이 말했다.

"당신은 겉모습과는 달리 아주 말을 잘 하네요."

임봉이 말했다.

"당신은 내가 말을 잘한다고 칭찬한 첫사람이요, 나는 줄곧 말을 잘 하지도 못하고, 말재주도 없소."

범옥진이 말했다.

"이것은 나중에 이야기해요. 그런데 방금 그 검은 옷의 두 사람은 표항 사람 같아 보이지 않던 데요."

임봉의 마음속에도 역시 의심스러운 생각이 떠올랐고, 그 두 검은 옷의 남자들이 의심스러울 뿐만 아니라 지금 그의 가슴에 안기어 있는 아름다운 소녀도 행동거지도 괴상했다. 그녀는 뒷문으로 표국 안의 상황을 엿보고 있었고, 또한 화물을 부리는 거동을 보았다. 그는 가볍게 탄식하고는 마음속으로 우선 이 소녀를 붙잡은 다음 확인하기로 결정했다. 그런데 범옥진이 나직히 말했다.

"조심하세요, 그 두 녀석이 다시 되돌아와요!"

임봉의 처음 생각은 그녀가 행동거지가 의심스러운 검은 옷의 남자 패거리가 아닌가 하는 것이었다. 그녀가 설사 그 두 사람의 패거리가 아니더라도 표국과 그에게 불리하지 않겠는가 하는 것이었다. 이 두가지 의문은 모두 대답하기가 힘들었다. 임봉은 저도 모르게 그녀의 가느다란 허리를 꽉 끌어 안아 삽시간에 두사람의 몸은 밀착되었다. 범옥진은 대뜸 호흡이 가빠졌을 뿐만 아니라 얼굴을 이 남자의 건장한 가슴에 파 묻었다. 그녀는 상대방의 건실한 근육의 따스함을 느꼈고, 그의 냄새도 맡았으므로 삽시간에 전신이 나른해지고 말았다. 임봉도 기이한 향기의 감각이 떠올랐고 손을 놓기 아쉬워 근본적인 문제를 고려하지 못했다. 등 뒤 육칠 척 밖에서 힘있는 목소리가 들려왔다.

"여봐, 당신들 무얼하는가?"

임봉은 머리를 돌려 바라보았는데 먼저 지나간 검은 옷의 사람이 몇 장 밖에 서 있는 것이 보였다. 임봉은 "흥"하더니 반문했다.

"당신들은 누구요?"

그 검은 옷을 입은 두 사람은 그의 웅장한 목소리를 듣고 삽시간에 경각하는 기색을 나타냈다. 그 중 등에 장도를 메고 있는 키 작은 사람이 노성을 외쳤다.

"좋다. 해형解兄이 묻는데 네가 감히 대답을 안 해. 너 이자식 머리가 몇 개가 있는 것이냐?"

보통의 신체를 가진 그 사람은 넓적한 얼굴에 사악한 웃음을 나타내면서 말했다.

"이 노형은 무공을 연마한 것 같소. 그러니 당신과 나를 마음에 두지 않는 게지요, 당신의 이름은 무엇이오? 어느 고인의 문하에서 무공을 배웠소?"

임봉은 계속해서 범옥진을 끌어 안은 채로 대답했다.

"나의 이름은 임봉인데 당신 네들은 어떻게 부르오?"

키작은 사람이 냉랭하게 말했다.

"정말로 무공을 연마하였군. 너 자세히 듣거라, 이 어른은 후천보侯天保이고 외호는 추혼도追魂刀이며, 이 분은 화호접花蝴蝶 해무정解無定 해형이시다."

임봉이 말했다.

"대명을 오래 전부터 들어왔소. 오늘 이렇게 만나뵙게 되었구려."

추혼도 후천보가 "쩡"하고 장도를 뽑으면서 말했다.

"작작 지껄여라. 너는 오늘 정말 운수가 사납구나."

임봉은 이때에는 부득불 가슴에 껴안고 있던 미인을 놓고 그녀를 몇 보 밖으로 밀어버리고서야 말했다.

"후형이 칼을 꺼냈는데 그래 나를 상대할 작정이요?"

후천보는 대노하여 눈을 부릅뜨고 말했다.

"너를 상대하지 않고 누구를 상대하겠느냐? 너 이 녀석은 정말 밥통 같은 놈이구나."

임봉은 정말로 모르는 것이 아니고, 무예가 높고 담이 커서 상대방을 안중에 두지 않은 것도 아닐 뿐만 아니라 정세를 잘 살피고는 자기에게 크게 불리하다고 느꼈고 설사 상대방을 찔러 죽일 방법이 없다 하더라도, 어떻게 하든 방법을 간구해 상대방의 내력을 뚜렷하게 알면 만일 표국으로 도망가더라도 심우에게 보고할 수 있다고 생각했다. 그는 다급히 손을 흔들면서 말했다.

"잠깐만, 후형은 화를 내지 마오. 나는 우리들 사이에는 풀지 못할 응어리가 없다고 생각하기 때문에 후형이 노발대발하고 뜻밖에도 칼을 들고 싸우려는 데까지 이르리라고는 생각지도 못했소."

화호접 해무정은 괴상야릇한 웃으며 말했다.

"후형이 이 녀석을 죽이는 것이 급하지 않소. 하지만 이 낭자를 놀라게하면 도리어 매우 쑥스럽지 않겠소. 이렇게 합시다. 내가 먼저 이 낭자를 보낸 뒤에 되돌아 와서 임봉하고 이치를 따집시다."

후천보가 말했다.

"해형이 이렇게 말하니 나는 할 말이 없소."

범옥진은 즉시 단호하게 말했다.

"아니, 나는 가지 않겠어요."

해무정이 의아해서 물었다.

"당신은 두렵지 않소? 남자들이 싸우는 것은 흔히 볼 수 있는 일이고 볼 것이 없으니 가시오. 내가 당신을 골목 밖으로 바래주겠소."

임봉은 그말을 듣고 그녀가 그들과 한패거리가 아님을 알고 즉시 말했다.

"당신은 가도 좋소."

범옥진이 말했다.

"이곳에 남겠어요."

해무정은 괴상야릇하게 웃으면서 말했다.

"우리는 당신의 남자를 죽이지 않겠으니 당신은 마음을 놓소."

범옥진은 머리를 가로저으면서 말했다.

"나는 당신을 따라가지 않겠어요."

그녀는 이어서 이유를 말했다.

"당신은 단정하지 않으니 꼭 좋은 물건짝이 아니에요."

임봉은 머리를 끄덕여 동의를 표하고 말하였다.

"그렇소, 해형은 대개 어떤 꿍꿍이가 있을 것이요."

해무정은 "헤, 헤"하고 웃었고 뜻밖에도 부인하지 않았다. 후천보는 칼을 들고 발걸음을 내디디면서 말했다.

"좋다, 이 어른이 너를 죽인 다음 다시 보자."

이때 임봉은 해, 후 두사람이 행동거지가 이상했고, 아울러 큰소리로 말하지 않는다는 것을 발견했다. 묻지 않아도 그들은 확실히 다른 사람의 이목을 끌고 싶지 않으려는 것이었다. 그는 당연히 날카로운 소리로 그들을 욕할 수 있고 표국 사람들이 그 소리를 듣고 나타날 것이다. 하지만 그는 이렇게 하면 공연히 그 두 사람을 놀라게 하고 그들의 내력을 알 수 있는 상세한 자료를 얻을 수 없다고 생각했다. 그리하여 그는 한번 시험하여 모험하기로 결정했고, 만약 그가 확실히 지탱할 수 없으면 그 방법으로 구원병을 불러와도 늦지 않다고 생각했다. 그는 재빨리 땅에서 하나의 굵직한 몽치를 주워들었다.

후천보는 입으로는 뚜렷하지 못한 욕설을 퍼부으면서 덮쳐왔고 칼을 들어 머리를 향해 내리 찍었다. 그의 도세는 맹렬하고 재빨라서 임봉의 생각을 크게 벗어났다. 임봉은 마음속으로 흠짓했다. 한편으로는 두 사람의 내력이 아주 문제가 있다는 것을 알았다. 다른 한편으로는 그의 핍박하여 몽치를 들고 겨우 막았고, 몽치를 휘둘러 쓸어버리는 수법을 시전하려던 것을 포기하였다. 그가 몽둥이를 휘둘러 쓸어버리는 초식을 시전하려면 꼭 상대방의 칼보다 빨라야 공격으로 수비를 대체하는 전력에 이를 수 있었기 때문이다.

추혼도 후천보의 칼이 내려올 때 힘을 증가했다는 것이 뚜렷하여 있는 힘을 다하여 내리 찍는 기세로 변하였다. 원래 그의 이 일도로 다만 상대방의 나무 몽치를 끊어버리기만 한다면 더 많은 힘을 들이지 않고 그 김에 임봉을 찍어 죽일 수 있었다. 칼과 몽치가 접촉하자 "땅"하는 소리가 울렸고, 임봉의 나무 몽치는 끊어지지 않은 반면에 후천보의 장도가 나무 몽치에 깊숙히 박혔다. 쌍방은 손목 힘을 겨루었고 칼과 몽치는 즉시 갈라졌다. 후천보는 두 보나 뒤로 물러났고 눈깜짝 하지 않고 임봉 수중의 나무 몽치를 가늠하였다. 그 옆의 해무정이 말했다.

"후형은 조심하오, 이 놈의 무공이 보통이 아니요. 심지어 사전에 이곳을 지키고 있었다는 것을 단정할 수 있소."

후천보가 말했다.

"해형은 무엇을 보고 그런 말을 하오?"

해무정이 말했다.

"그는 되는대로 하나의 몽치를 주어들고 병기로 하는데 이것이 첫번째로 괴상한 일이요. 그리고 이 몽치는 상상 외로 단단한 나무로 당신 일도의 위력을 막아낼 수 있었는데 이것이 두번째로 괴상한 일이요."

후천보가 말했다.

"그렇소. 이 나무 몽둥이는 사람들이 아무렇게나 버린 것이 아니요."

후천보가 말했다.

"사람들이 버린 물건이 아닐 뿐만 아니라 임봉이 사전에 가져다 놓은 것으로 일이 발생하면 가져다 쓰려고 한 것이요. 임형의 보기에는 나의 추측이 어떻소?"

임봉이 말했다.

"그 말은 매우 우습소. 나와 나의 벗이 이곳에서 마음을 나누는데 왜 싸울 준비를 해야 하오?"

해무정은 냉소를 지으면서 말했다.

"이 낭자는 담력이 뛰어났소. 비록 후형이 칼로 사람을 찍어 죽이려는 것을 보고도 크게 놀라거나 소리를 지르지 않았는데 보통 여자들하고 비할 수 없소."

범옥진이 말했다.

"여기의 일이 아무리 두려워도 당신과 같은 나쁜 놈을 따라갈 줄 알아요?"

해무정은 괴상야릇하게 웃으면서 말했다.

"낭자가 생면부지의 나를 초면에 나쁜 사람이라고 하는군요. 뭐 정 그렇다면 나도 부인할 생각이 없소. 나쁘다면 나쁘겠지요. 안그래요? 하지만 당신의 이런 안력과 이러한 자신감도 보통 여자들하고는 비할 수 없소."

이런 말을 임봉은 근본적으로 들을 필요가 없었다. 그것은 그가 벌써 범옥진이 보통 여자가 아님을 알고 있었기 때문이다. 지금 그는 머리를 굴리면서 해무정과 후천보 두 사람의 내력을 생각하였다. 하지만 가장 이상했던 것은 그들이 표국과 겨우 담장 하나를 사이두고 있다는 것을 잘 알면서도 왜 자기에게 감히 끊임없이 치근덕거리고, 나아가 보통 말다툼과 싸움이 아니고 칼을 들고 싸우려는 가였다. 비록 임봉이 있는 이 골목과 표국은 겨우 담장 하나를 사이에 두고 있지만, 한창 바삐 짐을 싣고 내리는 사람들과는 도리어 거리가 매우 멀었다.

게다가 짐을 싣고 부리는 소리와 그 사람들의 이야기 소리 때문에 임봉이 그들을 놀라게 하면 그 기세가 그들의 떠들썩한 소리를 압도하지 않으면 안되었다. 임봉이 여기까지 생각하였을 때 즉시 깨닫고 해, 후 두 사람이 담도 크게 행패를 부리는 까닭을 알았다. 만약 그들 중 또 다른 한 사람이 있어 표국의 다른 한 뒷문을 지킨다면 물론 그것은 더욱 엄밀할 것이다. 그들은 임봉 하나를 해치우기가 어렵지 않으므로 설사 그가 큰 소리를 지른다 해도, 그들 표국 사람들이 놀라 나와 보기 전에 임봉을 죽여 일체 증거를 없앨 수 있다는 자신감을 가지고 있다고 생각했다.

그의 마음이 도리어 더욱 진정되었다. 하지만 그는 스스로도 이렇게 안정된 것이 이미 적의 심사를 읽어낸 까닭인지, 아니면 꽃같은 미모의 범옥진이 옆에 있는 까닭 때문인지를 몰랐다. 추혼도 후천보의 눈길은 줄곧 임봉을 지켜보았고, 범옥진은 한번도 바라보지 않았다. 임봉은 발걸음을 내디디면서 곧게 그를 향해 접근해갔고 기세는 침착했다.

이 찰나간 후천보의 감각 중에는 앞에 서있는 적수가 시정에서 약간의 권각을 배운 백정이 아니고, 진실하게 내외공을 겸비한 고수라는 느낌이 있어 크게 놀람을 금할 수 없었다. 임봉이 나무 몽치를 "휙"하고 가로 쓸으며 입으로는 크게 소리쳤다.

"후형도 나의 몽치를 받아보오."

후천보의 자그마한 신형은 몽치를 스쳐 피하면서 수중의 칼을 재빨리 쳐들어 적의 몽치를 밀어내쳤다. 그런데 적의 팔 힘이 특히 강하니 이 나무 몽치가 비할 바 없이 무겁게 느껴져 매우 힘이 든다는 느낌을 받았다. 임봉은 크게 꾸짖으면서 나무 몽치로 머리를 향해 내리치는 자세로 바꾸었다. 해무정은 옆에서 소리를 질렀다.

"후형은 조심하오, 이놈이 시전하는 것이 소림 정통파의 항룡봉법降龍棒法이요."

후천보의 장도는 대붕전시大鵬展翅처럼 "쏴"하면서 적의 팔을 자르려고 하였는데, 도광은 섬전같이 더없이 악독했다. 범옥진은 그의 도법이 이처럼 정묘한 것을 보고 또 한 봉법을 파해할 수 있었으므로 놀란 나머지 임봉을 걱정해서 "아이쿠"하는 소리를 발출했다. 임봉은 조금도 두려워하지 않고 초식을 변화하였고, 고탐마高探馬 자세로 바꾸더니 몽치 끝이 아래를 가르키면서 적의 손목과 팔사이의 맥혈을 찔렀다. 이 일초는 바로 항룡봉법의 정묘한 뒷 초식의 변화였고, 조금도 힘들이지 않고도 위력은 강하였다.

후천보는 몸을 돌리더니 어찌어찌해 그 자리에서 세 보나 밀려서야 적의 몽치의 맹렬한 공격을 겨우 피하였다. 해무정은 허공으로 신형을 날려 덮쳐갔고 몸이 땅을 떠날 때 수중에는 이미 세 치가 안되는 한 자루의 금검金劍이 들려 있었다. 범옥진이 소리를 질렀다.

"뻔뻔스럽게도 둘이 한 사람하고 싸우는 건가."

해무정의 수중의 검은 온통 기이한 금빛을 발출하였는데 번개같이 출수하여 순식간에 재빨리 사오 검을 공격하였다. 임봉은 연속 다섯 걸음이나 물러나서야 겨우 안정적으로 설 수 있었지만 이 적의 잔인하고 지독한 검법이 사람에게 숨막힐 듯한 분위기를 주고 있다고 느꼈다. 그가 손해를 본 것은 수중의 병기가 적의 검을 감히 막지 못한 것이다. 그것은 해무정의 날카로운 검이 금빛 찬연하기 때문에 평범한 검이 아니라는 것이 뚜렷했고, 나무 몽치가 비록 단단하다고 하지만 날카로운 검에는 견뎌내지 못할 것이기 때문이었다.

이런 까닭으로 그는 연속해서 뒤로 물러나며 적의 날카로운 공격을 피하였다. 후천보는 오른쪽으로 재빨리 덮쳐왔고 도광은 번개같이 찔러왔다. 그는 해무정이 그에게 곧 출수하여 상대방을 핍박하니 상대방은 궁지에 빠지게 되었다. 그 성세가 대단하여 마음으로 매우 분노하는 한편으로는 부러운 마음이 들기도 하였다. 이 일초는 특별히 흉악하고 힘있게 시전되어 한 칼에 적을 죽이려는 생각이 담겨있음을 알 수 있었다.

임봉은 그의 장도에 대해 조금도 꺼리지 않고 즉시 일초 사비세斜飛勢로 나무 몽치를 교묘하게 날렸다. "탁"하는 일성과 더불어 칼을 적중했는데 뜻밖에도 후천보는 칼과 함께 몇 치나 뒤로 밀려났다. 해무정은 검을 휘둘러 공격했고 입으로는 냉소를 하면서 말했다.

"좋은 봉법인데 당신은 소림 어느 고인의 문하인가?"

임봉은 감히 나무 몽치로 적의 검과 억지로 맞붙을 수 없는 탓으로 할 수 없이 뒤로 물러나면서 대답했다.

"당신들은 이처럼 제멋대로 행패를 부리고 공공연히 횡포를 부리면서 사람을 죽이려고 하는데 당신들의 눈에는 나랏법이 있는거냐?"

후천보가 욕을 했다.

"망할 자식, 무슨 개나발 같은 나랏법이야, 이 어르신이 오늘 너를 죽이지 않는다면 사람이 아니다."

그는 욕을 내지르는 한편 칼을 휘두르면서 임봉이 해무정의 금검을 대처하느라고 쩔쩔매는 틈을 타서 또 다시 덮쳐왔는데, 그 도세는 찍을 듯하기도 하고 벨 듯하기도 하면서 임봉을 압박하였다. 임봉은 전신이 땀으로 흥건하였고, 상황은 매우 위태로웠다. 해무정은 이미 상대방이 두려워하는 것을 발견하고 이 약점에 이용하여 금검으로 그의 나무 몽치를 향해 비껴쳤다. 임봉은 더 이상 지탱할 수 없었고 순식간에 연속으로 위험에 직면하게 되었다. 범옥진이 말했다.

"임봉, 그의 금검을 두려워 마세요."

그녀의 말소리는 겨우 임봉의 귓가로 흘러 들어갔으며, 임봉은 이미 다른 방법이 없는 상황 하에서 억지로 일초의 금검을 막았다. 검과 몽치가 서로 부딪쳤는데 보통 도검과 다름 없이 임봉의 나무 몽치를 끊어버리지 못했다. 임봉은 다시 용기를 돋구었지만 후천보의 흉독한 도세가 이미 도달했고, 해무정도 검법을 바꾸어 그의 수중의 나무 몽치 대신 직접 그의 몸의 각 요혈을 찌르면서 공격해 들어왔다. 그들은 원래 이미 우세를 점하였을 뿐만 아니라 제각기 정묘한 초식이 있었으므로 임봉이 비록 심리 상의 위협을 제거하였지만, 사실상 열세를 되돌릴 방법이 없었다. 임봉은 점점 뒤로 물러섰다.

범옥진은 임봉이 확실히 지탱할 수 없음을 보고는 조급해하며 불시에 해무정을 향해 덮쳐갔다. 그녀는 적수공권赤手空拳이었으므로 하는 수 없이 가늘고 긴 다섯손가락으로 돌연 가로칠 듯하기도 하고, 돌연 잡을 듯하기도 하면서 적수의 손목을 노렸는데, 덮어놓고 적의 수중의 검을 빼앗으려 하였다. 해무정은 그녀의 갑작스러운 습격에 밀려나 사오보나 뒤로 물러났다. 마음속으로는 조심하고 감히 소홀하지 않았으나 얼굴에는 도리어 음흉한 웃음을 지으면서 말했다.

"내가 만약 일검으로 당신을 죽인다면, 꽃을 부셔버리는 일과 같아 확실히 사람들로 하여금 가슴 아프게 할 것이오."

그는 말하는 동시에 이미 검으로 재빨리 공격을 퍼부었다. 금광이 사방으로 쏘아나가서 즉시 범옥진을 감싸버렸다. 원래 이와 같이 맨손으로 날카로운 칼을 대신하는 무공은 쌍방의 공력이 현저히 차이가 나지 않는다면 절대로 적수를 상대하기에는 어려움이 있다. 만약 고수들이 싸운다면 승부는 더욱 빨리 결정지어질 것이다. 범옥진은 삽시간에 적의 검세에 감싸여 있었으므로 손발을 놀려 초식을 전개하는 것이 모두 제한을 받아 시전할 방법이 없었다. 해무정은 또 다시 괴상야릇한 웃음을 지으면서 말했다.

"소낭자小娘子, 당신이 목숨을 부지하려면 빨리 손을 멈추고 나한테 잡히는 것이 좋겠소. 그렇지 않으면 나의 검세를 나도 제어를 못하게 될 수도 있으니."

범옥진이 욕을 퍼부었다.

"더러운 도적놈, 죽일테면 죽여라. 나는 절대 붙잡히지 않겠다."

해무정이 말했다.

"그참. 소낭자 왜 이렇게 드센거요? 나는 당신을 죽이기가 아쉬워 당신과 얘기 좀 하려는데."

이 자의 마음이 모진 점이 바로 이것이었다. 입으로는 희롱하는 말을 하면서 미색에 정신을 놓은 것 같지만, 사실상 그의 검세는 더욱 빠르게 공격해 갔다. 해무정은 임봉의 용력이 보통 사람보다 뛰어나고, 봉법도 정묘함을 잘 알고 있었다. 후천보가 별명이 비록 추혼도이라지만 임봉의 혼을 뺏지 못할까봐 우려되었다. 그러므로 그는 한편으로는 재빨리 몸을 빼내어 후천보를 도우려고 하였고, 다른 한편으로는 이 위기를 빌어 범옥진의 무공 내력을 알아 보려고 하였다.

임봉은 하나의 적수가 줄어든 다음부터는 압박이 크게 줄어들어 삽시간에 열세를 돌려세웠고 몽치로 반격하기 시작했다. 그는 바쁜 가운데에서도 범옥진 쪽의 형편을 보았고, 위험이 범옥진의 눈앞에 닥친 것을 발견하고는 조급한 나머지 더욱 몽치에 흉악한 기세를 더해갔다. 후천보는 그의 반격에 전신이 땀으로 흥건히 젖었고 더는 지탱할 수 없다고 느꼈다. 비록 이런 상황이지만 그가 이삼십초 내에는 상하거나 패하기까지는 않을 것이다.

이때 해무정은 범옥진과 승패를 가를 수 있는 시각에 이르렀을 때 가슴속에는 살기가 가득찼고 조금도 주저없이 살수를 발출하였다. 다만 그의 검세는 한바퀴 감겼다가 튕겨나가면서 검끝이 마치 금사金蛇의 화신처럼 적의 팔을 습격하면서 적의 인후를 공격했다. 이 일초의 검법 중에는 위험 속에 위험이 또 도사리고 있어 정교하고도 잔인하여 적이 죽지 않는다 해도 중상을 입고 마는 것이었다. 해무정이 이 일초를 발출할 때 입으로 "쓰러져"하고 소리쳤다. 범옥진의 수법은 번개와도 같이 손끝으로 돌연 적의 금검을 쳐버렸고, 그녀는 검광이 흔들거리며 움직일 때 칠팔보나 뛰어나와 태연하게 위험에서 벗어났다. 그녀가 냉소하면서 말했다.

"쉽게 쓰러지진 않을 것이다."

해무정이 놀란 것은 사소한 일이 아니었다. 그것은 그의 이 일초가 평생의 공력을 끌어 올려 시전한 살수라고 할 수 있고, 이 길에 들어선 이래 모든 결투 가운데서 그는 기회가 있으면 이 일초를 시전하였는데, 아직까지 패하고 상처입는 위험에서 벗어난 사람이 없었기 때문이었다. 따라서 범옥진이 쉽게 그의 검권에서 벗어나자 그는 상대를 격퇴한 것보다 놀라움과 미혹이 커졌다.

그는 멍해졌다. 범옥진은 연기처럼 담벽에 뛰어올라 어둠 속으로 사라졌다. 이때 임봉은 대갈일성하였고, 꾸짖는 소리가 우뢰와도 같아 해무정은 깜짝 놀랐다. 후천보 수중의 장도가 임봉이 출수하는 몽치에 부딪치면서 그도 진동을 받아 연속 뒷걸음을 치기 시작했다. 해무정은 입으로 암호를 발출하면서 검을 들고 베려는 자세를 하였다. 그는 움직이지 않았지만 한줄기 무시무시한 검기가 임봉에게로 덮쳐갔다. 임봉은 후천보를 추격하려던 생각을 포기하고 정신을 가다듬고 해무정이 와서 공격하기를 기다렸다.

그런데 해무정은 돌연 몸을 돌려 도망갔고 후천보도 암호를 받고 도망갔다. 두 사람은 대뜸 종적을 감추었는데 임봉도 뒤쫓지 않았으며 오히려 범옥진을 찾으려고 했다. 그러나 사방이 어두워 그녀의 종적을 찾을 수 없었다. 그는 마음이 허전하다고 느끼며 탄식하였다. 이때 표국의 뜰 안에서 사람들의 목소리가 들려오더니 멀리서 고성으로 묻는 사람이 있었다.

"무슨 일이요, 누가 거기에서 소리치고 있소?"

임봉은 담벽을 뛰어넘어 뜰 안에 들어섰다. 달려오는 몇 사람을 향해 손짓으로 그들이 돌아가서 계속 일할 것을 지시했다. 눈 깜짝할 사이에 심우가 나타났다. 그는 임봉과 함께 뒷골목으로 가 현장을 조사하면서 한편으로는 임봉의 보고를 들었다. 임봉은 상세한 상황을 보고한 후 말했다.

"다행히 범옥진 낭자의 도움으로 재난을 면했습니다. 그러나 이렇게 되어 해무정과 후천보가 내력이 알 수 없는 이외에도 또 그녀의 내력을 알 수 없었습니다."

심우는 그의 말을 듣고 마음속으로 헤아린 대로 말했다.

"그녀는 거짓말을 하지 않았소. 나는 그녀를 알고 있소. 그녀는 막후에서 본 표국을 지지하고 있는 향상여 노선배의 후배이고 일신의 무공도 향선배로부터 전수받았소."

임봉은 놀라고 의아해서 말했다.

"그녀가 본 표국과 밀접한 관계가 있는데 왜 밤중에 와서 엿보고 있습니까?"

심우는 이미 많은 경험을 해 본 터라 소녀의 마음을 이해하고 있었다. 자기가 오랫동안 그녀를 보러 가지 않았기 때문에 그녀는 참을 수 없어 표국에 와서 두리번거렸음을 심우는 잘 알고 있었다. 그러나 그는 방금 들은 사건의 상황으로부터 임봉과 범옥진 둘 사이에 이미 미묘한 감정이 발생했음을 알았다. 그는 범옥진의 마음을 담담하게 말했다.

"내 짐작으로 그녀가 향선배로부터 본 표국이 한창 많은 일들이 일어날 것이라 들었기 때문에 그냥 돌아본 것 같소. 다음에 내가 가서 그녀에게 물어보면 더 자세히 알 수 있겠지만."

그는 이어서 후천보가 떨어뜨린 장도를 흔들면서 말했다.

"이 장도는 무게가 매우 무거워 마땅히 키가 크고 팔힘이 센 사람이 사용해야 하는데 후천보는 키가 작고 추혼도라는 별명이 있으므로 빠른 것이 장기임을 알 수 있소. 이로 보아 후천보가 이 칼에 뛰어난 무공을 지니고 있음을 알 수 있소."

임봉이 말했다.

"후천보의 도법이 정말 빠르고 지독하지만 그가 나를 이길 수 없었는데 나의 짐작에는 그의 무공은 그리 고명하지 못합니다."

심우가 말했다.

"무공을 논하자면 그리 간단하지 않소. 첫째로는 당신의 공력은 매우 정진했고 더욱이 이 항룡봉법이 소림의 진전 심법으로 위력이 무궁한데 지금 당신의 무공 조예는 몇 달 전하고는 이미 크게 달라졌음을 알아야 하오."

그는 잠깐 멈추었다가 또다시 말했다.

"그 다음으로 천하의 무공 초식은 상호 상극인 상황이 발생하오. 후천보의 도법이 바로 당시과 상극일 수 있소. 따라서 힘있게 시전하기 어려워서 그 흉악한 위력을 모두 발휘하지 못했던 것이니, 절대로 후천보의 무공을 얕잡아 볼 수 없소."

임봉이 말했다.

"속하는 총표두의 이 가르침을 꼭 기억하겠습니다."

심우는 수중의 칼을 보면서 망설이다가 비로소 말했다.

"후천보, 해무정 두 사람의 무공은 평범하지 않은데 도리어 명성이 없으니 이 이유를 찾아볼 필요가 있겠소."

임봉은 깜짝 놀라 사방을 두리번거리면서 말했다.

"그렇다면 그 두 사람은 총표두와 개인적인 원한 관계가 있습니까?"

심우가 말했다.

"아직은 뭐라고 말할 수 없소. 마충이 내 손에 죽은 일을 기억하고 있소?"

임봉이 말했다.

"기억하고 있습니다."

심우가 말했다.

"마충을 파견한 사람은 양곡현 사가 사부인이오, 이 여인은 양곡 사가의 절예 외에도 무당산 신녀의 신비한 무공까지도 겸비하였소. 만약 이 두 사람이 그녀의 파견을 받은 자들이라면 이상한 일은 아닐테지요."

임봉이 고개를 끄덕이면서 말했다.

"총표두의 말이 옳습니다. 우리가 그 뒤에 사가의 최근 상황을 조사하였는데 사부인은 음란한데다 많은 무림고수들을 키웠다 합니다. 그녀가 고수를 파견할 수 있음을 짐작하기가 어렵지 않습니다."

심우가 말했다.

"그녀를 제외하고도 천하 흑도 상 몇 지역에서도 이들 같은 고수를 파견할 수 있는 역량이 있소."

임봉은 이맛살을 찌푸리며 말했다.

"그렇다면 해, 후 두 사람의 내력으로 짐작되는 곳이 세 곳이나 됩니다!"

심우는 머리를 끄덕이면서 말했다.

"그렇소. 동기부터 조사하고 추궁해야 할 것이오. 그런데 어느 곳이 본 표국의 동정을 살피고 조사하리라 생각하오?"

임봉이 대답했다.

"당연히 흑도 방면입니다."

심우가 말했다.

"옳소."

심우는 임봉의 말에 긍정했으나 심우는 사색에 빠졌다. 한참 지나서 그는 말했다.

"그러나 이 생각에는 큰 결점이 있소."

임봉은 어떤 문제가 있는 지 알 수 없어 물었다.

"결점이라니요?"

심우가 말했다.

"대답이 너무 명확해서 누구든지 우리가 이런 추측을 할 것이라는 걸 알 것이오."

임봉은 그의 말투를 듣고는 아직도 그의 말이 끝나지 않았음을 알았으므로 끼어들지 않았다. 심우는 과연 또 다시 말했다.

"게다가 해, 후 두 사람의 종적이 은밀하다고 할 수 없고 심지어는 당신과 결투할 때에도 꺼리는 것이 없었소. 만약 그들이 흑도의 어느 패주가 파견한 자들이라면 어찌 이같이 가까이에 와서 선불리 이런 일을 할 수 있겠소?"

임봉은 의심스런 기색을 나타내면서 말했다.

"속하는 한 가지 생각이 있습니다. 총표두는 저를 탓하지 마십시오."

심우가 말했다.

"마음놓고 말씀하시오. 당신을 탓하지 않겠소."

임봉이 말했다.

"총표두가 방금 고려한 것은 도리가 있지만 총표두는 흑도의 일방에서 패권을 쥐고 있는 인물을 지나치게 과대 평가할 수 있습니다. 무릇 너무 깊고 너무 앞을 생각하면 눈 앞의 약점을 피할 수 없습니다."

심우가 말했다.

"당신의 이 말은 매우 탁월한 견해라 할 수 있소, 내가 필요 없는 생각을 너무 한 것 같소, 그러나 만약 해, 후 두 사람이 나의 개인적 원수에 의해 파견된 것이라는 가능성이 있다면, 나는 부득불 더 많이 고려하지 않을 수 없소."

임봉이 말했다.

"그렇다면 동기나 해, 후 두 사람의 내력을 추리하고 판단하기가 쉽지 않습니다."

심우가 말했다.

"하지만 우리에게는 아직도 두 가지 매우 유리한 단서가 있소."

임봉은 의아해서 물었다.

"어떤 단서입니까?"

심우가 말했다.

"첫번째 단서는 이 칼이요."

그는 후천보의 장도를 높이 들고 미소지으며 말했다.

"이것은 평소에 쓰던 병기이므로 반드시 특징이 있고 단서를 가지고 추적하는데 자료로 쓸 수 있소. 우리가 자료를 수집한다면 꼭 막대한

참고 가치가 있을 것이요."

임봉은 머리를 끄덕이고는 다급히 물었다.

"또 다른 단서는요?"

그의 생각에는 이 장도가 이미 하나 밖에 없는 단서였지만 심우가 뜻밖에도 또 다른 하나의 단서가 있다고 하니 예측할 수 없었다. 심우가 말했다.

"두 번째 단서는 범옥진이오."

임봉은 머리를 긁적이면서 말했다.

"어찌하여 그녀입니까?"

심우가 말했다.

"당신은 경과를 매우 상세하게 말하였지요. 당시 범옥진은 당신이 위급할 때 당신에게 해무정의 금검을 두려워하지 말라고 지적하여 깨우쳐 준 적이 있다는 말을 듣고 나는 마음속으로 깨달은 것이 있었소."

임봉은 어깨를 으쓱거리면서 말했다.

"속하는 범낭자의 이 말 중에 숨겨져 있는 심오한 이치를 깨우칠 수 없으니, 총표두께서 가르쳐 주기를 바랍니다."

심우가 말했다.

"범옥진이 당신에게 상대방의 병기를 꺼리지 말라고 지적한 바에야 그녀가 해무정 수중의 금검의 내력을 알고 있다는 것이 뚜렷하오. 이것을 어찌 하나의 단서라 하지 않을 것이오."

임봉은 문득 깨닫고 말했다.

"총표두의 말씀이 옳습니다. 그럼 어서 범낭자에게 물어보러 갑시다."

심우가 말했다.

"너무 조급해하지 말고 내일 그녀를 찾아가도 늦지는 않소. 지금 당신은 계속하여 이곳을 지키고 우리가 바삐 해야 할 일이 아직도 있소."

이 사건이 지난 뒤 임봉은 감히 소홀할 수가 없어 돌아가서 칼을 가지고 순찰하였다. 다음날 이른 아침 표물은 모두 기한대로 내보냈고 남경표국은 즉시 매우 썰렁하게 변했다. 임봉이 참여한 장사는 하남河南 개봉開封의 명주를 운송하는 것이었다. 그것들은 밤새 다른 명주로 바꾸어 놓은 그 화물이었다.

제28장

保鏢生涯

보표생애

제28장부터는 『연지겁』 원문에 실려있는 각 장의 제목을 일부 그대로 살려서 번역하였습니다. 중국에서 최근 출판된 『무도연지겁』에는 임봉의 활약상이 그려지는 부분이 삭제된 바 있으나, 본 『무도연지겁』에서는 원본 그대로를 살리기 위해 삭제된 부분을 재수록하였음을 밝힙니다.

그 일행을 이끄는 이는 남경표국의 부총표두 풍금상馮芩祥이었다. 이 사람은 보표 항업 자격이 매우 오랜 자로 말주변이 좋은 사람이었고, 특히 위험을 보면 돌아갈 수 있는 능력을 갖추고 있었다. 따라서 그의 본 바닥 능력은 비록 한계가 있지만, 크게 실패한 경험이 없이 표항 동업자들의 중시를 받고 있는 사람으로 '총'자가 붙은 지위까지 올라갈 수 있었다. 풍금상은 이번 표행에서 비록 그 길을 통솔하는 사람이었지만 표물이 이미 한 밤 중에 바뀐 사실을 알 수 없었다. 때문에 표행 길에 그 열 량 수레에 실려있는 귀중한 비단을 십분 중시하여 기회가 있을 때마다 포장이 파손된 것이 없는지 비가 올 때를 대비한 기름 포장을 정비하는 등 심혈을 기울였다.

그가 이렇게 긴장을 하자 임봉을 포함하여 세 명의 표사 및 몇 명의 일꾼들은 모두 그의 지시에 맞춰 많은 일을 해야만 했다. 이렇게 분주히 열흘이 지난 후에도 임봉은 어떤 원망 섞인 말도 하지 않았다. 도리어 풍금상의 심복 표두인 이패李沛와 뇌진雷振, 이들 두 사람 입에서 이러저러한 불만이 튀어나오기 시작했다. 그날 저녁 표차가 영주潁州에서 잠시 머물렀다. 이곳은 환皖(현 안휘성 지역), 예豫(현 하남성 지역) 두 성의 교통 요충지로서 영수潁水와 니하泥河가 교차하는 곳으로 일반 주부州府와 비교하여 번화한 지역이었다.

그들은 남경에서 출발하여 도중에서 합비合肥와 같이 번화한 도읍 이외에 기타 모두 보통의 성진城鎮을 지나왔다. 따라서 그들이 이곳 영주에 도착하자 화려하고 번화함에 모두들 기뻐하였다. 수레를 모두 잘 세워놓고, 보조 인원들은 모두 목욕을 하고 옷을 갈아 입었으며, 식사를 준비하고 휴식을 취하였다. 그러나 이패, 뇌진 및 임봉은 아직도 바쁘게 수레에 상처가 없는지 조사하였고, 또한 표화 등의 상태를 살펴보았다. 그러므로 그들이 일을 멈추고 목욕을 마치기를 기다리는 동안 다른 사람들은 수면을 취하거나, 거리로 나가 살펴보기도 하였다. 이, 뇌, 임 등 세 사람은 목욕을 마치고, 한편으로는 허겁지겁 식사를 하면서, 한편으로는 말을 이었다.

"풍금상 노인네는 지금 편안하게 쉬고 있을 거야. 지금은 아마 침상에서 편안하게 안마나 받고 있겠지."

뇌진이 말을 받았다.

"맞아. 그 노인네는 우릴 부려먹을 줄 알지. 하지만 공은 모두 자신이 가지고 가겠지, 일은 우리가 죽도록 하고 말이지."

임봉은 그저 웃으며 아무말도 하지 않았다. 이패가 또 말했다.

"기실 그 노인네가 우리에게 하라는 일들은 모두 일꾼들이 해야할 일 아니야. 내가 보기에는 분명 의도적으로 우리를 시키는 것 같지 않아."

임봉이 이때 비로소 입을 열었다.

"그렇지 않을거다. 풍금상 부총표두는 매우 조심스럽게 일을 처리하는 것으로 모든 건건마다 일꾼들에게 감히 일을 맡길 수 없어서 그런 것이다."

뇌진이 말했다.

"흥! 그 사람은 우리를 일꾼으로 아나 보지. 그의 뜻을 보면 아마도 우리를 얕잡아보는 것이 아니면 우리에게 그런 잡일들을 시키지 않을 거야."

이패가 말했다.

"이렇게 계속 간다면 개봉부에 도착한 뒤 우리는 피곤해 죽을 거다."

뇌진이 웃으며 말했다.

"네가 오늘 저녁에 독숙환獨宿丸을 한 알 먹으면 개봉에 도착해도 피곤하지 않을 것이다."

임봉은 배를 잡고 크게 웃었다. 이패는 사람됨이 색을 밝혔는데 비록 먼거리를 표물을 보호하며 왔지마는 어떤 황량한 시골의 객점에 들어서도 그는 항상 저녁에는 기녀를 찾아 잠을 잤기 때문이다. 이처럼 번화한 영주에 도착하니 뇌진과 임봉 모두 이패 그가 분명 오늘 저녁에 화류거리를 찾아서 기녀와 함께 밤을 보낼 것이라 생각한 바가 있었다. 따라서 뇌진이 이를 가지고 그를 놀린 것이다. 이패는 정색을 하며 말했다.

"소뇌가 한 말은 일리가 있다. 나는 오늘 저녁 편하게 한잠 자야겠다. 너희들이 만약 피곤하지 않는다면 밖에 나가 돌아보는 것도 좋겠지."

뇌진이 크게 놀라며 말했다.

"너 정말 나가지 않을 거냐?"

이패가 말했다.

"내가 언제 너를 속인 적이 있드냐? 풍금상 부총표두가 사람을 찾으면 내가 너희들을 대신해서 가보마."

뇌진의 얼굴에 즐거운 기색이 피어나며 말했다.

"좋다. 우리들은 나가서 돌아보고 오자. 소림 너도 함께 가겠지."

임봉은 웃으며 말했다.

"나가서 돌아보는 것도 좋지. 하지만 나는 다른 곳으로 가려고 한다."

뇌진이 말했다.

"나는 두 군데 좋은 곳을 아는데, 네가 가도 실망하지 않을 것이다."

임봉은 연신 머리를 끄덕이며 말했다.

"알아요. 하지만 그렇기 때문에 나는 가지 않으려고 합니다. 괜히 혼자 견딜 수 없어질까봐 그래요."

이패는 의아해 하며 말했다.

"무슨 견딜 수 없는 일이 있다고. 혹시 너 여자와 관계한 적이 없는 것 아니냐?"

임봉이 말했다.

"나는 돌아갈 때 안심하고 놀 수 있을 것만 같습니다."

그는 뇌진의 어깨를 두드리며 말했다.

"너는 잘 놀다 와라. 나는 일찍 돌아와서 노이와 교대해 주려고 한다. 풍금상은 절대 우릴 괴롭히지 않을 것이다."

그들은 이렇게 정하고 식사를 마쳤다. 뇌, 임은 함께 밖으로 나가서 거리에 도착하자 서로 갈라졌다. 임봉은 혼자 거리를 구경했다. 성 안에 등불이 가득했고, 사람들의 목소리로 시끄러웠다. 그는 홀연간 적막이 밀려왔다. 자신은 이미 삼십이 넘었는데 동가식 서가숙하는 처지로 아직 가정을 꾸리지 않은 것이다. 요즘과 같은 생활을 언제까지 되어야하며 일단락을 지을 수 있을까. 그의 마음속 호수에서 한 사람의 인영이 번개처럼 나타났다. 하지만 그는 모든 힘을 기울여 숨어버리고 싶었으며 그녀를 떠올리지 않으려고 애를 썼다. 이때 공교롭게도 한 술집이 눈에 들어왔다. 그는 마음속으로 생각했다.

'들어가서 한두잔 마시다 보면 이 답답함을 풀어낼 수 있겠지.'

그가 술집으로 들어가서 보니 문 앞에는 몇 명의 손님이 앉아 있었고 모두 다 거리를 바라보고 있었다. 임봉은 따라서 고개를 돌려 바라보았다. 그곳에는 세 명의 청의 대한이 보였는데 각기 말 한 마리씩을 끌고 있었고 술집 앞을 지나가고 있었다. 이들 대한 모두 각기 건장하였고 날쌜 것 같았으며 모두 신상에 병기를 지니고 있었다.

그러나 이것은 사람들이 모두 그들을 주목하는 이유는 아니었다. 그것은 세 명의 대한 중 한 사람이 이끄는 준마 위에 앉은 홍의 소녀였다. 이 소녀는 의복이 화려한 것이 사람의 눈을 끌었으며, 동시에 보기에 너무나 아름다웠다. 맑고 큰 두 눈동자, 추파를 던지듯 바라보는 그 자태가 사람의 마음을 움직였다. 그녀의 안장 주변에는 한 자루의 장검이 매달려 있었고, 장검 집 위에는 진주와 옥으로 장식이 되어 있어 보광이 사방으로 빛났다. 한번 바라만 보고도 상당히 귀중한 것임을 알 수 있었다. 그 검집 하나만으로도 큰 돈이 될 듯했다.

임봉은 한 번 바라보더니 다시 고개를 돌려 자리를 잡은 뒤 앉았다. 그리고는 술 한 항아리를 시켰고, 또 화생미花生米, 건두부 등을 안주로 주문했다. 그는 이때 거리를 마주보고 있었는데 이미 그 홍의 소녀와 세 명의 대한은 지나가고 보이지 않았다. 옆 탁자에 앉아있던 두 명의 주객들이 이야기를 시작했다. 그 중 나이가 비교적 많은 한 사람이 말했다.

“그녀는 규녀의 신분으로 남자들을 인솔하고 이러 저리 다니니 분명 결혼은 물 건너갔을 거야.”

다른 한 나이가 어린 사람이 연신 고개를 끄덕이며 그의 평가에 동의했다. 임봉은 마음속으로 나이 많은 사람의 말에 동의하지 않았다. 그 홍의 소녀는 생김새도 아름다웠을 뿐만 아니라 지나치게 꾸미지 않은 것이 아마도 풍류를 즐기는 하류배의 느낌이 전혀 나지 않았다. 오히려 반대로 그녀는 매우 존귀한 느낌을 주었으며 침범할 수 없는 존재로 여겨지는 것 같았다. 젊은 주객이 말했다.

“아! 결혼하지 못할 것이라 말하셨는데, 만약 그녀가 허락한다면 내가 제일 먼저 그녀를 아내로 맞이하고 싶습니다.”

나이 먹은 주객이 “피”하며 말했다.

“너는 이미 마누라와 아이들이 있는데, 무슨 자격으로 그녀를 아내로 맞겠다는 것이냐? 사람들이 너를 뭐라 하겠느냐?”

젊은 주객은 술 한잔을 마시고 말했다.

“그녀가 저에게 시집온다면 저는 아내와 아이들도 모두 버릴 수 있습니다.”

나이 먹은 주객이 말했다.

“헛소리 말아라. 너희들 젊은이들 정말 말도 안되는구나. 내가 너희들만 할 때는 너희들 보다 더 철이 들었다.”

임봉은 머리를 돌려 끼어들며 말했다.

“저 홍의 소녀는 누구입니까.”

그들이 임봉을 바라보고 바로 표국의 표두임을 알아보고 예의를 차리면서 고개를 숙인 후 젊은 주객이 말을 했다.

"누군지는 모릅니다. 저도 이미 적지 않은 사람에게 물어보았습니다."

늙은 주객이 말했다.

"우리들은 모두 이곳에서 거주하는 사람이 아닙니다. 때때로 성에 들어와 일을 보는데 항상 저 여자를 보게 됩니다."

젊은 주객이 말했다.

"이곳 사람들도 모릅니다. 저도 이미 여러 차례 알아보았습니다."

임봉은 그 젊은이를 향하여 미소를 지으며 말했다.

"그녀는 정말 잘 생겼습니다. 그녀의 옷차림을 보니 아마도 결혼하지 않은 처녀같습니다."

늙은 주객은 함께 있던 젊은 주객과 임봉의 마음을 읽고는 말했다.

"흥! 흥! 누가 감히 저런 여자 아이를 아내로 맞이할 수 있을까?"

임봉이 말했다.

"그녀는 분명히 재산이 많은 세력가의 천금일 겁니다. 이러한 신분이라면 당연히 그 배필을 쉽게 찾을 수 없겠지요."

젊은 주객이 덧붙여 말했다.

"맞습니다! 이 영주부에서는 그녀에게 맞는 부귀공자를 찾을 수는 없을 겁니다."

그는 잠시 멈추었다가 다시 말했다.

"나는 이미 적지 않은 미녀들을 보았지만 지금까지 한 사람도 그녀의 반을 따라갈 만한 여인을 본 적이 없습니다."

임봉은 동의하면서 고개를 끄덕였다. 비록 그의 마음속에서는 완전히 그 의견에 동의한 것은 아니었다. 그 이유는 범옥진이 홀연히 그녀의 마음속에 나타났기 때문이다. 만약 범옥진의 재모와 그 홍의 소녀와 서로 비한다면 아마도 봄 난과 가을 국화 같이 서로 각기 우세한 점이 있어 누가 누구를 이긴다고 말하기 어려울 것이다. 늙은 주객이 냉소를 지으며 말했다.

"됐다! 이 성에는 한 여자밖에 없느냐. 그녀보다 몇 배 아름다운 여인이 이 성에도 있다."

젊은 주객이 코를 만지며 말했다.

"됐습니다. 되었어요. 이 근방에 그녀 보다 아름다운 여자가 있다구요."

늙은 주객이 말했다.

"네가 믿지 못하겠다면 가서 봐라. 그녀는 이 객점 안에 머물고 있으니, 그녀를 만나는 것도 어려운 일은 아닐 것이다."

임봉이 말했다.

"아? 그녀가 이 객잔에 머문다구요. 그렇다면 그녀는 이곳 사람이 아닌가 봅니다."

젊은 주객이 말했다.

"아마 그녀는 기녀가 아닐까요. 그들은 모두 요염하게 치장을 하니 당신이 아름답다고 보아도 기실은 그리 아름답지 않지요."

그들이 서로 논쟁하는 동안에 임봉은 마음속에서 범옥진을 내려놓을 수 없었다. 이러한 마음에 대하여 임봉 자신 스스로도 황당하다고 웃을 수밖에 없었다. 범옥진이 무슨 일로 천리나 떨어진 영주부까지 왔겠는가. 그 두 주객은 몇 마디 더 논쟁하더니 곧 그만두었다. 임봉은 이미 그 여자가 객점에 투숙하였다는 말을 듣고 일어나며 말했다.

"형제들 일이 있어 먼저 가겠습니다. 두 분이 드신 술값은 제가 내드리도록 하겠습니다."

그 두 사람은 연이어 사양하였으나 임봉은 사람을 불러 은자를 지불하면서 말했다.

"우리들은 언젠가 다시 만날 날이 있을 겁니다. 오늘의 만남은 여기까지라고 생각됩니다. 그럼 두 분은 안녕히 계십시오."

두 사람은 기뻐하며 고맙다는 말을 하며 서로 예를 갖추고 작별을 고했다. 임봉은 술집을 나섰다. 그도 강호 경력이 상당한 사람으로 볼 수 있었다. 그가 생각해 보니 그 객점이 어디에 있는지 묻지 않아도 될 것 같았다. 잠시 걸어가니 과연 그 곳에 객점이 있었다. 그가 객점에 다리를 들여놓자 곧바로 점원이 바로 달려와서 맞았다. 그가 바라보니 보표의 달관達官이었다. 웃음을 짓고 허리를 굽히며 예를 행한 후, 다른 한편으로는 물었다.

"달관 나으리는 친구를 찾아오신 겁니까, 아니면 투숙하시렵니까."

임봉은 그의 손바닥에 은자를 쥐여 주고는 말했다.

"내가 듣기에 한 낭자가 귀 점에 머물고 있다고 하는데 혹시 내가 찾는 사람이 아닌 가해서 왔소이다."

그 점원은 첫째 칼을 쓰고 창을 쓰는 강호 무림 인물에게 감히 잘못할 수도 없거니와 둘째 은자까지 받았으니 그의 말을 듣지 않을 수 없었다. 그는 바로 낮은 목소리로 대답했다.

"이 객점에는 한 명의 여자 손님이 투숙하고 계십니다. 젊고 아주 아름다운 분으로 장도를 패용하고 있습니다. 그 분이 달관 어르신이 찾으시는 분인지는 잘 모르겠습니다."

임봉이 고개를 끄덕이며 말했다.

"아마도 틀리지 않을 거요. 그녀는 지금 안에 있나?"

점원이 말했다.

"그녀는 방금 나갔다가 돌아왔습니다."

임봉이 말했다.

"그녀의 말투가 어느 지방의 것이냐?"

점원이 말했다.

"아마도 남직예의 말투로 들립니다."

임봉이 말했다.

"그녀가 가지고 온 짐은 어느 정도인가?"

점원이 고개를 흔들며 말했다.

"그녀는 단지 말 한 필만 몰고 왔습니다. 그리고 작은 상자도 하나 있었습니다."

임봉이 생각하더니 말했다.

"들어보니 내가 찾는 사람이 확실한 것 같은데, 내가 살펴볼 수 있는가? 당연히 그녀가 나를 볼 수 없게 말이다."

그 점원이 말했다.

"소인이 방법을 생각해 보겠습니다."

그의 눈에서는 순간 의심의 기색이 흘러나오더니 다시 물었다.

"만약에 달관 어르신이 찾으시는 분이시라면 그녀를 모시고 갈 것인지요."

임봉은 웃으며 말했다.

"안심하거라. 나는 그녀가 내가 찾는 사람인지 아닌지 알기만 하면 된다. 사실 만약 그녀가 내가 찾는 사람이라면 나는 정말 그녀에게 실례가 될까 그러는 것이다."

점원은 이해가 된 듯이 말했다.

"이렇게 하면 어떨까요. 당신께서 건너 방 문 뒤에 숨어계시다가, 제가 등을 들고 문을 두드린 뒤 그녀에게 찻물이나 음식이 필요한지를 묻고, 그녀와 이야기할 때 살펴보면 되지 않겠습니까."

임봉이 말했다.

"맞다. 네가 말한 것과 같이 하면 되겠구나. 내가 먼저 들어가마."

그는 점원의 말에 의지하여 다른 정원에 있는 방으로 들어갔다. 그 방에 들어가자 실내는 매우 어두웠다. 건너편의 방에서는 창호를 통해서 밝은 빛이 나오고 있었다. 아마 방 안의 사람이 침소로 청하지 않은 것 같았다. 그가 잠시 기다려도 그 점원은 들어오지 않았다. 임봉의 마음속에서는 의심이 생겼다.

'무엇하느라고 아직 오지 않는 거지. 혹시 공인을 찾아간 것은 아닐까.'

임봉은 비록 공인을 두려워하지 않았지만 아마도 번거로운 일이 생길 것이라 생각하니 심려가 되는 것은 어쩔 수 없었다. 그는 잠시 동안 생각하더니 아직도 그 점원이 들어오지 않자 일이 잘못된 것 같이 느껴지며 자신이 먼저 들어온 것을 후회하였다. 그렇지 않았다면 그 점원이 절대로 장난치지 못할 것이라 여겨졌기 때문이다. 건너편 방에서는 어떤 동정도 느껴지지 않았다. 임봉은 신속하게 뒤쪽 창을 조사하더니 바깥쪽으로 밀어서 창을 열고 바라보았다. 길게 늘어선 후원은 담장으로 둘러싸여 있었는데 골목길과 이어졌다.

그가 머리를 돌려 살펴보니 갑자기 어떤 사람이 정원으로 걸어들어오는데 그림자가 어른거리는 것으로 보아 한 사람은 아닌 것 같았다.

임봉은 고민할 겨를도 없이 뒷 창문으로 나가 창문을 닫았다. 그는 한 번에 지붕 위로 뛰어오르더니 바짝 엎드려 아래의 움직임을 지켜보았다. 등불이 이 정원을 밝게 비추자 등을 들고 있는 사람이 바로 조금 전의 그 점원이었음을 알 수 있었다. 그리고 다른 세 사람은 그와 같은 일을 하는 사람들이었다.

임봉이 바라보고 마음속으로 호기심이 생겼다. 원래 그 점원과 같이 들어 온 사람은 두 남자와 한 여자였는데, 여자는 홍의를 입었고 걸음걸이가 가벼웠다. 두 남자는 한 사람은 청의 경장을 차려 입었고, 병기를 차고 있었다. 이와 같이 돌연간 출현한 사람들은 아마도 주점에서 보았던 홍의 소녀와 세 명의 청의 대한이 아닌가 싶었다. 목전에는 그 중의 한 사람의 청의 대한 만이 줄어들었을 뿐이었다. 아마도 밖에서 말들을 살피고 있을 것이다. 그 두 명의 청의 대한은 신속하게 임봉이 방금 숨어있던 빈 방 안으로 처들어왔다. 점원은 등을 높이 들었는데 얼굴에는 긴장하며 놀란 기색을 띠고 있었다. 임봉은 심중으로 냉소를 지으며 생각했다.

'분명 내가 방에 있을 것이라 생각하고, 앞으로 두 명의 청의 대한과 격투가 발생할 것 같아 크게 걱정하며 긴장하는 것이다.'

점원이 지적하고 있던 곳이 바로 그가 숨어있던 빈 방이었다. 지금 사람들을 데리고 와서 그 방 안으로 급히 들어가는 것은 분명 그들이 임봉을 잡으려는 것임을 알 수 있었다. 그 점원의 얼굴에 갑작스럽게 경악스러운 표정이 나타났다. 그 실내에는 어떤 소리도 들려오지 않았기 때문이다. 홍의 소녀는 실로 참을 수 없다는 듯이 손을 뻗어 그를 밀었다. 점원은 갑작스레 떠밀려 방 안으로 들어가게 되었다. 그들은 불을 들고 방문 안으로 들어온 후 발걸음을 멈췄다. 임봉은 한편으로는 뒤쪽을 주의하면서 두 명의 청의 대한이 갑작스럽게 습격할 것을 준비하고, 다른 한편으로는 아래의 형국을 살펴보며 그들이 어떤 짓거리를 하는지 보고 있었다. 홍의 소녀는 문 가에 서 있었고, 점원은 등불을 들고 손을 들어 문을 두드리고 있었다.

"누구냐."

점원이 말했다.

"소인은 점원입니다."

방 안의 여자가 바로 말했다.

"일이 있으면 말하고, 아니면 그냥 가거라."

점원이 말했다.

"여자 손님 한 분이 낭자를 뵙고 싶어하십니다."

방 안에서 놀랐다는 듯이 "아"하고 소리가 들리더니 문이 열렸다. 그 점원은 문 안팎으로 두 여자의 사이에 있게 되었다. 등불을 높이 들으니 그녀들은 서로를 명확히 볼 수 있었으며 서로 각자 응시하며 무엇인가를 가늠해 보았다. 지붕 위의 임봉은 역시 문이 열리자 그 여자가 누구인지 명확히 볼 수 있게 되었다. 갑자기 그의 가슴이 뛰기 시작하였고 혈기가 올라 상기되기 시작하였다. 그 여자는 다름 아니라 바로 매력적이고 아름다운 범옥진이었다. 그녀는 이 시각에도 옷차림을 단정히 하고 있었으며 그가 돌아온 뒤에도 아직 옷을 갈아입지 않은 듯했다. 혹시 다시 출타할 것인지 모를 예정이다. 홍의 소녀는 손을 휘저으며 그 점원에게 말했다.

"너는 가봐라. 여기엔 네가 볼 일이 없다."

점원이 굽신 거리고 응하며 뒤를 돌아 나갔다. 그러나 그는 아직도 참지못하고 건너편에 보이는 빈 방을 몇 번이나 바라보았다. 범옥진은 앞에 서있는 아름다운 홍의 소녀를 바라보며 의아한 기색을 띠며 말했다.

"낭자가 나를 찾으셨나요."

홍의 소녀가 말했다.

"그렇습니다. 제가 언니를 찾았습니다."

범옥진은 놀라며 그 홍의 소녀의 정체에 대해 생각해 보았다. 그리고 그녀를 방 안으로 청하는 자세를 취하며 말했다.

"어쨌든 낭자가 저를 찾으셨다니 안으로 드셔서 이야기 합시다."

그는 몸을 비켜서며 손님을 청하면서 말했다.

"하지만 저는 출타해야 하므로 너무 오래 있을 수는 없습니다."

홍의 소녀는 고개를 끄덕이며 말했다.

"그렇다면 방 안에 까지 들어갈 필요가 없을 듯합니다. 그냥 여기에서 몇 마디 나누면 될 것 같습니다. 언니의 시간을 많이 빼앗을 수 없군요."

범옥진이 말했다.

"좋아요. 그럼 낭자께서는 어떤 가르침이 있나요."

홍의 소녀가 말했다.

"언니의 성함은 어떻게 되세요?"

범옥진이 말했다.

"당신은 아직 점원에게 듣지 못하였나요. 제 성은 임가에요."

홍의 소녀는 고개를 흔들며 말했다.

"아니에요. 언니는 임가가 아니에요."

범옥진이 웃으며 말했다.

"내가 임가가 아니라면 그러면 제 성은 뭔가요."

홍의 소녀가 말했다.

"저는 아직 당신의 성이 임가가 아니라는 것만 알지, 당신의 진짜 성함이 뭔지를 모릅니다. 어떻게 불러야 하나요."

범옥진이 어깨를 들썩이더니 말했다.

"낭자가 이곳에 온 이유가 제 이름을 묻기 위해선가요?"

홍의 소녀가 말했다.

"그렇지는 않습니다. 그러나 제가 그 다음으로 무엇을 해야 할지, 먼저 언니의 신분이 무엇인가를 안 다음에 결정할 겁니다."

범옥진은 마음속에서 의문이 가득하며 말했다.

"제가 아직 당신의 뜻을 모르겠네요. 하지만 솔직히 당신에게 말해주겠어요. 내 성은 확실히 임가가 아니에요."

그녀는 갑자기 말을 멈췄다. 홍의 소녀가 연이어 급히 물었다.

"그렇다면 언니의 성은 무엇인가요."

범옥진이 말했다.

"낭자의 이름도 아직 모르는데. 당신이 먼저 나에게 말해주는 것이 좋지 않겠어요."

홍의 소녀가 말했다.

"저의 이름을 목전에 말씀드리기에는 어려움이 있습니다."

범옥진이 담담하게 말했다.

"그렇다면 낭자도 저에게 물을 필요가 없습니다."

홍의 소녀가 말했다.

"언니가 이렇게 말해주시지 않는다면 이 소매가 다른 방법을 쓸 수 밖에 없습니다."

범옥진은 놀라며 물었다.

"낭자는 어떤 방법을 가지고 제 이름을 알아낸다는 것이죠."

홍의 소녀가 말했다.

"소매는 언니를 모시고 가겠습니다. 시일이 지난다면 언니가 진실을 말할테지요."

범옥진이 알아차렸다는 듯이 말했다.

"원래 낭자는 나하고 손을 써보겠다는 것이군요. 그러나 당신이 안면을 바꾸고 힘을 쓴다해도 답을 찾을 수 없을 거예요."

홍의 소녀는 자신있다는 표정으로 머리를 흔들며 말했다.

"아마 언니는 내 장심에서 벗어날 수 없을 거예요."

그녀는 아름다운 미소를 지으며 말했다.

"언니는 병기를 꺼내세요. 소매가 실례하겠습니다!"

범옥진의 눈은 상대방이 차고 있는 검을 풀더니 언제라도 발출하여 공격할 수 있도록 하는 것을 보고는 방심할 수 없어서 머리를 끄덕이며 말했다.

"좋소. 병기를 꺼내겠소."

그녀는 몸을 돌려 방으로 들어갔는데 문이 열려있어 그가 방으로 들어간 이후의 모든 동작을 외부의 사람이라도 하나도 빠뜨리지 않고 볼 수 있었다. 맞은 편 지붕 위의 임봉도 발생하는 모든 상황을 친히 볼 수 있었으며, 아울러 그녀들의 대화를 모두 엿들을 수 있었다. 그러나 임봉도 범옥진과 마찬가지로 홍의 소녀가 찾아온 뜻을 짐작조차 할 수 없었다.

만약 홍의 소녀가 악의를 가지고 찾아왔다면 그녀의 말투나 태도 가운데에서 어떠한 적의를 찾아볼 수 없는 데에서 의문을 가질 수밖에 없었다. 그녀는 상당한 정도의 예의를 갖추고 있었기 때문이다. 그녀가 갑작스럽게 찾아온 것과 보여주는 애매한 태도는 그녀가 선의로 찾아왔다고는 볼 수 없게 했다. 하물며 몇 마디 대화를 나누지도 않았는데 바로 손을 쓰려고 하는 것을 볼 때는 좋은 뜻으로 온 것이라 볼 수 없었다. 홍의 소녀가 마당으로 나온 가운데 범옥진 또한 장검을 들고 방으로부터 나왔다.

"언니 수중의 검을 보니 그리 나쁜 검은 아닌 것 같군요. 그러나 보통의 장검일 뿐이에요."

범옥진이 말했다.

"낭자의 안력은 대단하군요."

홍의 소녀가 또 말했다.

"언니와 같은 풍도를 가졌다면, 한번만 보아도 보통의 사람이 아님을 알 수 있는데, 왜 수중의 검은 그런 것을 사용하나요?"

범옥진이 말했다.

"내가 여자로서 무공을 수련하는 것은 단지 자신을 방어하기 위한 것일 뿐이지 천하의 무사들과 다투려고 하는 것이 아니니 검에 신경쓰지 않는 것이에요."

범옥진이 기쁜 듯이 말했다.

"언니가 말씀하시니 소매는 이해가 되는 군요. 오늘같은 기회는 얻기 어려우니 그래도 언니께 몇 초 가르침을 받고자 합니다."

그녀는 손을 들고 번개같이 검집에서 눈이 부시게 만드는 장검을 꺼내들었다. 범옥진은 감탄하면서 말했다.

"좋은 검이군요. 낭자가 이렇게 상등의 병기를 사용하니 아마도 낭자는 경세 절학을 몸에 지니고 있을 것 같네요."

홍의 소녀가 말했다.

"그렇지는 않습니다. 소매는 아마도 겉보기에 그럴 겁니다. 언니 그러면 부탁합니다!"

그녀는 문을 열어 제꼈다. 아마도 운기하며 마음을 안정시키니 그 크기가 깊은 호수나 큰 산악같았고, 움직임은 바람을 탄 화염과 같은 느낌이 들었다. 범옥진이 말했다.

"이 결투를 하자니 억울한 데 왜 내가 손을 써야하는지 이유를 모르겠다."

말을 이렇게 한 후 그녀도 정신을 차리고 검에 기운을 넣었으며 눈에서는 신광을 발출하며 상대방의 빈틈을 살폈다. 옥상의 임봉은 두 여인이 펼친 진세를 보고 바로 그 세력의 균형을 보니 아마도 오십 초 이내에 쌍방이 승부를 가리기가 어려움을 알 수 있었다. 그러나 홍의 소녀는 준비한 것이 있었다. 함께 온 세 명의 청의 대한이 있었는데 현재 두 사람은 방안에 들어가 있었다. 이들 세 명의 청의 대한 역시 반드시 홍의 소녀의 명령을 받들텐데 그들의 빠르고 사나운 모습을 보니 무공이 그리 약해보이지 않았다. 때문에 범옥진이 전면적으로 열세에 있었다. 하지만 그녀에게 이를 알려줄 수는 없었다. 여기에 자기가 가세하여 암암리에 서로 도와줄 수 있다고 하여도 홍의 소녀의 무리와 비교할 때 아마도 이것저것 살피다 두루 살펴보기 어려울 것 같았다.

그가 이러한 생각을 굴리고 있을 때 마당에는 두 명의 여자가 이미 출수하여 겨루고 있었다. 서로 공수하며 신속하게 삼초를 교환했다. 홍의 소녀의 검법은 안정적이지만 매서웠다. 그리고 놀라운 것은 그녀가 어리지만 검법의 조예가 매우 뛰어나서 무공이 심후했다는 것이다. 범옥진의 검법은 정묘하고 신속한 것을 위주로 하였으니 이는 홍의 소녀의 깊고 안정적인 것과는 상반되었다. 가장 사람들의 주목을 끄는 것은 그녀의 초식이 특별히 아름답고 절묘하다는 것이다. 바람에 흔들거리는 버드나무 가지처럼 부드럽고, 비단같이 뛰어난 정취를 담고 있었다.

따라서 범옥진의 검법은 이와같은 특별한 격조를 가지고 있어 홍의 소녀의 공력이 그녀를 뛰어넘지 않는다면 분명 '이정제동以靜制動'할 수는 없을 것이라 보였다. 바꾸어 말하자면 홍의 소녀의 '정'이 아마도 범옥진의 '동'에 의해서 제압될 것으로 보였다. 무공으로만 말하자면 생극生剋지세라고 하는 것은 천변 만화하는 가운데에 분명히 '정'이 '동'을 제압하는 것이 아니며, 또한 부드러움이 강한 것을 제압하는 것도 아니었기 때문에, 필히 쌍방의 공력 조예를 보아야 했다. 이로 인해서 동정강유動靜剛柔의 기질을 결정할 수 있는 것이었다.

마당에서는 검광이 번뜩이며 사람들의 눈을 자극했다. 쌍방은 십초 정도를 싸웠는데 그 홍의 소녀는 이미 범옥진의 검법의 특징을 알아차린 것 같았다. 눈깜짝할 사이에 검의 범위를 축소하더니 완전히 수세를 취했다. 범옥진이 바람같이 검을 쓰더니 연속하여 진격하자 순식간에 그 홍의 소녀가 검세의 범위 내로 들어가서 우위를 점할 수 있었다.

그녀의 검법은 대낭자에게서 진전을 이어받은 것으로 향상여가 일찍이 미리비궁 옥녀인 계홍련과 부부가 된 이후 그녀를 상대하기 위하여 새로 창안한 검법이었다. 그리고 범옥진이 발출하는 이 검법은 많은 명가들의 검법의 장점을 취하여 만든 탓으로 특별히 영활하게 움직이는 유창함 이외에도 기묘하고 환상적인 점이 있어 그 수법이 다양함이 끝나지 않을 듯 싶었다. 임봉이 그녀의 절학을 보고 마음속으로는 놀라기도 했지만 더 기뻤다. 놀란 것은 그녀의 검법이 매우 고명한 것이었으나, 그 조차 그녀의 내력이 무엇인지 알 수 없었던 것이다. 기쁜 것은 그녀가 이미 우위를 점하고 있고, 그 내력을 알 수 없는 홍의 소녀를 묶어놓고 있었기 때문이었다. 그의 관심은 그의 머리를 돌리며 생각하게 했다.

'비록 방 안의 두 명의 청의 대한이 나와서 도와주다고도 해도 범옥진이 한동안 버틸 수 있다면 내가 이 기회를 빌어서 홍의 소녀의 내력에 대해 일점 단서라도 찾아낼 수 있지 않을까?'

이렇게 머리를 굴리자 그는 바로 다른 지붕으로 뛰어갔다. 그는 길을 돌아 옆 측 골목길을 돌아서 거리로 나간 후 객점 앞에 도착했다. 눈을 돌려보니 객점 문 앞에는 네 필의 준마가 안장을 모두 갖춘 채 묶여 있었다. 한 명의 청의 대한이 네 필 말의 말고삐를 쥐고 목을 길게 빼고서 객점 안쪽을 바라보고 있었다. 객점 문 밖에는 육칠 명의 사람이 있었는데 함께 모여 있었다. 이들을 한 번 바라보니 그들은 밖에 나와 있는 여행객임을 알 수 있었고, 그들의 신색과 자세로 보아 임봉이 생각해 보니 분명 이 한 무리의 사람들은 이 객점에 든 손님으로 청의 대한에 의해서 제지받고 객점으로 들어가지 못하고 있는 듯했다.

임봉은 의혹 중에 불만스러운 느낌이 들었다. 그 홍의 소녀의 기이한 행동과 청의 대한의 횡포를 보니 그들은 분명 무슨 좋은 사람이 아닌 것이 확실했다. 그는 충동적이지 않게 마음속으로 셈을 해본 후 어떻게 할지를 결정했다. 바로 행동을 취하고자 객점 문 앞에 당도했다. 그 청의 대한이 냉랭하게 소리 쳤다.

"서라!"

임봉이 걸음을 멈추면서 그를 바라보고 말했다.

"무슨 일인가?"

청의 대한이 말했다.

"객점 안에 일이 있다. 아직 해결되지 않았으니 노형은 잠깐 기다렸다가 들어가시오."

임봉은 눈을 돌려 육칠명의 손님을 바라보면서 물었다.

"여러분들은 이 객점에 투숙하고 계신 손님들입니까?"

그 무리의 사람들은 모두 머리를 끄덕이며 수긍했다. 어떤 이는 소리를 내어 물음에 답하기도 하였다. 그 중의 한 사람이 말했다.

"에이! 만약 달관 어르신이 오지 않으셨다면 나는 들어가지 못하는 이유도 모를 뻔하였소."

임봉이 "아"라고 소리내고는 고개를 돌려 청의 대한을 응시하였다. 청의 대한은 냉랭하게 말했다.

"그렇다. 내가 당신이 보표인 것을 보고 그 사정을 이야기 해준 것이다."

임봉은 담담하게 말했다.

"노형이 지금 말한 것이 형제에게 예의를 차린 것이란 거군요. 기다렸다가 들어가도 무방합니다."

청의 대한의 얼굴에는 웃음이 없었으나 고개를 끄덕였다. 임봉은 상대방이 비록 말을 듣기 좋게 했으나 근본적으로 자기를 눈 아래 두지 않고 있음을 알 수 있었다. 그는 잠시 생각해 보더니 말했다.

"와! 좋은 말이군. 당신은 어디서 산 것이요."

입으로 말하면서 그는 앞으로 다가갔다. 청의 대한은 아직도 냉랭하게 그를 바라보았지만 상대하지 않았다. 임봉의 눈이 한번 번뜩이더니 노하며 말했다.

"내가 당신에게 묻지 않소. 못들은 것이오?"

청의 대한의 두 손이 칼 손잡이로 향하며 말했다.

"난 너와 말할 시간이 없다."

임봉이 분노하며 말했다.

"흥! 이 어린 놈이 거만하기가 그지 없구나. 칼을 빼서 싸우자는 거냐."

청의 대한이 "쨍"하고 장도를 빼어드니, 광망이 번쩍하였다. 곁에 있던 한 무리의 손님들은 놀라며 분분히 뒤로 물러섰다. 임봉이 말했다.

"좋다. 이 어르신이 오늘 너에게 교훈을 한번 주어야겠다. 어는 평생 하늘 높은 지도 모르는 녀석이로군. 와라! 와!"

청의 대한이 말했다.

"네가 사는 게 지겨운 모양이군. 어르신이 염라대왕을 만나게 해주지."

그는 건장한 팔을 뒤집어 칼을 들더니 내려 찍는 자세를 취했다. 임봉은 마음속으로 두려움이 들며 생각했다.

'이 사람의 기세가 이렇게 강하다니 아마도 평범한 놈은 아닌가 보다. 정말 오늘 강적을 만났구나.'

그가 남경에서의 일을 생각해 볼 때 두 손에 쇠붙이 하나도 없어서 크게 낭패했던 일이 새롭게 생각이 나서 특별히 이러한 점에 주의를 하고 있었다. 청의 대한은 일도를 "쏴"하고 발출하니 그 기세가 매우 날카로왔고 그 모습이 매우 흉폭했다. 임봉은 손을 들어 초식을 발출하여 막아서니 "창"하고 맑은 소리가 들리며 적이 내지른 도세를 봉쇄할 수 있었다. 그러면서 그는 신속하게 허벅지에 묶어 놓았단 단검을 뽑아들었다. 지난번에 낭패본 일을 교훈으로 삼아 그 이후 계속 몸에 단도를 지니고 있었기에 오늘 그를 사용할 수 있게 되었다. 청의 대한의 눈에서는 놀람의 기색이 나타났다. 그는 칼을 거두고 뒤로 물러서더니 다시 이어서 사선으로 상대를 베려하였다.

임봉은 물러서지 않고 다시 단도를 써서 상대와 맞섰다. 이번 공격에는 그가 느끼기에 상대방이 칼 위에 몇 성의 공력을 더했다는 것이 느껴졌다. 그는 마음속으로 그가 강공으로 공격온다면 아마도 병기에서 우세를 취할 수 있을 것이라 보았다. 이런 생각을 하는 동안 청의 대한은 장검을 회수하고 다시 내려 찍으며 공격해 들어 왔는데 그 기세가 더욱 강렬해졌다. "챙!"하는 소리가 들리더니 임봉이 단도로 그 공격을 막았는데, 조금도 뒤로 물러섬이 없었다.

원래 임봉은 팔의 힘을 장기로 삼았다. 강한 공격을 상대하는 것은 그에게 가장 자신있는 것이었다. 물론 병기 상에서 열세를 가지고 싸우고 있지만 그는 조금도 두렵지 않았고, 사실상 그의 완력이 강한 것이 증명되고 있으니 이는 상대방의 생각 밖의 것이었다. 이 두 사람이 십분 격렬하게 다투며 공격을 주고받으며 칠팔초가 지났다. 청의 대한은 돌연히 상대방의 절륜한 공격을 받고 크게 두 걸음을 물러섰다. 그는 크게 소리치며 연이어 칼을 들고 임봉을 향해서 돌진했다. 아마도 그의 흉성이 폭팔한 것 같았으며 죽기살기로 공격해 들어오는 듯이 보였다.

임봉은 근처로 접근할 때까지 기다려 '이형환위移形換位' 신법을 써서 갑자기 청의 대한의 날카로운 칼을 스쳐가며 그의 신형 뒤편으로 움직였다. 청의 대한 눈앞에서 갑자기 그의 신형이 사라지니 크게 놀라며 자기가 생각을 잘못했다는 것을 알 수 있었다. 대범하게 힘을 장기로 삼는 지사들은 경공이나 교묘한 신법에 단점을 가지지 않는 사람이 거의 없었다. 때문에 청의 대한은 전력으로 덤비며 상대방과 철저하게 승부를 내고자 했다.

그러나 임봉이 내외에 모두 심후한 공력을 갖춘 사람이라는 것을 생각지도 못했다. 신법의 영활한 동작과 교묘함은 경공을 장기로 삼는 고수들의 아래가 아니었다. 이러한 번개같은 움직임을 청의 대한이 느끼지도 못하는 사이에 등의 혈도 하나가 마비되는 듯싶더니 진기가 흩어져 버리며 전신이 바로 움직일 수 없게 되었다. 그의 눈이 커지고 입이 벌어져 있었고, 칼을 휘둘러 내려 찍는 모습이 심지어 사람을 놀라게 하였다. 그들 객점의 손님들도 순간적으로 움직이지 못했고, 어떤 이들은 심지어 이 청의 대한의 혈도가 제압되었는지 알 수 없어, 사람들 모두 놀라고 두려워해서 하나 둘 그 자리를 피했다. 임봉이 객점 안으로 급히 들어가니 마침 청의 대한 한 사람이 나오고 있었다. 그는 이미 단검을 소매 속에 숨기고 있었는데 그를 보고 급히 말했다.

"밖에서 지금 싸움이 있는데, 당신의 동료가 한 사람을 죽였습니다. 그러나 아직 사오명이 그를 둘러싸고 있습니다."

그 청의 대한은 놀라며 말했다.

"아? 그런 일이 있었나요. 우리 가서 한번 봅시다."

그가 급히 임봉의 신변으로 다가갈 때, 갑자기 이 사람이 매우 의심스럽다고 생각되어 급히 걸음을 멈추었다. 임봉은 이미 손가락을 펴서 번개같이 생각지도 못한 사이에 그 청의 대한의 혈도를 짚어 버렸다. 세 명의 청의 대한 중 이미 두 명이 제거되었다. 임봉은 정신을 바짝 차리고 암암리에 반드시 순조롭게 범옥진의 위험한 상황을 벗어나도록 하고자 하였다. 그가 마당으로 들어가니 범옥진과 홍의 소녀가 아직도 결투하고 있었다. 멀리서 바라보니 범옥진이 지지 않을 것 같았다.

그러나 마당에는 이미 한 사람이 더 늘어나 있었다. 바로 그 청의 대한으로 이 사람이 칼을 뽑아들고 옆에서 호시탐탐 어느 때건 홍의 소녀를 돕기 위해 기회를 엿보고 있었다. 임봉이 들어가니 청의 대한이 머리를 돌려 그를 발견하였다. 그러나 그는 크게 놀라지 않고 눈썹을 찌푸리고 아래 위로 임봉을 견주어 보았다. 이어서 범옥진도 임봉을 보았다. 갑자기 기뻐하는 모습으로 말했다.

"아! 임봉, 당신 마침 잘 오셨어요."

임봉이 웃으며 말했다.

"저는 불현듯 생각이 나서 점을 쳐보니 당신에게 어려움이 있을 것 같아 이리로 와서 당신을 구하려 했어요."

그는 스스로에게 이 청의 대한을 감당할 수 있는지 물어보고, 범옥진이 또 홍의 소녀를 감당할 수 있을 것 같아 마음속이 십분 가벼워져서 이와 같이 농담같은 말을 꺼낼 수 있게 된 것이다. 이는 상대방을 전혀 안중에 두지 않을 것 같은 태도였다. 홍의 소녀는 힘들게 수비를 하고 있었으므로 차갑게 임봉을 한 번 바라볼 수 있었다. 청의 대한은 음침한 얼굴에 전혀 변화가 없이 냉랭하게 말했다.

"임형은 어느 표국에 있습니까?"

임봉이 말했다.

"그것은 개인적인 일인데. 당신은 이 일에 표국까지 끌어드릴려고 합니까."

청의 대한이 말했다.

"당연하지 않습니까. 우리가 귀 표국과 서로 알고 있는데 경솔하게 손을 쓴다면 앞으로 어떻게 그들에게 이야기하겠습니까."

임봉이 말했다.

"도리가 있소. 저는 남경표국에서 일하고 있소."

청의 대한의 두 눈썹이 올라가더니 말했다.

"아! 아마도 심우가 최근에 총표두로 부임한 그 표국 말입니까?"

임봉이 말했다.

"바로 그렇습니다. 당신은 누구시죠. 어떻게 우리 총표두를 아시나요."

청의 대한은 고개를 흔들며 말했다.

"저는 심우를 알지 못합니다. 하지만 아주 만나보고 싶습니다."

그의 말투는 아주 좋지 않는 느낌을 가지고 있어, 임봉은 바로 듣자마다 그를 알아차릴 수 있었고, 고개를 들어 냉랭하게 웃고는 말했다.

"폐국의 총표두를 어찌 쉽게 만날 수 있겠습니까. 당신은 저만 보면 될 겁니다."

청의 대한이 눈을 돌려 결투의 상황을 바라보니 범옥진이 그들을 말을 듣고자 마음을 쓰는 바람에 그의 공세가 크게 지체되어 홍의 소녀는 이전과 같이 곤혹스러워하지 않은 것 같았다. 그는 마음을 놓으며 임봉을 향해 말했다.

"좋습니다. 오늘 임형의 무공을 견식해 보아야겠습니다."

임봉은 돌연 이 청의 대한의 기도나 신태가 조금 전 두 명의 대한과는 크게 다른 것을 알 수 있었다. 바꾸어 말하자면 비록 세 명의 옷차림에서는 차이가 없었겠지만 이 사람은 수장의 느낌을 강하게 풍겼다. 그는 암중으로 생각하였다.

'나는 속으면 안된다. 그는 이전의 두 명의 사람과 같지 않겠지?'

생각이 여기에 미치자 그는 몸을 돌려 뛰쳐 나갔다. 청의 대한이 소리가 뒤편에서 들려왔다.

"임형은 왜 머리를 감싸쥐고 쥐처럼 도망가나요?"

임봉은 머리를 돌리지 않고 밖으로 나가며 신속하게 혈도를 짚었던 청의 대한의 장도를 취하여 다시 몸을 돌려 정원으로 들어왔다. 청의 대한은 그가 장도를 들고 돌아오자 짙은 눈썹을 찡그리며 살기가 등등하여 냉랭하게 말했다.

"임형은 원래 병기를 가지러 나갔군요. 일찍 알았다면 내가 장도를 거둬드리면 그리 왔다 갔다 할 필요가 뭐가 있었소."

임봉이 말했다.

"당신이 비록 기세로 사람을 억누르는 무리배가 아니지만 제가 이미 낭패본 경험이 있어 칼을 한 자루 구해놓는 것이 좋을 것 같았소. 그러니 내가 당신들 동료의 칼을 가지고 왔다고 나를 탓하지 마시오."

청의 대한이 물었다.

"그들 둘이 어떻게 되었나요."

임봉이 말했다.

"별일 없습니다. 지금 걷지 못할 뿐입니다."

청의 대한이 고개를 끄덕이며 말했다.

"아주 좋군요. 임형 조심하세요."

임봉이 장도를 들고 자세를 취했다. 청의 대한의 눈빛이 번뜩이더니 말했다.

"임형은 팔 힘이 장사인 분이군요. 아주 잘되었습니다. 우리 그럼 얼마나 견딜 수 있나 한번 봅시다."

그는 중궁中宮을 딛고, 홍문을 거쳐 칼을 들어 얼굴을 향해 공격을 퍼부으면서 동시에 입으로는 큰 소리를 질렀다. 임봉이 횡도를 날리자 "쨍"하는 소리가 들렸다. 두 자루의 칼이 서로 부딪치자 불꽃이 번쩍였다. 쌍방은 각기 공격으로 적을 뒤로 물러나게 하지 못했으니 그 세력은 균형을 이루었다. 청의 대한은 의아한 기색을 띠며 말했다.

"좋은 벽도擘刀요. 심우는 어디에서 당신과 같이 좋은 고수를 얻었지?"

임봉이 다시 강한 공격을 시도하여 귀를 울리는 금속성의 소리가 들린 후 이에 응하며 말했다.

"당신도 약하지 않소. 그러나 왜 어떤 사람이 당신에게 이리 싸우도록 했소."

그는 한편으로 말하면서, 또 한편으로는 칼을 휘둘러 반격을 하였는데 빠르기가 번개 같았고 사납기가 천둥치는 것 같이 적을 가르고자 공격하였다. 청의 대한도 속임수를 쓰지 않고 칼을 들어 갈을 받자 "쨍"하고 큰 소리가 울리며 두 사람은 각기 한 보씩 물러났다. 범옥진은 이 쪽의 결투에 관심을 가지고 검세를 가볍게 하자 홍의 소녀가 그 기회를 잡아 육칠보를 물러서며 말했다.

"언니 잠깐 기다리세요. 소매는 이들의 결투를 보아야 겠어요."

범옥진이 웃으며 말했다.

"좋아요. 나도 보고 싶군요."

그녀는 비록 이렇게 말했지만 다리는 멈추지 않고 검을 들고 그녀를 향해 압박해 들어갔다. 홍의 소녀는 어쩔 수 없이 검을 들어 수세를 취하며 그녀의 공격을 방어하면서 말했다.

"언니도 보자고 하시면서 손에 든 검을 멈추지 않는 이유는 무엇인가요."

범옥진이 말했다.

"당신이 결투를 보아도 무방하지만 나는 당신이 그들을 방해할까봐 그러는 것이요."

홍의 소녀는 의아해 하며 말했다.

"당신은 내가 출수해서 방해할 것으로 보이나요."

범옥진이 말했다.

"아니요. 나는 당신이 도망칠까 두렵소. 당신들 밖에 아직 몇 사람이 더 있지 않나요. 그렇다면 분명 임봉형의 마음이 나눠져 영향을 받을까 그러는 것이오."

홍의 소녀가 말했다.

"그렇군요. 하지만 당신이 검을 들고 나를 공격하면 나도 그들의 결투를 볼 수 없을 뿐 아니라 당신도 볼 수 없소."

범옥진이 말했다.

"그것은 어쩔 수 없는 일이오. 만약 내가 당신을 감시하지 않는다면 나 또한 방심할 수 없소."

홍의 소녀는 잠시 생각하더니 말을 이었다.

"언니는 어찌 유리한 위치를 찾지 않으시나요. 혹기 이 마당 위해 높은 곳에 자리 잡고 한편으로는 관전을 하면서 한편으로는 저를 감시한다면 일거양득이 아닐까요. 언니의 의견은 어떠신가요."

범옥진이 말했다.

"그것은 좋은 방법이에요. 그러면 낭자는 이쪽을 건너오고, 나는 당시 뒤편 담장 위에서 보겠어요."

홍의 소녀는 말처럼 앞으로 몇 보 이동하였으며, 범옥진은 돌아서 담장 위로 올라갔다. 그녀들이 서로 말을 주고받는 사이에 임봉과 그 청의 대한은 이미 여섯 차례 칼을 교환했다. 그 청의 대한은 비록 빠르고 사납기가 이루 말할 수가 없었으나 임봉도 그와 유사하게 용맹하며 위력이 있어 이 때에는 쌍방이 뒤로 두 걸음 물러서서 흡사 두 마리 표범이 서로를 날카롭게 바라보는 형국이 되어 있었다. 홍의 소녀가 돌연간 말했다.

"노몽老蒙, 당신은 그의 수중의 칼을 격파할 수 없나요?"

청의 대한이 응하며 말했다.

"소인이 방법이 있다면 어찌 이렇게 보고만 있겠습니까?"

임봉이 말했다.

"몽형의 기력이 세다 하지만 오늘 저녁에 저를 만나니 몇 푼 양보하는 것 같습니다."

청의 대한의 눈동자에 노한 기색이 나타나며 땅을 스쳐 뛰어올라 칼을 맹렬하게 휘두르며 찍어 내려갔다. 임봉은 한 발도 뒤로 물러서지 않고 칼을 운용하여 그를 봉쇄했다. 일시간에 "쨍쨍"하고 연속으로 귀를 울리는 소리가 났다. 최후에 임봉이 힘을 다해 칼을 휘두르니 청의 대한이 크게 몸을 흔들며 수 보 물러섰다. 청의 대한의 맹공은 먹혀들지 않았으며 예기는 꺾여서 사그라들었고, 몸이 정지한 이후 홀연히 또 두 보 뒤로 물러섰다. 범옥진이 담장 위에서 소리치며 말했다.

"임봉, 그가 거리를 벌려 암기를 쓰려하니 조심하세요."

임봉은 칼을 들고 압박하며 웅건한 걸음 거리로 공격하여 들어갔는데 강대하기가 그지없는 기세를 띠었다. 청의 대한의 얼굴이 정말 보기 싫을 정도로 구겨졌다. 그가 말했다.

"임형은 나를 죽이려는 겁니까?"

임봉은 걸음을 멈추고 상대방과 네 걸음 정도를 거리를 둔 후 말했다.

"무슨 이야기를 하려는 거요."

청의 대한이 말했다.

"만약 죽이려는 마음이 있다면 마음대로 하시오. 만약에 그렇지 않다면 '결전천리決戰千裏' 그 일초는 사용하면 안될 겁니다."

임봉은 마음속으로 크게 두려워하며 생각했다.

'이놈은 등한시 할 수 없다. 나의 이 칼의 위력을 보고, 또 그 초식의 이름을 맞췄다.'

그는 칼을 내려놓고 물었다.

"왜 초식을 쓸 수 없다는 것이냐."

청의 대한이 말했다.

"이 일초가 소림 비전 신도神刀 절예라고 초식을 발출했다면 승패를 가를 때 임형이 사람을 죽이고 싶지 않아도 거둘 수 없기 때문입니다."

임봉이 말했다.

"출수해서 결투하는 것은 승아니면 패아닌가. 강자는 살아남고 약자는 죽는다는 것은 필연적인 결과이니 몽형이 이처럼 두려워 한다면 일찌감치 손을 써서는 안되었다."
청의 대한이 말했다.
"임형 그렇게 듣기 거북하게 말하지 마십시오. 우리들은 바로 이곳에서 물러나겠습니다. 임형의 생각은 어떠하신지요?"
임봉은 "흥"하고 소리치며 말했다.
"나는 다른 사람에게 물어봐야겠다."
그는 목소리를 높여 물었다.
"이 몽형이 말하는 것을 당신은 들었나요."
범옥진이 말했다.
"제가 귀머거리인 줄 아세요. 당연히 들었어요."
임봉이 말했다.
"당신은 어떻게 생각하나요. 우리가 끝까지 가야하나요. 아니면 여기서 그만 둘까요."
범옥진이 말했다.
"결투는 사납고 위험합니다. 그렇다면 여기서 멈추는 것이 좋겠지요. 그러나 당신은 이미 이름과 내력을 알려줬는데 스님이 달아나봤자 절을 떠나지 못하듯이 그 사람이 아무 때곤 당신을 찾아갈 겁니다."
임봉이 말했다.
"당신의 말이 일리가 있습니다. 우리들의 내력을 그들은 알지만 그들의 내력을 우리는 알지 못합니다. 이것이야 말로 낭패가 아닌가요."
청의 대한이 말했다.
"우리들은 본성 사람이 아닙니다. 이곳을 떠난 이후 다시는 오지 않겠습니다. 임형과 낭자는 걱정하지 마십시오."

임봉이 말했다.

"말은 그렇게 하지만 당신들은 남경에 와서 우리를 찾아 번거롭게 굴겁니다."

청의 대한은 억지로 웃으며 말했다.

"임형의 무공이 그리 높고, 남경을 기반으로 하는데 다른 사람이 번거롭게 할 것을 두려워하십니까."

임봉은 눈을 돌려 홍의 소녀가 입을 내밀며 아랫입술을 물고 씹고 있는 모습을 바라봤다. 그 토라진 모습도 심지어 아름다워 사람을 움직일 듯 했다. 그는 어떻게 호기롭게 말할지 몰라 그저 하늘을 바라보며 비웃는 듯이 말했다.

"당신이 말한 것이 맞으니 그렇게 하시오."

그는 몇 보 물러났다. 청의 대한의 장검을 검집에 넣으며 포권하면서 말했다.

"형제는 그럼 두 분께 인사드립니다."

그는 더도 말하지 않고, 홍의 소녀를 향해 눈을 돌려 바라본 후 그녀에게 가자는 뜻을 표했다. 홍의 소녀는 발을 동동 구르며 즉시 질풍같이 따라 나섰다. 범옥진과 임봉 두 사람이 뒤따라 나간 후 바라보니 네 필의 말은 이미 신속하게 그곳을 떠나고 있었다. 그러나 그 중의 두 사람은 그저 말 안장 위에 엎혀져 있었다. 문 밖에 많은 사람들이 호기심을 갖고 그들을 바라보고 있었다. 범옥진이 임봉에게 말했다.

"우리 함께 하나요."

임봉은 고개를 가로저으며 그녀와 객점 내로 들어와서 빈 방으로 들어가더니 물었다.

“당신 조금 전에 다시 나가야 한다고 하지 않았소?”

범옥진이 웃으며 말했다.

“지금은 필요 없어요.”

임봉은 갑자기 깨닫는 것이 있어 아마도 그녀가 자신을 찾으러 나가려고 했던 것임을 알았다. 그는 적수의 장검 무게를 느껴보고, 또 등불에 비춰 조사해보았다. 범옥진이 물었다.

“칼 위에 어떤 표기라도 있나요?”

임봉이 말했다.

“이 칼의 무게가 일반적인 것보다 아주 무겁군요. 동시에 도신이 특별히 길어 아마도 쌍수로 잡아 내려 칠 수 있도록 만든 것으로 보여요. 이러한 병기는 아마도 결투 시 진세를 구축할 때 이로운 병기라고 볼 수 있겠네요.”

범옥진이 말했다.

“그것은 무엇을 말하는 것이죠. 무림 중에 어떤 일파가 그러한 병기를 사용하나요?”

임봉이 말했다.

“있지요. 무림에 만승문萬勝門, 진양파晋陽派 등이 이런 종류의 장도를 씁니다.”

범옥진이 말했다.

“그렇군요. 그렇다면 우리는 이미 단서하나를 찾은 셈이군요.”

임봉이 말했다.

“이러한 장도를 쓰는 문파는 변방의 강줄기가 둘러싸고 있는 곳에 위치하고 있어서 때때로 무장한 호구胡寇들이 들이닥치고, 어떤 때는 심지어 양군兩軍이 서로 죽고 죽이는 모습을 볼 수 있는 곳이라 그들의 장도의 무게가 무거우며 도신이 길어서 겹겹이 포위된 포위망을 뚫을 수 있도록 한 것이오."

범옥진이 싱긋 웃으며 말했다.

"나는 당신이 이렇게 박학다식한 줄 몰랐어요. 정말 많은 실례를 했었군요."

임봉이 재빨리 말했다.

"범낭자 놀리지 마세요. 저는 심총표두에게서 들은 것입니다. 저는 낭자가 향공의 제자분인지 몰랐습니다. 어쩐지 검법에 정통하시고 공력도 심후했군요."

범옥진이 말했다.

"지난 번에는 제가 당신을 도왔고, 이번에는 당신이 저를 도왔으니 우리 이제 비긴 셈이에요. 아! 저는 아직도 홍의 소녀가 왜 나를 찾아왔는지 이해하지 못하겠어요."

임봉이 응하며 말했다.

"이 점에 있어 제가 한 가지 단서가 있습니다."

범옥진은 크게 기뻐하며 말했다.

"당신은 이 일을 알 수 있나요? 빨리 이야기 해 주세요."

임봉이 말했다.

"그 홍의 소녀의 이름과 그의 내력을 알 수는 없지만 분명 당신을 찾아 번거롭게 한 것은 정말 이상한 일입니다. 그러나 그 후 제가 심총표두를 언급하였을 때 그 몽씨 성을 가진 대한이 바로 그를 알아차리고 또한 그의 무공이 매우 고강하며, 기민하고 눈치가 빠른 점들을 보아서 아마도 그는 평범한 부류가 아닐 겁니다. 이로부터 그는 명을 받고 그 홍의 소녀를 보호하는 임무를 띠고 있었을 겁니다."

범옥진이 말했다.

"그렇다고 하더라도 그것이 새로운 단서는 아니지 않아요?"

임봉이 말했다.

"이러한 자료들을 서로 섞어 분석해보면 대략적인 윤곽을 알 수 있습니다. 그 홍의 소녀가 우두머리이고, 세 명의 청의 대한은 호위무사들이라는 것이지요. 그러므로 그들의 내력이 평범치 않으며, 이전에 심총표두의 사정을 들어서 알고 있을 것입니다. 홍의 소녀가 당신을 찾은 것은 아마도 당신이 애림 낭자 등의 사람이 아닌가 의심해서 일 겁니다."

범옥진은 순간 느껴지는 것이 있어 연신 고개를 끄덕였다. 임봉이 말했다.

"홍의 소녀의 검법은 매우 기이하고 오묘했는데 그 가운데의 진전을 모두 이어받은 듯했고, 평소에 매우 자신감이 있었던 것으로 보입니다. 따라서 상대를 찾아 한번 겨루어보고 싶었을 겁니다. 따라서 그녀는 계속 당신이 애림 낭자가 아닐까 생각했기에 당신을 꼭 찾아보려 했던 것이죠."

범옥진이 말했다.

"그렇다면 제가 일찍 이름을 이야기 해 주었다면 이런 일이 없었을 텐데요!"

임봉이 말했다.

"그렇지는 아닐 겁니다. 그녀가 당신을 찾은 후 분명 손을 써서 당신의 실력을 보고자 할 것이고, 그래야지만 손을 멈출 것입니다. 그 이외에 다른 이유가 있는 지는 아직 모르겠습니다."

범옥진이 잠시 생각하더니 비로소 입을 열었다.

"그러면 조금 전에 그들을 보내지 말았어야 했어요."

임봉이 고개를 가로저으며 말했다.

"우리들이 굳이 그들을 막을 필요가 없어요. 그 몽씨 성을 가진 남자는 아직도 진정한 도법을 펼치지 않았고, 그냥 한번 손 쓴 것에 불과해요. 하지만 단순히 완력으로 보자면 그 놈이 이미 한 번 졌다고 볼 수 있지요. 하지만 저도 사실상 아직 진력을 다해 승부한 것은 아닙니다."

그는 점잖게 웃으며 말했다.

"범낭자 당신은 어찌 이곳에 오게 되었나요."

범옥진은 웃는 듯 마는 듯 말했다.

"내가 오려면 오는 것이지, 당신의 동의를 구해야 하나요?"

임봉이 빠르게 말했다.

"아닙니다. 당연히 아니죠."

그는 일찍부터 충심으로 연무했기 때문에 아직도 남녀 간의 일을 잘 이해하지 못했다. 그러나 범옥진의 모습과 말투에서 그녀가 한 말 이외의 다른 이야기를 충분히 느낄 수 있었고, 마음은 갑자기 기쁨으로 가득차게 되었다. 범옥진이 가볍게 눈꺼풀을 내리우고 상대방의 빛줄기과 같은 눈동자를 피하면서 낮은 목소리로 말했다.

"당신은 어떻게 내가 여기있는지 알았나요? 정말 때맞춰 도움을 주셨어요."

임봉이 말했다.

"나는 무의식 중에 홍의 소녀 등 한 무리의 사람이 지나가는 것을 보았지요. 그리고 사람들이 말하는 것을 들었는데 그 중 한 사람이 말하기를 이 객점에 정말 아름다운 미인이 묵고 있다는 것이에요. 저는 부지불각 중에 당신이 생각났고 이곳에 와서 당신이 아닌지 조사하게 된 것입니다. 그런데 생각지도 못하게 그들과 일이 생겼군요."

그가 단숨에 말을 꺼내자 범옥진의 두 볼이 붉게 상기되었고, 부끄러워하는 모습이 임봉의 마음을 움직이니, 그는 멍하니 그녀를 바라만 보고 있었다. 두 사람은 말없이 있다가, 범옥진이 눈을 들어 임봉의 눈을 바라보니, 그는 놀라는 듯이 바삐 눈을 아래로 내려뜨렸다.

제29장

句魂艷使

구혼염사

임봉의 담이 갑자기 커지더니 말했다.

"그 날 밤 당신이 저를 도와준 이후로 언제나 당신이 생각났습니다. 만약 이튿날 남경을 떠나지 않았다면 저는 분명 견디지 못하고 당신을 찾아 다녔을 겁니다. 당신은 내가 너무 당돌하고 무례하다고 생각하지는 않으신가요?"

범옥진은 대답이 없이 가볍게 고개를 끄덕였다. 임봉의 심장이 두근두근 갑작 마구 뛰기 시작하였다. 자기는 왜 이렇게 긴장하는지 알 수 없었다. 앞서 생사의 갈림 길에서 결투했을 때보다도 더 많이 긴장되었다. 그는 힘겹게 그의 목소리를 안정시키고, 힘을 다해 자연스러운 모습을 하고서 말했다.

"당신은 내 말이 너무 지나치다고 생각하나요?"

범옥진은 고개를 가로저으며 그제서야 말을 했다.

"저도 당신의 이 행로가 걱정이 되어, 참지 못하고 따라온 거예요."

임봉은 기쁨에 겨워 웃으며 말했다.

"그렇게 말씀하신다니 저는 응당히 이러한 험악한 사정을 만들어 준 사람들에게 고마워하여야 하겠네요. 그렇지 않다면 제가 어찌 이곳에서 당신을 다시 만날 수 있겠어요."

범옥진은 그의 불과 같이 열정으로 압박하는 눈빛을 피하며 말했다.

"당신 그렇게 쳐다보지 않으셨으면 해요."

임봉이 말했다.

"아! 제가 너무 실례했습니다. 고의로 난처하게 한 것이 아닙니다."

범옥진이 말했다.

"이전에 당신은 분명 그러한 눈빛으로 다른 여자를 보았겠지요."

임봉이 말했다.

"없습니다. 전혀 없습니다. 맹세할 수 있어요."

범옥진이 입을 오므리고 입술을 씹으면서 미소를 띠고 말했다.

"맹세까지 할 필요가 있나요. 없다면 그것으로 되었어요."

임봉이 말했다.

"저는 이미 삼십년을 살았는데 십세 이후로 세상에 나가 지금까지 무공을 연마하는 일에 집중해서 어떤 여자에게도 눈을 팔지 않았습니다."

그가 이렇게 말을 하고 나니 마음속에서 홀연히 왕옥령의 모습이 떠올랐다. 그는 그 이유가 의심스러워 남몰래 스스로에게 물었다.

'내가 정말 다른 여자에게 눈을 돌리지 않았는가?'

왕옥령의 용모를 놓고 말하자면 분명히 범옥진에 비해서 조금도 손색이 없었다. 심지어 범옥진보다 더 요염하고 아름답다고 할 수 있었다. 임봉이 문무를 겸비한 미녀에 대하여 그가 전혀 마음을 움직이지 않았다면 그것은 거짓말일 것이다. 그러므로 그녀가 갑자기 생각나자 동시에 범옥진에 대해서 정말 미안하고 부끄러운 감정이 느껴지게 되었다. 하지만 그는 그녀에게 진실을 말할 수 없었다. 그리고 그는 왕옥진의 이야기를 그녀에게 할 수 없었다. 그가 심우에 대한 비밀을 포함하여 모든 내막을 모두 그녀에게 이야기한다면 몰라도 그 일은 감춰둘 수밖에 없었다. 이것은 당연한 일이었다. 범옥진이 웃으며 말했다.

"당신이 이미 삼십세라는 것은 말하지 않았다면, 저는 당신을 이십세 전후의 젊은이로 봤을 거예요."

임봉이 말했다.

"사람들은 저를 삼심오륙세로 봅니다. 하지만 당신은 감정의 영향을 받아 안목에 영향을 받은 것 같군요."

범옥진이 입을 삐죽이더니 말했다.

"당신은 나이들어 보이는 것이 좋은가요. 아니면 젊어보이는 것이 좋은가요?"

임봉이 말했다.

"일을 할 때는 비교적 노련해 보이는 것이 이점이 많지요. 그러나 당신과 함께라면 저는 어려졌으면 좋겠습니다."

범옥진이 의아해 하며 말했다.

"왜 그렇죠?"

임봉이 말했다.

"그래야 당신과 잘 어울리지 않겠소."

범옥진이 말했다.

"흥! 저는 젊은 남자가 싫어요!"

임봉이 말했다.

"왜 그렇소."

범옥진이 말했다.

"나이가 너무 젊으면 사람들이 의지하기가 어렵다는 느낌을 주지요. 또한 대다수가 모두 이기려고만 드니 그들은 하늘이 높고 땅이 넓은 줄도 모르지요. 이런 사람들은 정말 싫어요. 하지만 그들 스스로는 영웅이라 하지 않나요?"

임봉은 "하하"하고 웃고는 말했다.

"알겠습니다. 너무 젊은이들을 싫어하지 마세요. 모든 사람들은 모두 그 기간을 거쳐가지 않았나요? 진실로 말하자면 그러한 하늘이 높고 땅이 넓은 줄 모르는 충동이야 말로 귀여운 면이 있지요."

범옥진이 말했다.

"어찌되었든 그들이 경망스러워 점점 싫어집니다. 그렇지 않나요?"

임봉은 그녀와 더 이상 충돌하기 싫어서 고개를 끄떡이며 동의를 표시했다. 그는 다시 현재의 정세를 생각하기 시작했다.

'그 홍의 소녀는 분명 이유가 있어 왔다는 것은 분명한 일이다. 오늘 밤에는 좌절하고 돌아갔지만, 이렇게 그만두지는 않을 것이다. 내가 그녀에게 남경으로 돌아가게 할 때 그 길에서 혼자 떠난다면 의외의 일이 터질 지도 모르겠다. 그러나 그녀를 표물 운반 대오에 동행하도록 하는 것도 문제가 있다. 어떻게 하는 것이 좋을까?'

범옥진이 말했다.

"당신 무엇을 생각하나요?"

임봉이 말했다.

"나는 지금 이후에 어떻게 해야할까를 생각하오."

범옥진이 말했다.

"당신은 내 걱정마세요. 당신은 당신의 길을 가고, 나는 나의 길을 가면 되요. 나 혼자 스스로를 감당할 수 있어요."

임봉이 말했다.

"본디 범낭자의 일신 절학이라면 족히 강호를 누벼도 남음이 있지요. 그러나 목전의 상황은 비교적 특별합니다. 하나는 당신이 암암리에 저의 수레의 뒤를 따른다면 상대방에게 단서를 줄 수 있고, 상대방은 먼저 좋은 장소를 골라서 손을 쓸 겁니다."

범옥진은 고개를 끄덕이며 말했다.

"그 말을 맞습니다. 그러나 다른 방법을 생각할 수가 없네요."

임봉이 또 말했다.

"두번째는 상대방의 내막을 우리가 전혀 모르고 있으며, 그들의 실력 또한 우리가 어느 정도인지 알 수 없습니다. 하지만 우리가 어느 정도 역량이 있는지 그들 빨리 알아낼 수 있을 겁니다. 이렇게 명암이 현저하게 차이가 나는 상황 아래에서 우리는 분명 크게 손해볼 것이 틀림없을 것이고, 아마도 그들에 대항할 수 없을 지경까지 이를 지 모르겠습니다."

범옥진이 말했다.

"너무 기운 빼지 마세요. 저는 잘 은신할 수 있어요."

임봉이 물었다.

"어떻게 은신할 생각인가요."

범옥진이 말했다.

"제가 어찌되었든 노출되지 않으면 되는 것 아니겠어요."

임봉이 실소하며 말했다.

"상대방이 이렇게 조직적인 힘을 가지고 있어 혼자서 원수를 찾아

복수하는 것과는 비교할 바가 되지 않습니다. 당신은 종적을 감출 수 있을 것이라 생각하나요."

범옥진은 눈썹을 찌푸리며 말했다.

"당신 말에 따르면 내가 막아낼 능력이 없다는 뜻인가요? 당신은 상대를 너무 과대평가하는 것 아닌가요."

임봉이 한참을 생각하더니 비로소 말했다.

"만약 당신이 홀연히 종적을 감춘다면 그들은 많은 시간과 노력을 들여서 찾게 될 것이고, 찾지 못하게 되면 그들의 자신감에 큰 타격을 줄 수 있을 것이라 생각해요. 우리는 무형 중에 열세를 조금이라도 회복할 수 있을 겁니다."

범옥진은 물었다.

"제가 어떻게 돌연간 사라질 수 있나요?"

임봉이 말했다.

"다시 당신이 나와 계속 함께 있다면 그들이 다시 찾을 때 당신이 갑자기 출현한다면 그들로 하여금 나의 실력을 잘못 판단할 수 있게 되는 것이 아니겠소. 이렇다면 우리는 완전히 주동적으로 그들과 다툴 수 있을 것이고 다시 한번 그들에게 실패를 안겨줄 수 있을 것이오."

범옥진이 급히 물었다.

"하지만 내가 어떻게 신출귀몰할 수 있나요?"

임봉이 말했다.

"우리 다시 한번 봅시다. 방법이 있는데 아직 통하지 않는 부분이 있어요. 당신이 먼저 남자로 분장하는 겁니다. 그리고 나서 당신이 우리들 표국 수레에 숨지요. 마침 요즘 날씨가 좋아 수레 안으로 숨을 수 있을 겁니다. 그렇다고 아주 힘들지 않을 테지요. 그러나 문제는 그 부총표두 풍지상입니다. 정말 번거롭군요. 그는 어떤 방법이라도 그의 동의를 꼭 얻어내야만 합니다."

범옥진은 기꺼이 그의 계획에 동의했다. 들어보니 상당히 자극적이었고, 그리고 또 그와 함께 있을 수 있으니 노정이 그리 지겹지 않을 것 같았다. 어떻게 풍지상의 난관을 수습하는가 임봉은 파악할 수 없었다. 비록 실제적으로 그가 이 대오의 주력 표사로서 어려운 일을 마주하게 되면 그가 아니면 일을 처리할 수 없었다. 하지만 평상시에는 풍지상이 중심이 되었기 때문이다. 하지만 그는 이러쿵저러쿵 말이 많은 편이었다. 이러한 상황 속에서는 풍지상 부총표두가 쉽게 이 일을 허락하지는 않을 것 같았다. 임봉은 생각에 생각을 거듭하더니 드디어 말했다.

"이 일은 풍지상을 일단 속이는 것이 좋을 듯하오. 그러나 그의 두 심복이 표사로 수행하고 있으니 노정 중에 수레를 수시로 점검하고 있어 속이는 일은 어려울 듯 싶습니다."

범옥진이 말했다.

"내가 그에게로 가서 신분을 말하면 되지 않을까요. 그는 향 할아버지와 표국의 관계를 알 수 있을 것이고, 그렇다면 단연코 거절하지는 않을 겁니다."

임봉은 고개를 가로로 흔들며 말했다.

"그는 하찮은 일에도 크게 놀라는 사람입니다. 또한 권력을 쓰는 것을 좋아하죠."

범옥진은 손을 비비며 말했다.

"그러면 어떻게 하는 것이 좋을까요?"

임봉이 말했다.

"너무 서두르지 마오. 내가 먼저 돌아가서 살펴보리다. 풍지상이 비록 모든 일을 책임지고 있지만, 그의 수하는 이패, 뇌진 두 사람 이외에 다른 일꾼들과 수레몰이꾼 등은 전부 내 사람들이니 필요할 때에는 그들이 내 명령만을 들을 것이고 다른 사람의 명령은 듣지 않을 것이오."

범옥진은 의아해 하며 물었다.

"당신 표국 내에는 계파가 있나요?"

임봉은 어쩔 수 없이 표국의 내막을 말할 수밖에 없었다.

"우리 표국의 국주와 총표두가 안배한 것인데, 본국에서 이번에 받아들인 세 건의 표물 운송에 큰 문제가 있었소. 표국의 명예를 지키기 위하여 우리는 예방을 할 수밖에 없었지요."

그는 몸을 일으키면서 또 말했다.

"내가 먼저 돌아가서 보겠소. 만약 가능하다면 돌아와 당신에게 알려주리다. 그러나 당신이 객점을 떠날 때는 먼저 분장할 준비를 해야 하고, 떠난 후에는 반드시 어두운 골목길에서 분장을 해야하요. 그래야만 객점 사람들이 당신이 떠났다는 것을 말해줄 것이며, 그 다음의 당신의 행적은 찾지 못할 것이라고 생각하오."

그는 이렇게 이야기를 나눈 후 신속하게 그 곳을 떠났다. 투숙한 곳에 돌아오니 이패의 신색이 보였다. 그가 돌아온 것을 보고는 바로 희색을 띠면서 말했다.

"아! 무사히 돌아왔구나!"

임봉은 주변을 바라보니 점원 이외에 아무도 없는 것을 보았다. 객점 안에는 불이 밝혀져 있었다. 임봉은 이패에게 물었다.

"무슨 일이라도 있었나?"

이패가 말했다.

"아직 없다. 그런데 노뢰老雷가 아직 돌아오지 않았으니 일이 났을까 걱정이 되는군."

임봉은 궁금하기도 하고 이해가되지도 않아 물었다.

"무슨 말인가?"

이패가 말했다.

"네가 풍지상 부총표두를 만나보는 것이 좋겠다. 그는 계속 불같이 불평만 하고 있군."

임봉은 그 자리에서 객점 안으로 들어갔다. 각처에 등불이 밝혀져 있었고 이상한 느낌은 들지 않았다. 그는 풍지상의 방으로 들어가 노련한 표행 고수를 바라보았다. 그의 얼굴은 어두웠으며 방 안에서 왔다 갔다를 계속 반복하고 있었다. 풍지상이 임봉이 돌아온 것을 보고 얼굴에 희색을 띠며 불평을 늘어 놓기 시작했다.

"너희들은 정말 잘 놀러다니는 구나! 매일 이 모양으로 힘들겠다. 아직도 또 나갈 거냐."

임봉은 웃기만 했다. 풍지상이 또 말했다.

"나는 일찍이 비밀 연락을 받았는데 그 소식이 매우 좋지 않았다. 따라서 너와 뇌진이 밖에서 의외의 사고를 당했을 까봐 걱정하고 있었다."

이 말은 바로 임봉의 주의를 끌었다. 임봉이 물었다.

"풍부총표두께서는 어떤 소식을 들으셨나요?"

풍지상이 낮은 목소리로 말했다.

"환, 예 도상의 금도태세 한여비韓如飛가 많은 고수를 파견해서 어제 이곳 영주 지역에 매복하고 우리들을 기다리고 있다고 들었다."

임봉이 말했다.

"금도태세 한여비는 잘 알려진 인물이 아닙니까. 어찌 본 표국과 상대하려고 합니까?"

풍지상의 음성이 굳어지며 말했다.

"그 본인은 아직 얼굴을 내밀지 않았다. 아직 그가 친히 출수할 지는 알 수 없지만 그가 많은 고수를 파견한 소식은 십분 믿을 만한 소식이라 할 수 있다."

임봉이 말했다.

"그렇다면 우리들도 대비를 해야하지 않을까요?"

풍지상은 발을 구르며 말했다.

"어찌 예방으로 끝날 일인가. 나는 뇌진에게 무슨 일이 일어난 것 같다."

임봉은 놀라며 물었다.

"어찌 그리 생각하십니까?"

풍지상이 말했다.

"아! 내가 너를 놀래키는 줄 아느냐. 금도태세 한여비는 천하 흑도 중의 일패라 할 수 있다. 오랫동안 이 지역에서 거처하면서 더러운 짓을 했지. 이 환, 예 도상에서 일어난 사건들 중 적지 않은 것들이 그의 소행이라 할 수 있다. 지금의 위세를 보면 그의 수하가 수십 명이 넘는다고 볼 수 있지."

임봉이 웃으며 말했다.

"부총표두께서는 너무 일을 엄중히 보지 않았으면 합니다. 한여비가 실제로 실력이 그리 웅후하고 위세가 등등하다고 합시다. 그러나 이 도적들은 분명 쉽게 사람들을 보내 손을 쓰지 못할 겁니다."

풍지상은 고개를 저으며 말했다.

"그 점은 나도 아직 알 수 없다. 하지만 전해진 소식에 따르면 한여비가 이미 고수를 파견했다고 하니 이 날뛰는 놈들이 영주에서부터 우리를 상대하려고 할 것이야."

임봉이 말했다.

"그러면 우리는 몰래 살펴보아야 하겠군요. 제가 보기에는 그들은 극악무도하게 대낮에 약탈하려고는 하지 않을 겁니다."

풍지상이 말했다.

"당연히 대낮에 약탈하지는 않을 것인데, 우리 소식통도 그렇게 보았지. 분명 어두워졌을 때 우리를 공격해서 없애려고 할 거야. 아마도 한 사람 한 사람 상대하려고 하지 않을까 한다."

임봉은 마음속으로 풍지상이 역시 강호에서 노련하다고 생각했다. 그의 소식이 어디에서 왔을까 아마도 도적들 중의 한 사람이 알려준 것일 수도 있다. 풍지상이 오랫동안 강호를 누비고 다닌 것을 생각해보면 아마도 흑도의 몇몇 사람들과는 분명히 깊은 관계를 맺고 있을 것이다. 그는 이렇게 생각하면서 다시 말했다.

"부총표두의 말씀은 의심할 바 없습니다. 만약 뇌진이 다시 돌아오지 않는다면 아마도 일이 일어난 것이 확실합니다."

그는 낮게 읊조리듯이 말했다.

"그러나 제가 한여비를 맞닥뜨리지 않은 것은 참 이상한 일입니다. 그들은 분명 뇌진과 제가 함께 출문했는데 그만 상대하고 저는 그냥 두었다는 것 아닙니까?"

풍지상이 말했다.

"아마도 당시에 사람이 적어서 너희 둘 중에서 한 사람을 택한 것이 아닐까?"

임봉은 놀라서 두리번거리며 말했다.

"부총표두의 말씀이 옳습니다. 저와 뇌진이 함께 나가는 것과 매일 객점에 투숙하는 것도 모두 드문 일입니다. 그래서 상대방이 파견한 사람이 많지 않은 것입니다. 그들은 오늘 밤에 저와 뇌진이 함께 나간 것을 예상하지 못했을 것이고 또한 저와 뇌진이 서로 다른 곳으로 헤어진 것도 더욱 예상하지 못했을 것입니다. 따라서 우리 둘을 한번에 상대하지 못한 것이죠."

그의 눈에서 예리한 빛이 나오며 또 말을 이었다.

"이번 여정에서 이패 만이 꾸준히 외출을 했고, 그가 가는 곳도 풍류를 즐기는 곳이니 만큼 상대방이 매복하고 있었다면 분명 그 목표는 이패일 것입니다. 그리고 그 장소도 기루같은 곳이겠지요."

풍지상은 다리를 탁하고 치며 말했다.

"맞다! 다행히 이패는 나가지 않았지."

임봉이 말했다.

"저는 본성의 기루에 다녀오겠습니다. 그렇다면 매복이 있었는지 없었는지 더 확실히 알 수 있을 겁니다."

풍지상은 놀라며 말했다.

"그럴 필요 없다. 네가 나간다면 분명 스스로 그물에 뛰어드는 격이다."

임봉은 담담하게 말했다.

"걱정마십시오. 제가 준비하고 나가겠습니다. 만약 일이 잘못되면 상대방의 포위망을 뚫고 도망칠 수 있을 겁니다."

풍지상이 말했다.

"적은 어둠 속에 있고 우리는 이미 노출되어 있으니 중과부적이라 생각한다. 이러한 형세는 매우 우리에게 불리하다. 너는 경거망동하지 않는 것이 좋겠다."

임봉이 웃으며 말했다.

"오늘 저녁 우리가 그들을 한번 피했다고, 어찌 그들이 일을 멈추겠습니까. 그들이 적당한 지점에서 나타나 약탈하지 않을 것으로 보나요?"

풍지상이 말했다.

"그들이 만약 흉악하게 일을 처리한다면, 우리에게 의외가 사고가 발행한다고 해도 할 말이 없다."

임봉이 말했다.

"이렇게 하신다면 그것은 비록 책임은 없을 지언정 상대방의 세력을 두려워하는 것입니다. 그들이 때가 되어 전력으로 포위하여 공격한다면 한 사람도 살려두지 않을 것이고 그 때에는 우리들이 어떠한 반격의 기회도 얻을 수 없을 것입니다."

풍지상이 비록 노련하다고 해도 이 시각에는 얼굴색이 변할 수밖에 없었다. 그가 말했다.

"너는 상대방이 이렇게 뒤쫓아와 살겁을 저지르는 것이 강호 규칙을 벗어난 것이라 보느냐?"

임봉이 말했다.

"우리가 보표 일을 하는 것은 단지 먹고 살자고 하는 것인데 그들이 표물을 겁탈하는 것은 재물을 위할 따름입니다. 당연히 살겁을 저질러서는 안된다고 생각합니다. 아마도 이 점을 잘 아시리라 생각합니다. 우리의 심총표두는 다른 사람들과 비교할 수 없이 뛰어나니 상대방은 심총표두가 보복할까 두려워 방법을 고려하여 자신들이 했다는 증거를 없애고자 할 것이고, 한 사람도 살려두지 않을 것이라 생각한 것입니다."

풍지상은 정신을 차린 후 생각을 하더니 비로소 입을 열었다.

"네가 말한 것이 비록 도리가 있다하나 네가 지금 간다고 해서 무슨 소용이 있겠느냐. 상대방은 사람이 많고 세력이 강하면서 또 암처에서 우세를 점하고 있으니 이번에 간다면 승산이 있다고 볼 수 없다."

임봉이 말했다.

"저는 공을 세우려는 것이 아니라 직접 그들을 살펴보려는 것입니다. 만약 문제가 발생한다면 우리는 다른 방법을 세워 대비를 해야할 것입니다."

풍지상이 보니 그가 계속 굽히지 않고 주장하며 또한 웅장한 기세를 가진 태도를 보여주니 마음이 변하게 되어 말했다.

"좋다. 네가 가서 한번 잘 해봐라. 도와줄 사람이 필요치 않은가?"

임봉이 말했다.

"필요 없습니다. 저 혼자서 싸우면 싸우고, 도망치면 도망치는 것이 편할 것 같습니다."

이렇게 결정이 났다. 임봉은 자주 사용하는 장도를 착용하고 문을 나섰다. 이패는 그에게 어디로 가느냐고 물었다. 그는 사실을 말하지 않고 그냥 다시 한번 나가보는 것이라 말하고는 길을 떠나 뇌진을 찾아

나섰다. 그가 객점 문을 나설 때 점원 입으로부터 이 성의 화류계를 어떻게 찾아 가는지 들었다. 따라서 그가 거리로 나섰을 때는 거침없이 달릴 수 있었다. 얼마되지 않아 그는 한 곳의 번화가를 찾을 수 있었다. 거리를 다니는 사람들이 매우 많았고, 양편으로 거리를 밝히는 등불이 휘황찬란했다.

그는 바로 누군가가 암암리에 자신을 주시하고 있다는 것을 느꼈다. 아마도 풍지상이 들은 소식은 확실한 것 같았다. 임봉은 정신을 확 차리고 돌연간 가는 방향을 틀어 한 거리의 연주자가 귀를 어지럽히는 곳을 떠나 조용하고 후미진 거리로 빠르게 접어들었다. 뒤편에서 뒤따라오는 걸음걸이 소리가 들려왔다. 임봉은 걸음을 멈추었지만 뒤를 돌아보지는 않았다. 뒤따라오는 걸음걸이 소리는 그의 등 뒤 육칠척되는 곳에서 역시 멈췄다. 임봉이 냉랭하게 말했다.

"세 분 형제들은 무슨 일로 저 임봉을 찾은 것입니까?"

그 중의 한사람이 응하며 말했다.

"임형은 머리도 돌리지 않고 우리가 세 사람인 것을 알았으니 이 한 수는 아주 멋지군요. 과연 평범치 않습니다."

임봉이 말했다.

"천만에요. 제가 몇 명인지도 알아맞출 수 없다면 어찌 강호에서 밥을 먹는다고 하겠습니까?"

등 뒤의 사람이 말했다.

"임형이 이처럼 자신한다니 분명 틀림없다고 생각해서 뒤를 돌아다볼 필요가 없다고 생각한 것 아닙니까?"

임봉이 말했다.

"맞습니다. 만약 임모가 이런 점도 파악할 수 없다면 여러분들이 저를 굳이 찾아올 필요도 없었겠지요!"

그 사람이 응하며 말했다.

"그렇다면 임형은 어떻게 우리들이 누구를 기다렸는지 알았나요?"

임봉이 말했다.

"임모는 전혀 알지 못합니다. 그러나 잠시 경과를 보면 마음속에 어떤 생각이 듭니다."

그 사람이 말했다.

"임형이 말씀해 주십시오."

임봉이 말했다.

"여러분과 임모는 원수지간이 아닙니다. 이 점은 제가 단언할 수 있습니다. 여러분이 이 한적한 거리까지 나를 추적한 것을 보면 당연히 좋은 뜻을 가지고 있다고는 볼 수 없습니다. 선의가 아니라면 자연스럽게 악의를 가지고 온 것이겠지요."

그 사람은 귀를 찌를 듯이 웃으며 말했다.

"임형이 생각한 것이 맞소. 우리들은 오늘 밤 당신을 데리고 어떤 곳을 가서 한 사람을 보게 할거요. 임형의 뜻은 어떠시오."

임봉이 말했다.

"그 사람이 누구인지 여러분들은 알려주지 않을 것 같소. 그렇다면 여러 분들의 대명이 무엇인지 알려주실 수 있으시오."

그 사람이 말했다.

"임형은 총명하군요. 우리들이 그럼 이름을 알려주리다. 본인은 성은 장章이고, 외호가 삼안효三眼梟요."

임봉은 "아"라고 소리치며 말했다.

"대명이 자자한 삼안효 장삼야章三爺셨군요. 임모는 실례했습니다. 그런데 다른 두 분은 누구신지요."

삼안효 장삼야가 말했다.

"한 분은 악객인惡客人 전불실田不實 전형이고, 다른 한 분은 임형이 누군지 생각해 보시오."

임봉은 생각해보더니 비로소 말했다.

"전형은 유명하신 명가 고수이시니, 장형과 전형 이런 분들과 함께 동행을 하시는 것으로 보아 분명 틀리지는 않을 겁니다."

그때 다시 회답을 한 것은 다른 거친 목소리였다.

"임형은 과연 내 전불실이란 외호를 들어보았구려. 전모는 매우 영광입니다."

임봉은 하늘을 보며 웃으며 말했다.

"저와 같은 일을 하는 사람이 삼안효 장삼야나 악객인 전형과 같은 사람을 모른다면 일찌감치 집에 돌아가 아이나 보는 것을 좋을 테지요. 그런데 다른 한 분은 누구신지요."

임봉은 생각했다.

'만약 그들이 말하지 않는 것은 나보고 고개를 돌려 보라는 것이고, 아마도 나를 크게 놀래킬려고 그러는 것이다. 연이나 어떤 사람이길래 나를 놀라게 할 수 있을 것인가?'

그는 먼저 본국의 사람들을 생각했고, 계속해서 남경으로 동행하는 사람들을 생각해보았다. 만약 이러한 사람들이라면 당연히 그를 놀라게 할 수 있을 것이라 보았다. 그러나 그는 바로 이런 생각은 잘못된 것이라 생각했다. 여러 가지 정보를 가지고 보았을 때 이들은 금도태세 한여비의 명을 받들고 온 것이고, 남경표국을 습격하여 암중으로 본국을 소멸시킬 실력을 가지고 있는 자들이라 할 수 있다. 동시에 그들이 예정하고 있던 상대는 이패였다. 때문에 이들이 반드시 이패가 느끼기에 의외라고 보아야 하며, 임봉 자신은 그 다음 차례라고 할 수 있었다.

이러한 생각이 막 들었을 때 아마도 어떤 단서가 느껴졌다. 따라서 그는 천천히 대답하지도 않고, 고개를 돌려 바라보지도 않았다. 장, 전 두 사람은 참을 수 없었는지 냉소를 흘렸다. 임봉은 커다란 산악과 같이 서서, 계속 고개를 돌려 보지 않았다. 잠시 시간이 흐른 후 상대방에 어떤 움직임도 보이지 않자 마음속으로 크게 곤혹감을 느끼며 생각했다.

'그들의 냉소성으로 보았을 때 이미 참을 수 없을 정도에 이르렀다고 볼 수 있다. 그런데 어떠한 동정도 느껴지지 않는다니. 맞다. 분명히 제삼의 인물이 그들을 저지하고 있을 것이다.'

이렇게 생각하고 나니, 제 삼의 인물을 어렵지 않게 생각해볼 수 있었다. 그는 분명 특수한 신분을 가진 사람일 것이다. 조금 전 대답할 때에 분명 삼안효 장삼야에게 입을 열지 못하도록 했을 것이다. 소위 특수라는 의미는 사람이나 형상이 괴상한 것을 말하거나 나이가 어리거나 극히 들었거나 하는 특징을 말하는 것일 뿐이다. 그의 영기어린 생각이 미치자 그는 침묵하고 있는 제 삼의 사람이 이와같은 사람이라 확신하게 되었다. 장이야가 흉악하게 말했다.

"그래도 머리를 돌려보지 않을 것이냐?"

임봉은 두 어깨를 들썩이며 말했다.

"왜 고개를 돌려봅니까. 나머지 분은 필시 화전월화花前月下나 등홍촉하燈紅燭下에서 상대방을 보는 취미나 있답니까."

그의 말이 그치자 마자 한 여자의 욕하는 소리가 들렸다.

"이 죽일 놈의 자식아. 누가 너같은 놈하고 화전이니 등홍이니 하자는 거냐."

임봉은 "하, 하."하고 웃으며 마음속으로 생각한 것과 같이 여자이구나 했다. 만약 그녀가 이패와 같은 색귀를 유혹하여 제압하려고 한다면 아마도 얼굴도 속되지 않을 것이라 생각되었다. 그가 말했다.

"낭자 저를 탓하지 마시오. 임모가 비록 아직 당신을 보지 않았지만, 아마도 당신은 매력적이고 아름다운 가인佳人임이 틀림없소."

그 여자는 "흥"라고 소리치더니 다시 욕을 하지 않았다. 그것은 임봉이 아마도 그녀가 아름다운 인물이라고 칭찬하는 소리를 들었기 때문에 당연히 더 이상 화를 낼 필요가 없기 때문이었다. 전불실이 폭갈하며 말했다.

"임형 말주변이 좋소. 윤가尹家의 자매를 이렇게 고분고분하게 하다니."

윤가 성을 가진 여자가 그를 질책하며 말했다.

"전가야, 더러운 입 좀 그만 놀려라."

전불실이 말했다.

"내가 한 말이 뭐가 더럽다는 말이냐."

장삼야가 말을 받으며 말했다.

"되었다. 누구는 이미 속셈이 있어 고개도 돌리지 않고 있는데 우리가 그에게 모든 것을 갖다 바치지 않았느냐."

전불실이 노해서 "흥"하고 소리치며 말했다.

"그렇군. 저 어린 놈 정말 광오하군."

윤가 성을 가진 여자가 말했다.

"임형이 아직도 돌아보지 않는 것은 정말 신선한 일이군요. 혹시 그 이유를 알려줄 수 있나요. 어떤 목적이 있는 것인가요."

임봉이 말했다.

"윤 낭자가 물어보신다면 임모는 따르지 않을 수 없소. 제가 이러는 것은 분명 큰 이유가 있습니다. 하나는 의도적으로 의진疑陣을 펼쳐 허장성세하여 여러분들이 바로 포위하여 공격하지 못하도록 하는 것이요. 둘은 임모의 세력을 정비하여 기회를 준비하여 도망갈 때 속도를 빠르게 하려는 것입니다. 윤 낭자께서는 믿으시겠습니까."

그의 이유는 듣자하니 충분했다. 사람들이 믿지 않을 수 없었다. 그래도 의심되는 것이라면 그가 말한 것과 같이 할 마음이 있다면 이곳에서 미주알고주알 사실대로 이야기할 필요가 있겠냐는 것이었다. 전불실이 말했다.

"장형, 윤가 자매, 이놈 아주 영리한 놈이요."

장삼야가 말했다.

"맞소. 임형의 동작을 보면 분명 사문邪門의 느낌이 드오. 다행히 우리들이 수가 많으니 그가 우리를 돌아보지 않아도 우리가 그를 돌아보게 할 수 있을 것이오."

윤씨 여자가 말했다.

"우리가 돌아 들어간다고 해도 그가 몸을 돌린다면 마찬가지로 우리를 등지는 형국이 될 것이요. 어떤 방법으로 우리를 보게 만들 수 있겠소."

장삼야는 냉소하며 말했다.

"당연히 방법이 있소."

임봉은 암중으로 이 삼안효 장삼야는 음모가 뛰어난 자라고 생각되어 그를 더 조심하는 것이 좋을 듯 했다. 여기까지 생각이 미쳤다. 하지만 근본적으로 상대방이 어떠한 방법으로 그를 반드시 돌아보게 할 수 있을 지 알 수 없었고, 따라서 어떠한 대비를 할 수도 없었다. 그리고 장삼야의 말을 들을 수밖에 없었다.

"임형이 돌아보라 해도 돌아보지 않으니, 그 의지력에 패복할 만하오."

그는 한 편으로는 조롱하는 듯하면서, 한 편으로는 몸을 돌려 임봉의 앞으로 돌아들어갔다. 임봉은 그의 말에 따라 몸을 돌리면서 장삼야를 등지는 자세를 취했다. 그러자 임봉은 어쩔 수 없이 악객인 전불실과 윤가 성을 가진 여자를 바라볼 수밖에 없었다. 악객인 전불실은 높고 큰 신체를 가지고 있었고, 용모는 흉악했으며 손에는 팔각동추八角銅錘를 들고 있었다. 윤씨 여자는 훤칠하였으며 가는 허리와 풍만한 가슴을 가졌으며, 밝고 하얀 가름한 미인형의 얼굴을 하고 있었다. 비록 아주 아름다운 여인은 아니더라도 이목구비가 뚜렷하고 일종의 음란하고 방탕한 느낌의 성숙한 풍정을 지니고 있어 남성들의 주목을 상당히 끌을 만했다. 윤씨 여자는 경이롭게 임봉을 바라보며 말했다.

"나는 당신이 분명 괴상하게 생겼을 것이라 생각했는데, 당신이 돌아보지 않았다면 이렇게 준수한지 누가 알았겠어요. 남자답게 생겼군요."

악객인 전불실이 성을 내며 말했다.

"구혼염사勾魂艶使 윤산尹珊 눈 아래 어떤 남자가 남자답지 않은가?"

윤산은 아름다운 눈을 치켜 뜨며 냉랭하게 말했다.

"전형 나에 대해서 말하지 마시오. 내 일에 끼어들 필요 없소."

전불실이 말했다.

"누가 너보고 며칠 밤을 나하고 있자고 했느냐. 지금 네가 다른 남자를 보니 내가 기분 좋을 수 없으니 이 어르신이 상관해야겠다."

구혼염사 윤산은 화를 내다 웃으며 그를 향해 교태로운 눈빛을 보내고서 말했다.

"당신이 질투를 이렇게 크게 할 줄이야. 다른 사람이 비웃는 것이 두렵지 않나요."

임봉이 말했다.

"당신들 두 사람 내가 이곳에 없는 듯하군요."

윤산은 희색이 가득하며 말했다.

"어떻든 상관없어요. 나는 당신이 이렇게 영준한 남자인지 몰랐어요."

전불실은 노기가 가득차서 "흥"하고 소리치자, 윤산은 그를 바라보며 말했다.

"저자는 분명 매력적인 남자예요. 내가 거짓말로 못생겼다고 할 필요는 없잖아요. 만약 당신이 기쁘지 않다면 그를 해치우면 되지 않겠어요."

전불실은 사납게 웃으며 말했다.

"그 말은 도리가 있소."

그는 동추를 들고 임봉을 향해 압박해 들어갔다. 그의 기세는 매우 사나웠다. 임봉은 손을 칼 손잡이로 향하며 번개같은 눈빛으로 다가오는 적을 조준했다. 악객인 전불실이 대갈일성하며 쌍추를 던져 모두 아래 위로 나누어 쓸어쳤다. 임봉은 순간적으로 몸을 돌려 힘차게 밀려들어오는 세 줄기 쌍추의 세력을 피하며 장도를 발출하여 “땅”하고 소리를 내며 한 줄기 추를 잘라버렸다. 칼과 추가 서로 부딪치는 소리는 그 음량이 무거웠으며 사람들의 고막을 진동시켰다. 아마 쌍방이 전력을 다해 겨룬 것이리라.

악객인 전불실은 상대방의 도세가 웅후하기가 그지 없다고 생각했다. 그의 무거운 동추를 다시 거둬들일 때 손목이 조금씩 마비되며 아프기 시작하자 심중으로 크게 놀라며 사오보 이상이나 뒤로 물러섰다. 구혼염사 윤산이 웃음을 흘리며 말했다.

“아! 이런 타법은 정말 힘이 드나보네요. 전불실 당신은 왜 뒤로 물러나죠?”

전불실이 이 말을 듣고 격발되어 크게 소리치며 다시 덮쳐갔다. 임봉 또한 동시에 봄날 우뢰처럼 크게 소리치며 도를 휘두르며 공격해갔다. 사람이 도를 따르고 도가 사람을 따르는 듯 신속하고 맹렬했다. 이 두 사람이 서로 부딪치자 칼과 추가 서로 교차하며 귀를 진동하는 소리가 들렸다. 그러나 악객인 전불실의 광대한 신형은 어쩔 수 없이 자신도 모르게 뒤로 육칠보나 넘게 후퇴한 후에 간신히 멈출 수 있었다. 구혼염사 윤산이 교태롭고 아름다운 웃음 소리를 내며 말했다.

“아! 내가 보니 임봉형이 더욱 남자답군요. 전불실, 당신 지금이라도 단념할 수 있어요.”

그녀는 이어서 임봉을 향해 말했다.

“전불실이 계속 나를 얽매려하죠. 다른 사람들이 그를 보고 흉악하다고 하지만 감히 그를 건드리려 하지 않아요. 지금 당신이 그에게 교훈을 준다면 좋겠군요.”

임봉이 말했다.

"당신들 사이의 일을 가지고 나에게 뭐라 하지 마시오."

그는 돌연간 장도를 번개같이 휘두르며 뒤를 향해 질풍처럼 내려쳤다. 이 일초는 그 공력이 대단해서 기세가 강대하기가 절륜하여 천군횡소의 위력을 지닌 듯 했다. 그의 도광이 도달한 곳에서 때마침 한 자루의 장검을 격중할 수 있었다. 검을 쓴 사람은 그의 날카로운 도세의 일격을 받고 연이어 검과 함께 칠팔척을 날아 "펑"하고 땅위로 쓰러지고 말았다. 임봉은 일도를 내려친 이후에 바로 몸을 돌려 윤산 쪽을 바라보았다. 뒤 편 바닥에 쓰러진 사람이 누구인지 바라보지도 않은 듯 했다. 윤산과 전불실 모두 넋을 잃고 일시에 입을 열지 못했다. 임봉은 하늘을 바라보며 웃으며 말했다.

"당신들의 이러한 계략은 다른 사람에게나 쓰시오. 임모는 심혈을 기울여 전문적으로 상대방의 뒤편에서 암습해오는 수치도 모르는 놈들을 대비하기 위해 이런 일초를 연습했지요."

구혼염사는 그의 위엄에 찬 신위를 보고는 크게 두려웠고, 또 십분 마음이 기울어 말했다. "아! 당신의 그 일초는 진정으로 고명했어요. 우리들이 당신을 적으로 삼은 것은 아마도 스스로를 잘 모르고 한 것 같군요."

임봉이 말했다.

"윤 낭자 말을 쉽게 하는 군요. 임모의 일초는 전력을 다한 것이요. 그렇지 않았다면 삼안효 장삼야의 칼 아래 바로 즉사하지 않았다는 것은 말이 되지 않을 것이오."

윤산이 말했다.

"그렇게 말하지 마세요. 나는 이전에 꿈에도 대명이 정정한 삼안효 장삼야가 일초 내에 참패를 당해 중상을 당했다는 말을 들어본 적이 없어요."

임봉은 안광을 악객인 전불실의 얼굴로 돌리며 냉랭하게 말했다.

"전형이 불복하겠다면 다시 한번 겨뤄봅시다."

전불실은 진퇴양난으로 심지어 부끄럽기까지 했다. 구혼염사 윤산이 조롱하며 말했다.

"아! 당신 평상시의 위풍은 어디갔나요? 만약 임형과 겨루지 않으려면 빨리 장삼야와 함께 꼬리를 감추고 가도록 하세요."

전불실이 크게 노하며 말했다.

"너 비루한 것아! 정말 다른 사람을 눈에 둔거냐?"

윤산이 말했다.

"맞아요. 당신이 임형에게 이겼다면 나는 당신에게 있었을 거예요. 당신이 적수가 아니라고 생각한다면 어찌 꺼지지 않나요."

전불실이 비록 흉악한 성격을 가지고 있다고 해도 임봉의 위력이 강대하기가 놀라울 정도여서 그는 실제로 그를 이길 수 없었다. 그리고 두 번째로 임봉이 방금 시전한 그 일도는 공력이 심후하고 수법이 오묘해서 순수한 기력으로 승리를 얻어낼 수 없을 것 같았다. 결국 임봉은 기력이 그 보다 더 뛰어난 것 이외에 도법 또한 막대한 위력을 가지고 있다고 할 수 있었다. 그러므로 전불실은 그와 다시 한번 겨루자고 할 수 없었다.

그는 한스럽게 이를 악물고 임봉을 돌아 삼안효 장삼야의 신변으로 가서 그를 들쳐 업은 후 빠르게 발걸음을 놀려 순식간에 종적을 감추었다. 임봉 또한 살인을 억누르려고 하지 않았다. 그는 오늘 밤 적을 반드시 살해해야겠다는 예기를 가지고 있었고, 동시에 전불실의 입을 빌려 장삼야를 죽여 이긴 일을 상대방이 알게 함으로서 감히 적이 경거망동하지 못하도록 하고자 했다. 지금 남은 것은 풍정이 음란하며 사람을 유혹하는 몸을 지닌 구혼염사 윤산이었다. 임봉은 심중으로 냉소하며 생각했다.

'만약 내가 범옥진을 알지 못하였던 이전이라면 이렇게 추파를 던지는 여인이 있다면 나는 마음이 여려졌을 것이다. 하지만 지금은 그렇지 않다. 이 여인이 진정으로 추파를 보내는 것이 아니기 때문이지.'

그는 날카롭게 그 여인을 주시하며 살기를 내뿜었다. 윤산이 말했다.

"아! 그렇게 사납게 보지 마세요. 나는 당신과 손을 쓰고 싶지 않네요. 당신의 칼 아래 죽고싶지 않으니까요."

임봉이 냉랭하게 말했다.

"손을 쓰건 쓰지 않건 모두 나에게 달려있소. 당신은 공력을 모아 두는 것이 좋을 것이오. 어찌되었던 결투의 기회가 있다면 말이지요."

윤산은 웃음을 흘리며 말했다.

"당신은 왜 바보같이 하려하나요. 주어진 기회를 얻지 않고, 도리어 자기 손으로 망치려 하나요."

임봉은 실제로 그녀와 더 이상 말하고 싶지 않았다. 그러나 만약 이 여인이 얼굴이 두껍게 손을 쓰지 않으려고 한다면 그는 확실히 골치아플 것만 같았다. 이처럼 당당한 칠척 크기의 남자가 어찌 반항하지도 않는 여인을 살해한단 말인가. 윤산이 말하는 것만을 듣고 있었다.

"임형은 오해하지 마세요. 내가 말한 기회라는 것이 내 몸을 말하는 것이 아니에요. 동시에 당신도 악객인 전불실의 말을 들을 필요가 없어요. 그는 사실상 나를 얻은 것이 아니며 자기 혼자 꿈을 꾸며 나를 독점하려 한 것 뿐이죠. 이 말을 당신이 믿던 믿지 않던 간에 관계없어요. 하지만 나는 그런 종류의 여자가 아니랍니다."

임봉은 짙은 눈썹을 찌푸리며 말했다.

"당신 도대체 무엇을 말하려는 것이오?"

윤산이 말했다.

"나는 당신에게 막대한 재부를 드리려고 하는 것이죠. 당신이 일평생 쓰고도 남을 만큼 말이에요."

임봉이 말했다.

"당신은 감히 내가 재부가 있다는 이야기를 듣고, 당신을 살해하려는 생각을 포기할 것이라 생각하오?"

윤산이 말했다.

"맞아요. 당신이 천리를 다닌다고 할 때 그 목적은 분명 '재부'에 있는 것 아닙니까? 무슨 이유로 큰 은자가 필요 없다는 것이죠?"

임봉이 말했다.

"분명 내가 필요 없다고는 할 수 없소. 당신은 또 어떤 방법으로 나를 움직일 수 있을 것이오?"

윤산이 웃으며 말했다.

"당신 고집스럽게 이야기하지 마세요. 큰 재부를 목전에 반드시 손에 넣을 수 있을지 아직 명확치 않으니까요."

임봉이 말했다.

"그럼 왜 쓸데없는 이야기를 하는 게요?"

윤산이 말했다.

"만약 당신이 나와 합작한다면 내가 당신이 손에 넣을 수 있다고 보장할 수 있어요. 일이 끝난 이후 우리는 서로 나누면 될 것이에요."

임봉이 노하며 말했다.

"당신 정신이 있는 게요. 나는 근본적으로 당신과 합작하겠다고 하지도 않았는데 서로 나눈다고. 정말 머리가 아프군."

윤산이 두 가슴을 두드러지게 내밀며 얼굴에는 교태로운 웃음을 머금고 말했다.

"그렇다면 내가 사람을 잘못 본 것으로 하지요. 임대야, 당신 나를 정말 죽일 겁니까? 그럼 지금 손을 쓰세요. 내가 눈 깜짝이라도 하는지?"

임봉은 기가 막히고 또 놀랍기도 하여 참지 못하고 말했다.

"당신의 말투와 신색을 보니 내가 절대로 당신을 죽이지 않을 것이라 여기는 듯하오. 당신은 어떤 점을 믿고 내가 당신을 감히 죽이지 않을 것이라 생각하는 것이오?"

윤산은 또 가슴을 내밀어 얇은 겉옷 아래 감추어진 젖가슴을 드러내며 더욱 강력한 매력을 발산하면서, 교태로운 웃음을 띠며 말했다.

"당신은 분명 당세의 영웅이라 할 수 있으니 감히 살인하지 못한다는 도리가 있기야 하겠습니까? 조금 전 삼안효 장삼야가 좋은 예이죠. 내가 어찌 바보같이 그와 같이 하겠습니까."

그녀의 추파와 교태로운 미소, 그리고 오뚝 솟은 두 젖가슴은 임봉으로 하여금 점차로 그녀의 열기를 느끼게 하였고, 실제로 남자로 하여금 마음을 움직이게 할 수 있는 부류의 여인임을 알 수 있게 하였다. 그녀의 외호가 구혼염사라는 것이 그냥 얻어진 것이 아니라는 것이다.

그는 단지 그녀가 말하는 것을 듣고 있었다.

"나는 비록 바보는 아니지만 당신이 나를 죽이지 않을 것이라는 것을 알고 있어요. 그리고 내가 당신에게 반항하지 않는다면 당신은 절대로 나를 죽이지 않을 것이라 확신하고 있기도 하죠."

임봉은 마음속이 흔들리며 말했다.

"당신은 어떻게 알았죠?"

말이 끝나자마자 자기가 잘못 말하고 있다는 것을 알아차렸다. 그가 이렇게 묻는다는 것은 그녀가 말한 것이 옳다는 것을 말해주는 것이기 때문이다. 구혼염사 윤산이 응하며 말했다.

"말하자면 당신이 믿지 않을지 모르지만, 도리어 나는 그것이 옳다는 것을 알고 있어요."

임봉이 급히 말했다.

"한번 말해보시오. 내가 믿는지 여부가 당신에게 어떤 영향이 없는지 있는지 말이요."

윤산이 말했다.

"이 이야기는 맞습니다. 좋아요. 내가 당신에게 말하겠어요. 나는 당신의 기개로부터 알아낸 것입니다. 아마 당신과 같은 영웅적 기개를 가진 사람은 영원히 배후에서 사람을 습격하지 않지요. 그리고 또한 반항력을 갖추지 못한 사람을 죽이지도 않아요."

임봉이 말했다.

"실제로 나도 당신의 말을 믿어야 할지 말아야 할지 알지 못합니다. 그러나 이것은 중요하지 않으며, 나의 사람됨과 성격 등이 어떠한 것인가도 목하 정세와 크게 관련이 없습니다."

윤산이 말했다.

"어찌하여 관련이 없다는 말이죠? 지금 정세는 당신이 나를 죽일 것인가 죽이지 않을 것인가 하는 것일 따름입니다. 당신이 손을 쓸 것인가 여부는 당신의 성격이나 사람됨과 관련되어 있지요."

임봉이 말했다.

"그러나 당신은 한 가지 일을 잊었소. 그것은 바로 당신이 음흉하고 악독한 수단으로 나로 하여금 당신을 평범한 사람으로 볼 수 없도록 했다는 것이오."

윤산이 웃으며 말했다.

"왔다 갔다 당신 도대체 나를 죽일 것이오, 말 것이오."

임봉이 결정한 듯 말했다.

"맞아요."

그는 이 말을 한 다음 입을 다물고 신색을 굳혔다. 한번만 바라보아도 그가 이미 마음의 결정을 한 듯 보였고, 동요하지 않을 것 같았다. 윤산의 교태로운 눈에서 처음으로 두렵고도 놀랍다는 눈빛이 흘러나오며, 웅장한 듯 서있는 남자를 바라보았다. 임봉이 냉랭하게 말했다.

"이제 당신은 내가 당신을 죽일 것이라는 것을 믿겠소."

윤산이 고개를 끄덕이며 말했다.

"그래요."

임봉이 물으며 말했다.

"그렇다면 당신 손을 써서 한번 겨룹시다. 어찌 손을 묶고 기다리고 있을 것이요."

윤산이 말했다.

"이미 당신이 나를 죽이겠다고 결심했다면 내가 어찌 속수무책으로 죽기를 기다리겠어요."

임봉이 흔쾌하게 말했다.

"좋소. 당신 조심하시오. 임모는 손을 쓰겠소."

윤산이 왼손에 홀연히 분홍색 손수건을 꺼내어 흔들며 말했다.

"나는 두 가지 병기를 가지고 있어요. 그중의 하나가 바로 이 손수건 미선파迷仙帕이지요."

그녀가 손수건을 흔들자 임봉은 코끝에서 은은한 향기가 다가오는 것을 느꼈고, 연이어 급히 호흡을 멈추고 감히 그 향기를 마시지 않으려 하니 정말 참기 어려웠다. 그러나 윤산의 오른손에는 다시 금필金筆 한자루가 들렸는데, 길이는 대략 일척 정도되고 그 끝은 지극히 예리했다. 그녀가 말했다.

"이 한건의 병기는 육신필戮神筆이라고 하는데, 공동崆峒에서 전해진 것이죠."

임봉은 호흡을 멈추고 있는 까닭에 입을 열 수 없었으나 그녀에게 왜 이들 병기의 명칭과 내력을 이야기했냐는 것을 묻고 싶었다. 윤산이 또 말했다.

"당신은 내가 쓰는 병기의 이름을 하나 하나 당신에게 이야기 한 것을 이상하게 생각하겠죠. 당신 도법은 정묘하고, 공력 또한 절세적이니 나는 당신의 적수가 될 수 없다는 것을 알 수 있어요. 그러니 차라리 모든 것을 알려드리고 당신이 봐주기를 바란다면 내가 죽음에서 벗어날 수 있지 않겠어요."

임봉은 눈썹을 찌푸리며 입을 열지 않았다. 그는 마음속으로 이런 악독하고 음란한 여인이 말하는 것은 십중팔구 믿을 것이 못된다고 생각했다. 그는 수보를 물러나서 칼을 드는 동작을 취했다. 윤산의 손수건이 휘날리는 것이 보였으며, 오른손의 금필은 엄밀하게 몸을 보호하고 있었다. 임봉은 중궁中宮을 딛고 홍문洪門으로 가서 일도를 쳐갔다. 윤산은 그의 도세가 맹렬하여 사람을 압박해 들어오는 기세를 느꼈으나 감히 이를 맞아 칠 수 없어 버들같은 허리를 비틀어 두 걸음을 빠르게 빗기며 필을 들은 손을 흔들어 질풍처럼 임봉의 손목 혈도를 짚어갔다.

그의 장도는 비로소 거두어졌으나 다시 또 발출되었다. 허리를 비틀어 막은 후 다시 쓸어들어가며 내려치는 칼 바람은 격렬했다. 이 일도는 즉시 윤산을 압박하여 연이어 육칠보나 뒤로 물러나게 했다. 윤산의 금필의 초식이 매우 기묘하며 흉독하였지만 이러한 적수를 상대하는 방법으로 가장 좋은 것이 강한 공력과 거친 타격과 같은 수법을 쓰는 것이므로 그는 이러한 방법으로 그녀를 제압한 것이다.

임봉의 장도가 휘둘러지는 순간, 삼엄하고 냉랭한 도광이 용출되며 힘이 실린 날카로운 바람을 가르는 소리가 울려퍼지니 그 위력은 대단했다. 연이어 육칠초의 초식은 장신의 아름다운 윤산을 찔러들어가니 윤산은 광풍에 견디지 못하고 날아가는 듯이 연이어 몸을 가누지 못할 정도였다. 이러한 격투를 본다면 윤산은 팔초에서 십초 내에 반드시 피를 보고야 말 것이며, 임봉의 칼 아래 목숨을 잃게 될 것이다. 이러한 때에 임봉은 홀연히 윤산의 금필 초식을 어디에선가 본 듯한 생각이 들었다. 그는 심지어 이상하다고 까지 생각하며 즉시 날카로운 공세를 거두기 시작하며, 상대방이 더 몇 초를 전개하도록 놔두고 관찰하기 시작했다. 또 칠팔초가 지나갔다. 임봉은 갑자기 느끼는 바가 있어 생각했다.

'원래 그의 금필 초식과 신법이 그 날 밤 표국 뒷 면에서 나를 습격한 사람들과 같다. 당시 그 중의 한 사람이 사용한 것은 금검이었고 그 모양도 독특했다. 당시 나는 그 검이 신병이기라고 생각해서 손해본 적이 있었다.'

그의 생각이 번개처럼 돌자 조금 더 깊이 조사할 필요가 있다고 생각되었고 도법을 변화시켜 면밀하고 섬세한 도법을 발출하였다. 조금 전 그가 발출했던 것과 같은 신속하고 맹렬하기가 천둥벽력같은 날카로운 거센 공격으로 상대방을 압박하는 초식을 시전할 수는 없었다. 지금은 섬세한 것은 섬세한 것으로, 기묘한 것은 기묘한 것으로 상대할 수밖에 없었다. 구혼염사 윤산은 한 시름 놓을 수 있었다. 그는 허리를 펼 수 있게 되었을 뿐만 아니라 얼굴 앞으로 흘러내린 긴 머리칼을 뒤로 넘길 수 있는 시간도 얻을 수 있었다. 이와 같은 동작은 사람의 마음을 흔들 수도 있었으나 임봉은 기묘한 느낌을 느끼지 않았다. 십여초가 지난 후 윤산이 손수건을 흔들고 금필을 내려치는 모습만을 볼 수 있었다. 자세는 지극히 아름다워 눈을 사로잡았다. 흉독하면 할수록 승기를 잡는 듯한 모습이었다. 그녀는 입으로 "큭, 큭"하는 교태로운 웃음소리를 내며 말했다.

"임형은 뭔가 잘못되는 듯하군요."

임봉은 한 모금 기를 발출한 후 입을 열어 말하지 않고 사납게 그녀를 바라보기만 했다. 윤산이 또 말했다.

"너무 생각하지 말아요. 내가 우위를 점했다고 하더라도 당신을 살해할 기회가 있다고 하더라도 독수를 쓰지는 않을 거예요. 임형은 믿으시나요."

임봉이 "흥"하고 소리내며 도의 세력을 축소시켜 엄밀하게 방어하였다. 윤산이 "오"라고 소리내며 말했다.

"나는 당신이 감히 숨을 쉬려고 하지 않는다는 것을 잊었네요. 어쩐지 당신과 이야기할 방법이 없더라. 이러면 어떨까요. 우리 잠시 손을 멈추고 친구가 되면 말이죠."

눈앞의 정세는 이미 명확해졌다. 임봉은 실제로 도법을 변화시키지 않을 것이고, 윤산이 장기를 살려 공격을 하니 도리어 우위를 점하게 되었다. 비록 임봉이 다시 앞에서와 같이 맹렬한 공격을 가할 수는 있지만 윤산은 이미 도망칠 수 있는 기회를 잡았다고 할 수 있다. 임봉은 이 여자가 도망쳐 버린다면 이후에 그녀를 쉽게 찾을 수 없다고 생각했다. 따라서 기회를 잡았을 때 해결해야 할 것 같아 그녀와 겨루게 된 것이다. 윤산은 손수건과 금필을 거두었고, 임봉은 장도를 거두어들인 후 그녀를 향하여 갔다. 윤산은 그가 다가오자 만면에 기쁜 표정을 지으며 말했다.

"이러한 결론은 꿈에도 생각지 못했던 것이군요. 임형이 만약 진정으로 나와 친구가 된다면 나도 당신을 괴롭히지 않겠어요."

임봉이 말했다.

"윤 낭자가 저를 너무 중시하시는 군요. 저는 표행 중의 이름없는 작은 인물일 뿐입니다."

윤산이 말했다.

"됐습니다. 됐어요. 당신은 진정한 신분을 말하지 않는군요. 목하 당신의 무공 성취를 놓고 보았을 때 당금 무림에 당신과 비할 사람은 몇 사람밖에 없다고 볼 수 있어요."

임봉이 웃으며 말했다.

"윤 낭자 말씀도 잘하시네요. 당신이 만약 임모와 친구가 되려면 한 가지 대답할 것이 있소. 당신이 대답해주길 바라오."

윤산은 생각해보지도 않고 말했다.

"당신이 묻고자 하는 것은 우리들이 어떤 사람의 파견으로 온 것이냐, 그것 아닙니까."

임봉은 고개를 저으며 말했다.

"아니요. 만약 그를 묻는다면 어찌 윤 낭자에게 동료를 팔아 넘기라고 하는 것과 마찬가지 아니며, 신의를 버리라는 것과 같지 않겠소."

윤산은 이상하다고 생각하며 물었다.

"그렇다면 이것 이외에 무엇을 알고 싶나요."

임봉이 말했다.

"저는 단지 윤 낭자의 개인적인 일을 물으려고 합니다. 윤 낭자가 조금 전 보여준 금필 수법은 신비하고 오묘하며, 허실을 구분하기 어렵습니다. 저는 그 금필수법의 내력을 정말 알고 싶습니다. 들려주실 수 있으신가요."

윤산이 말했다.

"내가 당신에게 알려드리는 것은 무방하나, 당신은 절대로 다른 사람에게 이를 알려주어서는 안됩니다."

임봉이 말했다.

"당연합니다. 저만 알면 되지, 왜 제가 다른 이들에게 알려주겠습니까."

윤산이 말했다.

"이 필법은 칠십이환검七十二幻劍이라고 하는데, 이는 칠십이개의 초식으로 이루어져 있기 때문입니다. 십오년 전에 무공을 배울 때 기연을 얻어 선사 삼산노인三山老人의 전연을 이은 것입니다. 따라서 이후에 강호에서 허명이라도 얻을 수 있었지요."

임봉은 한 편으로 기억 속에서 이미 작고한 삼산노인에 대한 인상을 찾아보았으며, 한 편으로는 그녀에 응하며 말했다.

"원래 윤 낭자의 칠십이환검은 이인에게서 전수받은 것이군요. 역시 기이하고 환상적일 수밖에요. 저는 상대하기가 어려웠습니다."

그는 잠시 멈추었다 또 말을 이었다.

"그러나 저는 들은 바가 매우 부족해서 삼산노인의 성함을 들어본 적이 없군요."

윤산이 말했다.

"그것은 그리 이상한 일이 아니에요. 하나는 그 분이 강호 상에 그리 모습을 드러내지 않으셨으며, 다른 하나는 공교롭게도 칠십이환검을 전수하신 이후 서거하셨기 때문이에요. 선후로 일 년 정도의 일이었으니 말이죠. 이미 십여년 전의 이야기입니다. 오늘 이 일을 이야기 하자니 앞날을 보는 듯한 느낌을 지울 수 없네요."

임봉은 비로소 그녀가 말하는 것이 범속하지 않다고 느껴졌다. 아마도 책을 읽은 사람인 것 같았다. 마음을 돌려 다시 말했다.

"윤 낭자는 몸으로 절예를 갖추고, 또한 꽃이나 옥과 같은 아름다운 외모를 지니고 계신데 어찌 흑도에 몸을 담고 계시는지요?"

윤산은 견딜 수 없어 웃음을 지으며 말했다.

"흑도에도 의를 논하는 사람들은 넘쳐납니다. 그리고 당신이 생각하는 것과 같이 하류거나 두렵지도 않지요. 다시 말하자면 내가 비록 몸은 여자이기는 하나 굳센 용기를 가지고 있으니, 어떤 일이든 하지 못하겠습니까."

임봉은 돌연간 이 고상한 운치를 가지고 사람을 미혹하게 하는 여자가 말솜씨가 뛰어나고, 종횡으로 대처에 뛰어나고, 거리낌이 없으니 마음속에서 암중으로 놀라지 않을 수 없었다. 그는 윤산이 말하는 것을 듣고만 있었다.

"조금 전 악객인 전불실이 말할 때 마다 내가 그의 여자라고 말한 것은 진실이 아니에요. 임형은 그를 믿으시는지 모르겠어요."

임봉이 말했다.

"다른 사람의 말을 저는 마음에 두지 않습니다. 만약 윤 낭자가 사실상 전불실의 사람이 아니라면 더 말할 필요가 없습니다."

윤산은 기뻐하며 말했다.

"임형의 사람됨과 말씀은 모두 장부의 본색을 벗어나지 않는군요. 진심으로 경탄할 만합니다."

임봉은 마음속으로 냉소하며 생각했다.

'네가 비위맞추는 것은 쓸데없다. 내 마음속에서 너는 이미 악독하고 간교한 계집이다. 이러한 생각은 변하지 않을 것이다.'

하지만 그는 입으로는 다르게 말했다.

"윤 낭자, 칭찬이 지나치십니다. 저는 이와 같은 일을 논하는 것이 기쁠 뿐입니다. 맞습니다. 당신은 앞서 큰 재물에 대해서 말했는데, 그 말은 진정으로 한 것입니까. 아니면 농담으로 한 말입니까."

윤산이 말했다.

"당연히 진담이죠. 만약 임형이 표국을 떠나 자유의 몸이 되신다면 앞으로 거대한 재부를 얻을 수 있을 겁니다."

임봉은 놀라며 말했다.

"도대체 어떤 일입니까? 그러면 그 재물은 지금 어디에 있습니까?"

윤산이 말했다.

"개봉 부근에 있지요."

임봉이 말했다.

"저희 표국에서는 바로 지금 표물을 개봉으로 운반하고 있습니다. 당신이 말한 재부하는 것도 역시 개봉 근처에 있다면 제가 가는 길에 있는 셈이니 그 때 윤 낭자의 계획을 들어도 늦지 않을 것 같군요."

윤산이 말했다.

"안돼요. 표화가 개봉으로 운반된 이후에는 이미 늦어요!"

임봉은 의혹을 느끼며 말했다.

"제가 표화를 내려놓고 속도를 내서 간다고 하면 아마도 삼오일 정도 차이가 날 것입니다. 이래도 너무 늦는 것인가요."

윤산이 말했다.

"당신을 절대 속이지 않아요. 그때가 되면 너무 늦습니다!"

임봉은 고개를 저으며 말했다.

"제가 어떻게 도중에 그만둘 수 있겠습니까. 만일 그렇게 하고 재부도 얻지 못한다면 이중으로 손해를 보는 격이 아닐까요? 이 일은 정말 통하지 않습니다."

윤산이 말했다.

"마음 놓으세요. 이 재부는 절대 거짓이 아닙니다. 또한 당신이 도와

준다면 반드시 얻을 수 있어요."

그녀는 마침내 속사정을 이야기하기 시작했다. 그 재부라는 것은 분명 쉽게 손에 얻을 수 있는 것이 아니었다. 그녀가 목숨을 걸고 임봉과 결탁하고자 하는 것이 원래 임봉의 대장부 기개를 눈여겨서가 아니라 그의 도움을 받고 싶어서라는 것을 알 수 있었다. 만약 다시 분석을 해보자면 윤산은 온 힘을 기울여 임봉과 사귀자고 하는 것은 매우 이치에 닿는 것이라 할 수 있다. 임봉은 정파의 인물이기에 재화에 뜻을 두지 않았고, 재물을 혼자 먹으려고 그녀를 암산하려고 하지도 않았다. 그 다음으로 무공이 고강했으니 분명 좋은 조력자가 될 수 있다는 것이 그 원인이라 할 수 있다. 임봉은 내막을 더 알아내고자 바로 말을 이었다.

"천하에 어느 지방에 대량이 재물이 있으며, 이후 우리가 가서 얻을 수 있다는 것인가요. 이런 헛된 말을 이야기 하는데 제가 감히 쉽게 믿을 수 있겠습니까?"

윤산이 말했다.

"만약 당신이 바로 일을 그만두고 나와 합작을 한다는 것을 고려한다면 조금 더 사정을 이야기해줄 테니 참고할 수 있을 거예요."

임봉이 말했다.

"제가 생각해 보겠습니다."

윤산이 말했다.

"그 재물은 자연적으로 생긴 것은 아닙니다. 천하도법제일이라 사칭하는 상인무정霜刃無情 려사가 칠곱 명의 무림 명가를 살해하고 그들 가족의 재물을 약탈한 것으로 합산하여 보면 이십만량 가량될 겁니다."

임봉은 사방을 살피며 말했다.

"과연 그런 사정이 있었군요. 려사가 강호에 다시 나왔다는 소식은 요 며칠 사이 전해지고 있는데 당신이 그 내막을 이리 많이 알고 있는 줄은 상상도 못했습니다. 그렇다면 그 재물은 모두 현은現銀으로 되어 있나요."

윤산은 고개를 흔들며 말했다.

"일부분은 황금 백은이고, 대부분은 주보입니다. 목하 개봉성 내에 숨겨져 있는데, 두 사람이 그를 지키고 있습니다."

임봉이 물었다.

"그 려사를 사칭하는 사람은 분명 매우 고명한 사람이겠군요. 당신은 그가 누구인지 아나요?"

윤산이 말했다.

"젊고 영준한 남자인데, 백의에 칼을 차고 있고, 무공이 매우 깊다고 합니다."

임봉은 실망하여 말했다.

"당신이 아는 것이 그것 뿐인가요?"

윤산이 말했다.

"그 사칭하는 자의 진정한 신분 내력에 대해 내가 아는 것은 한계가 있지만 그 개봉부에서 재물을 지키는 사람 중의 한 사람은 내가 알지요. 그리고 그 백의도객 려사는 이미 남방에 도착했다고 합니다. 우리들이 빨리 행동하다면 그가 개봉에 돌아오기 이전에 우리들의 일을 마칠 수 있을 것입니다."

임봉은 이제야 윤산의 소식이 어디에서 얻어졌는지 이해할 수 있었다. 가짜 려사의 수하로부터 이런 사람을 놀라게 하는 비밀을 얻을 수 있었던 것이다. 가짜 백의도객 려사의 문하에 대하여 임봉은 지나치게 낮게 평가할 수 없었지만, 크게 걱정할 것은 아니라고 생각되었다. 하지만 가짜 려사 본인에게는 진심으로 두려움을 느낄 수밖에 없었다. 이미 수 개월 동안 심우의 훈련을 받으면서 이미 그 보다 어린 사부의 무공이 얼마나 신기막측한지 알 수 있었다. 심우의 입에서 려사의 마도에 대한 이야기를 들었기 때문에 그는 그에 대해 두려움이 일은 것이다.

따라서 려사의 도법을 알 수 있다면 실제로 천하를 독보할 수 있었고, 적수를 찾아볼 수 없을 것이다. 이 가짜 려사에 대해 생각해 보니 아마도 자연적으로 그 본인의 크기가 려사와 비슷하여 그의 이름을 도용한 것이라 생각되었다. 이로서 판단하여 보건데 이 가짜의 무공은 려사나 심우 등의 사람들과 비교하여 거의 적은 차이밖에 나지 않을 것으로 보였다. 임봉이 이렇게 생각하면서 암암리에 결론에 도달하며 생각했다.

'만약 내가 진정으로 그 막대한 재물에 탐을 낸다면 표화를 내려놓고 그녀와 빨리 개봉으로 가서 손을 써야겠지. 나는 그런 사람은 아니며, 더군다나 범옥진이 아직 내 안배를 기다리고 있지 않는가.'

그의 생각이 아름다운 범옥진에게 미치자 마음속에서는 따뜻한 감정이 끓어 올랐다. 그는 계속해서 생각했다.

'그러나 이 구혼염사 윤산이 들고 있는 금필의 수법이 남경에서 나를 공격하던 금검을 쓰는 자의 것과 매우 흡사하다. 심선생이 이후 범옥진에게 들은 바 그 남자는 미리비궁과 관련이 있는 남자라고 했다.'

원래 당일 임봉이 그 금검을 쓰는 적수와 대결하였을 때 그가 수중의 들은 검에서 금광이 찬란한 게 눈이 부실 정도였고, 칼날이 두껍고 길이가 짧아 아마도 신병이기가 아닐까 생각해서 감히 세게 겨루지 않았던 것이 형세를 위급하게 만들었었다. 그때 범옥진이 갑자기 상대방의 금검을 두려할 필요가 없다고 알려주었고, 한번 겨뤄보니 과연 그 기세는 헛된 것으로 질뻔한 승부를 뒤집었던 적이 있었다.

뒤에 심우가 이러한 점에 근거를 두고 범옥진에게 물은 바 그녀는 향상여로부터 미리비궁에 그와 같은 병기가 있다고 들었다 했다. 당시 심우는 시간이 없었고, 또 미리비궁의 옥녀 계홍련이 남경에 출현하였다가 그에 의해 살해된 바 있었다. 이 때문에 남경에 사람을 파견하려는 사람들은 심지어 심우가 주관하는 표국을 상대하려는 사람들 마저도 역시 도리로 보아서 당연한 일이라 생각하며, 더 깊이 추궁하지 않았다.

그러나 임봉은 현재 그런 생각을 크게 바꾸었다. 만약 구혼염사 윤산이 비리미궁이 연원이 있어 사람을 파견했다고 하면 이것은 벌써 두 번째일 것이다. 표면상으로 보았을 때 이들 둘은 함께가 아니었으나 상황을 세심히 경계할 줄 아는 임봉은 아마 윤산과 그 금검을 쓰는 자가 완전히 무관하다고 볼 수 없었다. 윤산을 조사하는 것이 가치가 있는 것 이외에 그 가짜 려사라는 사람도 큰 사건이 아닐 수 없었으며 홀시할 수 없었다. 그는 이미 자신이 어떻게 해야 할지를 알았으나 그 방법이 자신에게 어떤 형용할 수 없는 어려움과 손해를 미칠 것이라 여겼다. 윤산은 그를 바라보고 가볍게 탄식하며 말했다.

"당신 왜그러죠?"

임봉은 고개를 저으며 말했다.
“아무것도 아니요.”
윤산이 말했다.
“그렇다면 당신은 결정했나요?”
임봉은 마음을 잡고 고개를 끄덕이며 말했다.
“했소.”
윤산이 물었다.
“어떻게요. 저와 함께 개봉으로 가겠나요.”
임봉이 말했다.
“좋소!”
윤산이 크게 기뻐하며 말했다.
“당신은 돌아가서 말하세요. 우리들은 바로 움직입시다.”
임봉은 고개를 저으며 말했다.
“가자고 하면 가는 것이오. 만약 돌아가서 그들에게 말하면 말하기가 어려울 뿐 아니라 또 그 이유 또한 대기도 어려울 것이오.”
윤산이 말했다.
“당신이 말한 것이 맞아요. 우리들은 갑시다.”
임봉이 말했다.
“단지 한 가지일을 마치고 가야하오. 내가 갑자기 떠난다면 사람들은 모두 내가 당신과 도망쳤다고 여길 것이오.”
윤산은 흥미를 느끼며 말했다.
“다른 사람들이 그렇게 아는 것을 나는 두려워하지 않아요. 당신은 어떻게 다른 사람들이 우리가 함께 있다고 알 수 있다는 것이죠. 당신은 이 일이 내 명예에 그리 좋지 않다고 생각하나요?"

임봉이 말했다.

"바로 낭자의 명성에 신세를 저야 할 것 같소. 사람들이 이 일을 들으면 반드시 남녀 사이의 일로 생각하여 내가 당신에게 빠져 모든 것을 버리고 당신과 도망쳤다고 볼 수 있소."

윤산은 "오"하고 소리내며 말했다.

"그렇다면 당신에게 더 편리한 것이 아닌가요?"

임봉이 말했다.

"이것은 어쩔 수 없는 일이요. 아마 그렇게 생각할 거요. 우리들이 개봉에 도착한 이후 행적을 은밀하게 한다면 사람들은 우리가 창피해서 사람들을 보지 않으려고 한다고 생각하고, 절대로 다른 문제로 눈을 돌리지 않을 것이오."

그는 돌연 웃으며 처음으로 침중한 표정을 버리고 말했다.

"이렇게 한다면 또 하나 좋은 점이 있소. 만일 우리가 생각지도 못한 일을 만나게 되었을 때, 혹은 친구가 있어 나를 위해 복수를 한다고 할 때 당신은 아마도 첫 번째 목표물이 될 것이오."

윤산이 말했다.

"나는 조금도 복수한다는 사람을 개의치 않아요. 그러나 당신의 이 말은 조금 이상하군요. 당신의 친구는 어찌 나를 복수의 대상으로 생각할까요."

임봉이 말했다.

"당신은 남자에게 매우 위험하기 때문이에요. 제가 말한 것이 틀렸나요."

윤산이 웃으며 말했다.

"맞아요. 그러나 상대를 보면서 말해야 겠죠. 당신과 같은 진정한 남자에게는 나는 조금도 위험하지 않지요."

그녀는 멈추었다가 다시 말했다.

"우리들이 굳이 떠들고 다닐 필요가 없습니다. 만약 우리가 떠난다고 하면 하루도 지나지 않아 그 소문을 악객인 전불실 쪽에서 낼 겁니다."

임봉은 고개를 끄덕이며 그 이유를 인정하며 물었다.

"당신은 짐이 있나요?"

구혼염사 윤산이 말했다.

"있어요. 그러나 우리들의 여정에는 방해되지 않을 겁니다."

그녀는 간드러지게 걸어가며 길을 인도하여 다른 한 길로 접어들어 한 인가로 도착하여 문을 열고 들어갔다. 임봉은 바깥 쪽에서 기다리면서 실내에서 한 부인과 윤산이 이야기하는 것을 보았으며, 이어서 그 부인이 한 십삼사세 쯤 되는 남자 어린애를 부르는 것을 보았다. 윤산이 한 상자를 가지고 나오며 임봉에게 말했다.

"당신의 짐은 이곳에 맡기세요. 당신은 내가 왜 이러는지 알 수 있을 거예요."

임봉이 말했다.

"당신은 매우 주도면밀하군요. 정말 노련한 강호 인물로서 먼저 짐을 다른 곳에 두고 가는 것은 이상한 일이 아니죠."

윤산이 말했다.

"여자의 몸으로 자색이 좀 있다고 하면 생각지도 못한 어려움을 곳곳에서 만날 수 있지요. 제가 이렇게 하는 것은 모두 경험에서 얻은 교훈에 따르는 것이죠."

그들이 담소하는 사이에 말발굽 소리가 들려왔다. 오래지 않아 도착하였는데, 조금 전 그 사내아이가 한 필의 말을 끌고 온 것이다. 임봉이 바라보니 그 말은 매우 거장하고 좋은 준마였다. 아름답고 종자가 좋은 건장한 말을 보고 심장이 뛰며 생각에 잠겼다.

'이 창졸지간에 이렇게 좋은 말을? 윤산이 먼저 준비했다면 이해가 되지만, 그렇게 생각하려 해도 이렇게 말까지 준비하라 한 것을 보면 그가 지나치게 세심한 것이 아닌가?'

말은 한 필 뿐이라 임봉이 말했다.

"당신이 타시오."

윤산이 웃으며 말했다.

"우리들이 함께 타고 가요. 합비合肥에 도착해서 내가 마차를 고용할 겁니다."

그들은 서북쪽 개봉으로 가야했다. 합비는 동남쪽에 있었다. 임봉은 그 말을 듣자마자 그 사내 아이에게 들으라는 말로 바로 알아들었다. 혹시 누가 그 아이를 찾아 물었을 때 마음속의 방향과 다른 방향을 가르쳐 줄 것이기 때문이다. 그는 윤산과 비슷한 모양을 분장을 하고 나서 말위에 올랐다. 두 사람이 한 말 위에 앉아 정말 앞길을 알 수 없는 여정을 떠나기 시작했다. 밤이 깊은 중에 한 필의 말은 성 밖으로 달렸다.

임봉이 비록 따뜻하고 향기로우며 부드러운 여인을 안고 있지만 이와 같은 염복을 감히 누릴 수는 없었다. 더군다나 그는 십분으로 더 조심스럽게 그를 예방했다. 큰 길가에 밤 바람이 차갑게 얼굴을 스쳤으며 중간 중간에 모래 먼지도 끼어들었다. 따라서 두 사람은 모두 입을 열지 않았다. 대략 수 십리를 달렸을까 구혼염사 윤산이 돌연간 수중에서 말고삐를 잡고 흔들더니 큰 길을 벗어나 갈림 길에 접어들었다. 얼마 지나지 않아 그들은 한 장원에 도착하였다. 윤산이 말을 세우고 고개를 돌려 말했다.

"당신은 이곳이 어디인지 아나요?"

임봉은 그 정원을 향해 바라보고는 어두운 밤이라 어떠한 단서도 찾을 수 없어 고개를 흔들며 말했다.

"모르오."

윤산이 말했다.

"당신은 아주 마음을 놓고 있네요. 우리가 이곳에 올 때도 아무 것도 묻지 않구요."

임봉이 탄식하며 말했다.

"나는 이미 당신과 합작하기로 결정했으니 모두 당신을 믿습니다. 의심할 것이 무엇이 있나요?"

윤산이 그의 대답을 듣고는 어안이 벙벙해졌다가 비로소 입을 열었다.

"당신이 믿고 안 믿고는 모르겠지만 나는 일평생 당신과 같은 사람은 처음 봅니다."

임봉이 말했다.

"당신이 이전에 만났던 사람들은 모두 서로 속이고 속이며 암암리에 심기를 다투던 사람들인가요?"

윤산이 말했다.

"바로 그렇습니다."

그녀는 바람처럼 말에서 내렸다. 임봉도 그녀를 따라 빠르게 땅으로 내려오며 물었다.

"이곳은 어느 곳입니까?"

윤산이 말했다.

"이곳은 갈령장葛嶺莊입니다. 좌측으로 촌락과 인가가 있습니다."

임봉이 말했다.

"그러면 두 시진 정도면 날이 밝는데 우리들은 계속 길을 가야 하나요."

윤산이 말했다.

"길은 아직 가야합니다. 그러나 생각해 보세요. 우리들이 밤에 한 말을 타고 가는 것은 문제될 것이 없으나 만약 날이 밝은 뒤에 간다면 사람들의 주목을 끌지 않겠어요."

임봉이 말했다.

"그렇군요. 따라서 우리가 더 속력을 내서 날이 밝기 전에 시진에 도착하여 마차를 고용하는 편이 좋을 듯 싶군요."

윤산이 말했다.

"당신 말이 옳아요. 내가 지금 마차를 준비해서 이곳으로 돌아오겠어요."

임봉이 알았다는 듯이 말했다.

"당신의 마차가 이곳 갈령장에 있나요."

윤산이 말했다.

"아니요. 마차는 마을 안에 있어요."

임봉은 놀라며 말했다.

"그렇다면 우리가 이곳에서 기다릴 이유가 뭔가요."

윤산은 안장 주머니에서 어떤 물건을 꺼내면서 말했다.

"잠깐 기다리시면 제가 말해드리겠어요."

임봉은 성질을 누르며 그녀가 어떤 짓을 하는 지 바라보았다. 잠깐 시간이 흐르고 그들은 장원 문앞의 공터에 섰다. 돌연 빛이 일어났다. 원래 윤산이 가지고 온 것은 두 개의 횃불로 이미 점화되어 붉을 밝히고 있었다. 이것은 그리 신기한 것은 아니었다. 가장 신기한 것은 그녀가 오른 쪽 돌 위에 하나의 자그마한 신감神龕을 설치한 것으로 그 위에 향촉을 지피우니 신비한 기운이 감돌았다. 임봉은 그녀가 절을 마친 이후 말했다.

"당신이 신령을 믿고 공경하는 사람인 것은 생각지도 못했소. 당신은 매일 밤 이렇게 참배하는 것 아니오."

윤산은 신색을 엄숙히 하고 말했다.

"아니오! 오늘 밤은 비교적 특별한 날입니다. 신력의 비호가 필요할 때입니다."

임봉이 들었지만 그 사정을 알 수 없었다. 그는 이와 같은 신귀현괴神鬼玄怪한 사실이 있는 지 없는 지도 모르는 사람이었다. 따라서 그도 천하의 많은 수의 지혜를 가진 자와 마찬가지로 이러한 일에 대해서 무엇이라 가볍게 논평할 수 없었다. 윤산이 또 물었다.

"임봉형, 우리들이 출발하기 전에 내가 당신에서 한 가지 일을 청하고자 합니다."

임봉이 말했다.

"만약 내가 할 수 있는 일이라면 안될 것이 있겠습니까?"

윤산이 말했다.

"이 갈령장 내 오른 쪽 후방에 청당廳堂이 한 칸 있는데, 당신이 그곳에 들어가서 나무로 만든 신주패神主牌를 가져다 주세요."

임봉이 말했다.

"그런 일이군요. 이곳은 귀신이 오는 곳이라 혹시 윤 낭자도 감히 들어갈 수 없는 곳인가요."

윤산의 얼굴색이 창백해지며 머리를 끄덕이며 말했다.

"그렇습니다. 임형은 이에 대해 많이 들을 필요가 없습니다. 들을 수록 담이 적어질 테니까요."

임봉이 말했다.

"안쪽의 신주패를 가지고 무엇에 쓰려나요?"

윤산이 말했다.

"임형이 가시고자 한다면 더 이상 묻지 말아주십시오."

임봉이 말했다.

"가겠소. 그러나 내가 아는 바에 따르면 많은 유명한 귀신이 나오는 지방에는 모두 특별히 그에 관심을 가지고 있는 강호인들이 있다고 들었소. 따라서 나는 더 속사정을 들어야 겠소."

그는 가볍게 웃으며 마음을 드러내었다. 그 마음속에는 어떠한 두려움도 없는 듯 했다. 그녀는 그가 말하는 이야기를 들었다.

"당신은 아마 귀신이 사람을 놀래킬 수는 있어도 죽일 수 없고, 사람이 사람을 놀래키면 죽일 수 있다는 말 말이오."

윤산이 고개를 끄덕이며 말했다.

"나는 들어본 적이 있어요. 따라서 당신은 어떤 사람이 분명 분장하고 있을 것이라는 것이죠."

임봉이 말했다.

"귀신이 사람을 놀래킬 수는 있어도 죽일 수 없다는 말은 겉에 드러난 말처럼 간단하지 않아요. 당신 생각해 보시오. 이 속담의 진정한 뜻은 세상에 귀물이 사람을 놀라게 하는 일은 거의 없다는 것이고 따라서 귀신에 놀라 죽었다는 사람은 실제로 사람을 귀신으로 오인했다는 것이거나 사람이 귀신으로 거짓 분장했다는 말이오."

윤산의 얼굴색이 계속 창백했다. 번뜩이는 횃불아래 두렵다는 느낌을 주며 가볍게 말했다.

"이런 말은 내일 다시 하면 좋겠어요."

임봉이 고개를 끄덕이며 말했다.

"좋소. 내가 당신에게 이야기해주고 싶은 것은 세상에 귀신이 없다는 것이오."

그의 말이 만약 긍정적이라 한다면 자연스럽게 윤산에 대해서 위로를 해줄 수 있을 것이다. 그러나 사실상 임봉의 말을 추측으로 한 것이라 윤산에 대해서 어떤 도움도 줄 수 없었다. 임봉이 걸음을 옮기며 떠났다. 하지만 그 역시 윤산의 신태에 의해 전염된 것이 있어 마음속은 조금씩 불안해졌다. 그가 매우 담력이 세기도 하거니와, 다시 말해 윤산의 이 거동이 아마도 그를 시험해보려고 그가 담이 있어 장원 내로 들어가는 지를 보려한다고 할 수도 있어, 그는 아무 것도 두려워하지 않는 듯이 큰 걸음으로 들어갔다.

그의 신형이 빠르게 어둠 속 집 안으로 사라졌다. 광장에는 윤산 만이 남아 혼자 횃불 아래에서 그를 기다렸다. 그의 얼굴은 계속 창백해 있었고 오래도록 회복되지 않았다. 눈동자에는 놀람과 의혹스러운 눈빛으로 사방을 끊임없이 주시하고 있었다. 시간이 오래 지났음에도 불구하고 그녀는 아직도 불안에 떨고 있었다. 심지어 곁에 있는 그 준마 또한 소리를 내거나 발길질을 하지 않는 것으로 보아 아마 그도 놀라워하며 걱정하는 것 같았다.

그녀가 기다리면 기다릴수록 더욱 놀랍고 걱정이 되었다. 만약 그 횃불 조명이나 또 그 신감이 있지 않았다면 그는 이미 견디지 못했을 것이다. 시간은 신비막측한 분위기 속에서 점점 흘러갔다. 윤산은 오랜 시간이 흘렀는데도 불구하고 임봉이 나오지 않는 것을 보고 마음속으로 놀라움과 의심이 서로 교차하며 이곳을 빨리 피해야 할 것이라는 느낌이 들었다. 임봉의 속도로 볼 때 한번 다녀오고 또 물건을 찾는 시간을 고려해 볼 때 많게는 일주향이 타는 시간이면 족했을 것이다. 지금 시간은 그 네 배를 넘겼으니 자연적으로 문제가 발생했다고 볼 수 있고, 묻지 않아도 전설 속의 려귀厲鬼를 만났다는 것을 의심할 바 없었다.

윤산의 외호가 비록 구혼염사이지만 진정한 려귀를 만난다면 분명 혼백을 빼앗길 것이다. 그녀는 더 기다리지 않고 신감을 빠르게 안고 횃불도 수습하지 않은 채로 말고삐를 풀어 잡고 말 등에 올라탔다. 마음은 매우 어지러워 좌측의 촌락을 향해 질주하여 갔다. 눈 깜짝할 사이에 반절이나 왔다. 그 촌락은 비록 어두웠지만 아직 드문드문 등불을 볼 수 있었다. 이러한 등불은 사람이 살고 있다는 것을 말해준다. 한편으로는 사람에게 위안을 주며, 또 한 편으로는 또 한 고독감을 주기도 한다. 이러한 등불이 조금씩 꺼져가면 마을 사람들이 모두 잠을 청하기 때문이다.

윤산은 말을 재촉하여 앞으로 달렸다. 돌연 회백색의 도로 위에 한 사람의 인영이 서있는 것이 보였다. 그의 안력은 보통 사람보다 뛰어났다. 그녀가 바라보니 한 사람의 인영이 확실했고, 다른 사물을 보고 착각한 것이 아니었다. 삼경 반이 지난 밤 황량한 도로 위에 한 사람이 가운데 서있는 것은 실제로 믿을 수 없는 일이다. 윤산은 갑자기 등에서 식은땀이 흘렀다. 머리는 뜨겁게 달아올랐고 머리털은 곧추 세워졌다. 입으로 놀라는 소리를 지르며 발을 운용하여 품고 있던 신감을 사람의 인영을 향해 던지며 급히 말 머리를 돌렸다.

신감이 날아간 후 떨어지는 소리가 들리지 않았다. 윤산은 감히 머리를 돌려 바라볼 수 없었고, 두 다리로 말의 배를 누르며 말이 움직이기를 재촉했다. 그 준마는 아프다는 듯이 울부짖으며 앞을 향하여 달렸다. 그러나 윤산은 아직도 그 말이 빨리 달린다고 생각되지 않았다.

제30장

兩美相鬪

양미상투

바로 이때, 귓가에서 갑자기 익숙한 목소리가 들렸다.

"윤낭자 달아나지 마시오. 밭으로 넘어지지 않도록 조심하시오."

말이 끝나기도 전에 그 말의 앞발이 허공을 딛으면서 맹렬하게 앞으로 기울자 윤산은 한 바퀴 굴러 과연 밭으로 넘어져 버렸다. 다행히도 밭 속 진흙은 말라있었고 굳어져 있는 상태였다. 윤산의 무공이 높았기 때문에 넘어지면서 다시 일어날 수 있었고, 진흙 땅에 몸을 의지하여 일어서면서도 상처를 입지 않았다. 저쪽에서 소리가 들려왔다.

"윤낭자, 상처입지 않았나요?"

윤산은 듣자 마자 임봉의 목소리인 것을 알았다. 바로 위안이 되었으나 한편으로는 화가 나기도 하였다. 그녀가 길을 돌리자 그 사람의 인영이 점차 다가왔다. 누가 임봉이 아니라 하겠는가. 그의 손에는 그 작디 작은 신감이 들려있었다. 윤산이 발을 동동 구르며 말했다.

"정말 놀라 죽을 뻔했어요!"

임봉이 말했다.

"정말 미안합니다. 그런데 당신이 너무 긴장하는 바람에 저는 입도 열지 못했고, 당신은 놀라 달아난 것 아닙니까."

윤산이 한 손을 가슴 위에 얹고 숨을 채 고르기도 전에 말했다.

"제가 당신을 오랫동안 기다렸지만, 당신이 나오지 않았지 않습니까. 누구라도 무서울 겁니다."

임봉이 놀리며 말했다.

"당신이 두려워 달아난 것은 참 의리있다고 해야겠군요!"

윤산이 말했다.

"이런 일로 다른 사람과 다툴 필요 없어요. 내가 어디 감히 들어가겠나요?"

임봉이 말했다.

"알겠습니다. 알겠어요. 우리들은 이 일을 더 거론하지 맙시다. 우리 이곳을 떠납니다. 먼저 저 쪽 마을에 가서 쉽시다."

임봉이 손을 들어 그녀를 가로막으며 말했다.

"저 마을로 갈 필요가 있을까요. 굳이 단서를 남길 필요가 없습니다. 날이 밝는 것을 기다려 제가 혼자 차고로 가겠습니다. 당신이 얼굴을 내밀지 않는다면 우리들의 종적이 그리 쉽게 노출되지 않을 겁니다."

윤산은 사당을 둘러본 후 의심스럽게 말했다.

"이곳에서 그럼 날이 밝기를 기다리는 건가요? 당신이 생각하기에 저 갈령장과 거리가 너무 가깝다고 생각지는 않나요?"

임봉이 말했다.

"제가 아무 일 없이 나오지 않았습니까. 이것이 바로 아무 것도 아니라는 것을 증명하는 겁니다. 걱정하지 말아요!"

윤산은 그 말을 듣고 이치에 맞는다고 생각하고 비로소 길게 한숨을 쉬자 정신이 점차 평상으로 돌아왔다. 윤산의 놀란 마음이 사라지자 바로 신주패를 찾는 일이 생각나서 물었다.

"임형, 당신이 들어갔던 그 청당廳堂은 어땠지요?"

임봉이 말했다.

"당연히 있었지요."

그는 한편으로 말하면서 한편으로 길 한곁에 앉았다. 윤산도 그곳으로 가서 그와 어깨를 나란히 하고 땅에 앉으며 물었다.

"당신이 청당 안에서 무엇을 보았나요?"

임봉이 말했다.

"그 청당은 벌써 오래되 파손되었더군요. 안은 칠흙같이 어두웠지요. 내가 들어간 후에 화섭자에 불을 붙이고, 또 내 주머니에 준비하고 있던 초에 불을 당겨 사방을 바라보았어요. 내가 제일 먼저 무엇을 발견했는지 당신 생각해 보세요."

유산은 고개를 저으며 말했다.

"생각할 수 없네요."

임봉이 말했다.

"그렇다면 내가 말해드리죠. 청당 안에는 열 두 개의 관이 있었습니다."

윤산은 모골송연한 듯 움츠리며 말했다.

"그것을 보고도 무섭지 않았나요."

임봉이 말했다.

"솔직히 말하자면 저 역시도 마음속에 두려움이 일었습니다. 그러나 이미 그 곳에 들어간 이상 당신이 말했던 영패를 찾아야 하지 않겠소."

윤산이 의아해 하며 말했다.

"그러면 당신은 왜 그리 오래 동안 그 곳에 있었나요."

임봉이 말했다.

"말해드리리다. 그 대청 안에 있던 열 두 구의 관은 어지럽게 널려 있었는데 그 중에 몇 개의 관을 지나가야 그 영패를 얻을 수 있었소."

윤산은 그의 팔뚝을 꽉 잡지 않을 수 없었다.

"그렇다면 굳이 가지러 갈 필요가 없었어요!"

그 말은 단지 그녀의 생각일 뿐이었다. 임봉의 당시 행동에서 볼 때는 그녀의 생각처럼 그리 간단한 문제는 아니었다. 그녀는 말을 이으며 물었다.

"당신은 어떻게 했나요."

임봉이 말했다.

"나는 한참을 생각해 본 후, 결심을 했소. 한 걸음 걸음마다 위험이 도사리고 있으니, 살아돌아 올 수 있을지도 누가 알겠소."

윤산이 크게 놀라며 말했다.

"당신은 무엇을 보았나요."

임봉이 말했다.

"아무 것도 보지 못했소. 머릿속은 혼란스러웠죠. 두 눈은 쓸모없었습니다. 오랫동안 걸었지만, 그 영패에는 가까이 다가가지도 못했습니다."

윤산은 크게 몸을 떨며, 몸을 임봉에게 더욱 밀착시켰다. 임봉은 그녀의 두 가슴의 탄력을 느꼈을 뿐만 아니라 그녀가 가슴이 급격히 뛰고 있다는 것도 느낄 수 있었다. 그는 천천히 말했다.

"이것이 내가 왜 그리 오랫동안 그곳에 있었는지에 대한 이유요. 그 후에 나는 홀연히 깨닫는 것이 있었소. 이것이 옛말에 이르던 '귀타장'鬼打牆이 아닐까 말이요. 그때 나는 장도를 꺼내들고 그게 고함을 치면서 휘둘렀고, 어떻게 그 장원 밖으로 나왔는지 모르겠지만, 한 동안을 찾은 후에 비로소 이 길로 접어들게 되었고, 공교롭게도 당신이 모는 말의 발굽 소리를 듣게 된 것이오."

윤산은 그가 겪은 일에 대해 의심하지 않았다. 이것은 이 남자에 대해 깊이 패복하는 바가 있었기 때문이며, 아울러 존경의 마음과 의지의 마음이 솟아오르기 시작했다. 그녀는 그의 팔을 놓으며 말했다.

"만약 내가 그곳에 들어갔다면 반드시 놀라 기절했을거예요!"

임봉이 말했다.

"제가 비록 그곳에서 벗어났지만 아직 일을 끝낸 것은 아닙니다. 제가 밤에 들어가 보았기 때문에 낮에는 더 거칠게 없습니다. 날이 밝는 것을 기다려 제가 다시 한번 들어가면 분명 그 안에 있는 영패를 가지고 나올 수 있을 겁니다."

윤산이 급히 말했다.

"들어갈 필요가 없어요. 낮에도 갈 필요가 없습니다. 내가 당신의 담력을 시험한 것 뿐이니, 이제는 충분해요!"

임봉은 이미 마음속으로 결심한 것이 있어 다시 말하지 않았다. 두사람은 서로에 의지하여 밤을 지새웠고, 날이 밝자 움직이기 시작했다. 윤산이 가슴을 두드리며 말했다.

"지금 날이 이미 밝았으니, 귀신이 있다고 해도 나는 무섭지 않습니다!"

임봉이 웃으며 말했다.

"당신과 같이 담이 작은 사람이 감히 강호를 주유할 수 있으며, 또 어느 정도 이름이 있으니 정말 기이한 일이요."

그의 마음속에는 당연히 그녀를 경시할 생각이 없었으니 단지 입에

웃자는 소리를 한 것이다. 윤산이 말했다.

"당신은 나를 얕보지 마세요. 다른 큰 진이 펼쳐져 있다고 해도 나를 놀래키지는 못합니다. 하지만 귀신같은 것들은 예외로 하고 말이죠."

임봉이 말했다.

"우리들이 가서 마차를 구합시다! 마을 안에 마차가 있는지 모르겠소?"

윤산이 말했다.

"제가 혼자가서 찾아보겠어요. 당신은 이곳에서 기다리세요."

임봉이 말했다.

"혹시 당신이 갔다가 돌아오지 않는 것은 아니겠죠."

윤산이 눈을 흘기며 말했다.

"제가 만약 떠나려 했다면 당신이 갈령장에서 고생하고 있을 때 가 버렸을 것 아닌가요?"

임봉이 그녀의 엉덩이를 두드리며 말했다.

"가봐요. 만약 다시 시간을 지체하면 마을 사람들이 모두 나올 것이오!"

윤산이 웃으며 떠났다. 그녀는 마음이 한결 가벼워졌으며 유쾌해졌다. 그녀가 마을가 마을로 접어들기 전까지 그녀의 마음은 가벼웠다. 비록 한 밤을 지새웠지만 정신은 맑았다. 이때 촌장 내 적지 않은 사람들이 호미를 매고 나와 일을 하고 있었는데, 그녀가 이동하는 것을 보고 있었다. 그들은 크게 이상하게 생각하지 않은 듯 싶었으나, 그녀의 아름다운 자체를 감상하는 기회를 놓치지는 않았다. 윤산은 오른 편의 높고 큰 정결한 집 앞으로 다가가서 대문을 두드렸다. 한 장한이 나와서 윤산을 보고는 바로 허리를 굽혀 예를 행했다.

윤산이 몇 마디 분부의 말을 하자 그 장한은 총총히 어디론가 갔다.

윤산은 문 앞에 서서 사방을 둘러보았다. 얼마 지나지 않아 한 대의 마차가 집 앞으로 다가왔다. 마부는 다른 남자였는데 그 옷입은 모양새가 다른 마부와 별 차이가 없었다. 조금 전 명을 받았던 장한은 이미 마부 옆에 앉아 있었고, 그는 이미 집안에서 시중드는 하인의 복색으로 옷을 갈아입고 있었다. 윤산은 마차에 오른 후, 출발하기 전에 말했다.

"너희들은 들어라. 나와 동행하는 사람은 우리 쪽 사람이 아니고, 또한 매우 영리하니 말을 할 때 매우 조심해야 한다."

그들 장한과 마부가 이에 응답했다. 오래지 않아 마차는 마을 밖을 달리며, 임봉을 찾았다. 임봉은 그 하인과 마부에 대해서 크게 주의하지 않았다. 다만 마차에 타고 있는 사람이 요리를 잘 하는지에 대해서만 묻더니, 마차에 올라타서 출발했다. 마차는 매우 빨랐다. 따라서 매우 심하게 흔들렸다. 다행히 임봉과 윤산 두 사람은 무공에 뛰어났기에 이러한 마차로 이동할 때의 수고는 무슨 어려움이 아니었다. 정오가 막 지난 후 출발을 한 셈이다. 임봉은 대부분의 시간을 모두 눈을 붙이고 있었으며 윤산과 이야기를 할 때를 제외하고는 거의 입을 열지 않았다. 저녁이 되어 역에 도착하였지만 객점에 들지 않았다. 식사를 할 때 윤산이 그에게 말했다.

"우리들이 저녁에도 계속 길을 재촉하면 내일 저녁에는 회양淮陽에 도착할 수 있을 겁니다. 회양에서 하루를 보낸 다음 다시 한달음에 이틀을 더 가면 개봉에 도착할 수 있을 겁니다."

임봉이 말했다.

"이렇게 가니 표차에 비해서도 몇 배나 빠르군요. 아마 말을 타고 간다고 해도 이보다는 못할 것이오. 제 생각으로는 사람은 아직 견딜 수 있지만, 말들이 더 가는 것은 어려울 것이오."

윤산이 말했다.

"걱정마세요. 우리가 회양에 도착한 후에 말을 바꾸면 됩니다. 이들 말들은 좋은 말이라 잘 달릴 뿐만 아니라 오래 달릴 수도 있지요. 매번 이틀씩 달리게 하면 큰 문제가 없을 겁니다."

임봉이 말했다.

"말을 그렇지만 아마 말들은 피곤해서 죽을 지경일 것이오."

윤산이 화제를 돌리며 말했다.

"우리들이 하루 길을 지나온 후, 이전에 남자에게 가졌던 생각이 잘못되었다는 것을 인정할 수 있게 되었어요."

임봉은 젓가락을 내려놓으며 한편으로 배를 쓰다듬으며 한편으로 물었다.

"무슨 말이지요."

윤산이 말했다.

"저는 천하의 모든 남자들을 모두 색랑色狼이라 보았어요. 다시 말해서 하나도 좋은 사람이 없다고 말이죠. 그렇지만 지금 당신의 행동을 보고 내 생각이 바뀌었다는 것입니다."

임봉이 말했다.

"무슨 말씀인가요?"

윤산이 말했다.

"남자 중에도 분명 군자가 있으며, 당신같은 사람이 그러한 사람이라는 것이에요. 우리들이 길을 다닐 때 마차 안에서 우리들이 서로 수시로 몸을 부딪치는데 어떤 때는 제가 당신의 몸 위에 눕게 되기도 하였지요. 하지만 당신은 제 몸을 하나 건드리지 않았어요. 당연히 내가 아주 올바른 여인이거나, 혹은 아주 못생긴 여인이라면 당신이 나를 건드리지 않을 수도 있겠지요. 그러나 내가 스스로에게 물어도 그리 못생긴 것은 아닙니다. 그렇지 않나요."

임봉이 급히 말했다.

"당신은 못생기지도 않았고, 아주 아름다워 사람을 움직일 수 있는 여인입니다. 그러나 당신은 비굴한 사람도 아닌데 왜 이렇게 말씀하시는 겁니까?"

윤산은 눈동자에 기쁨과 감격의 겨운 뜻을 담고서 말했다.

"아! 당신은 영웅인물일 뿐만 아니라 남을 배려할 줄 아는 군자군요. 저는 당신과 같은 남자를 처음으로 만났습니다."

임봉이 웃으며 말했다.

"놀리지 마십시오. 제가 무슨 인물이라도 됩니까."

윤산이 말했다.

"제가 당신을 속이는 것이 아닙니다. 이전에 제가 알던 남자들은 모두 노비들이 아니면 색랑이었습니다. 한 사람도 사람같은 사람이 없었지요."

임봉이 말했다.

"되었습니다. 당신이 나를 너무 추켜세우니 자기 이름이 뭔지도 모를 것 같군요. 저와 같은 사람은 마차에 가득 짐을 싣고 여기저기를 돌아다니면 그것으로 족한 사람입니다."

그는 잠시 멈추었다가 말을 이었다.

"당신의 신통력은 대단합니다. 이와 같은 마차를 보통의 사람이라면 얻어내지 못했을 텐데요."

윤산이 말했다.

"저의 이번 여정은 이미 계획되어 있었습니다. 생각해 보세요. 어디서 많은 금은보화를 우리가 손쉽게 얻을 수 있겠어요. 그리고 그것들을 어떻게 이동하여 감춰두겠습니까. 따라서 안전하게 행동하는 것도 문제가 되는 것이지요. 하지만 만약에 마차가 있다면 상황은 달라집니다. 그렇지 않나요?"

임봉이 말했다.

"그 말이 맞습니다. 만약 일찍이 준비하지 않았다면 쉽게 다른 사람을 추격을 받고 강탈당할 것이지요. 정말 많은 번거로움을 겪게 될 겁니다."

그가 읊조리듯이 말했다.

"그 하인 장성張誠과 마부 왕순王順 두 사람이 혹시 우리 두 사람의 비밀을 누설하지 않을까요."

윤산이 말했다.

"절대 그러지 않을 겁니다. 당신도 알아볼 필요가 없어요. 저 나름대로 그들을 비밀을 누설하지 않도록 하는 방법이 있습니다."

임봉이 말했다.

"좋습니다. 이러한 문제는 당신에게 모두 맡기도록 하겠습니다. 그런데 우리들이 만약 얻게 된다면 어디로 가야 하나요?"

윤산이 말했다.

"그렇게 많은 돈이 있다면 나는 도시로 가서 큰 방을 얻고, 많은 하인들을 고용해서 매일 놀며 즐길 겁니다. 다시는 강호에 나서지 않겠죠."

임봉이 말했다.

"제가 더 몇가지를 묻고 싶습니다. 이것은 우리들의 동업과 관련된 것이어서 제가 어쩔 수 없이 생각해야 할 부분이라 이상하다고 생각지 마십시오."

윤산이 말했다.

"물어보세요. 이상하다 하지 않을 겁니다."

임봉은 갑자기 좌우를 살펴보더니 말했다.

"우리들은 갑시다! 마차 안으로 들어가서 이야기합시다."

두사람이 마차 안으로 돌아오자 마차는 움직이기 시작했다. 윤산이 말했다.

"당신의 거동을 보니, 누군가 우리를 따라오고 있다는 것 같군요."

임봉이 말했다.

"틀림없습니다. 이것은 정말 이상한 일입니다."

윤산이 말했다.

"저도 대략 느끼기는 했습니다. 그런데 뒤에 누가 우리를 따라오는 것은 불가능하가도 생각했지요. 그래서 아마도 공교롭게 오해를 한 것이 아닌가 여겼습니다."

그녀는 잠시 말을 멈추었다가 다시 말을 이었다.

"누가 우리를 따라온다면 당신은 이미 조사해보지 않으셨나요."

임봉은 고개를 가로저으며 말했다.

"제가 어디 시간이 있어 조사했겠습니까."

윤산이 말했다.

"당신은 어떻게 손을 쓰려하나요."

임봉이 말했다.

"마차가 시내를 벗어나면 아마도 어두워질 것이오. 그러면 대로변의 수림 속에 마차를 세워놓고 저는 숲으로 들어갈 것입니다. 그러면 당신은 마차를 계속 몰아서 가시오. 이렇게 한다면 우리 뒤를 밟는 사람은 저를 먼저 목표로 할 것입니다. 마차는 크고, 일정한 속도가 있기 때문에 못따라갈 것이 아니기 때문이지요. 그렇다면 그 사람은 아마도 먼저 내가 어디로 갔는지, 그 뜻의 무엇인지를 조사한 뒤에 마차를 따라가도 늦지 않을 거라 생각할 것이지요."

임봉이 말했다.

"좋은 생각입니다. 그 다음에는 어떻게 할 것이지요."

윤산이 말했다.

"제가 숲으로 들어간 후, 기회를 잡아서 그를 생포해야 하지요. 당연히 그의 내력과 의도를 알아낼 수는 없겠지만요."

마차가 시내를 벗어나서 수 리를 달린 후 어둠이 깔리자 돌연 마차를 세우고 윤산이 큰 길로 뛰어 나와 즉시 숲 속으로 들어갔다. 그녀는 숲을 돌아 너른 공터에 우뚝 서서 움직이지 않았다. 눈 깜짝할 사이에 두 사람의 인영이 공터로 들어왔다. 날이 어두웠기 때문에 숲 속은 어두웠기 때문에 윤산의 신형은 가까운 곳이 아니라면 쉽게 발견할 수 없었다. 윤산이 교태로운 웃음 소리를 내자 두 사람의 인형은 걸음을 멈추고 그녀를 바라보았다. 윤산이 말했다.

"여보! 당신들은 예의도 없소. 여인이 숲으로 들어오면 당연히 남모르게 할 일이 있는 것인데, 당신들이 이렇게 따라 들어오다니 이것은 무슨 도리요?"

그 두 사람은 함께 모여서 낮은 목소리로 상의하더니 비로소 그녀를 향해서 걸어왔다. 윤산이 또 말했다.

"가까이 오지 말아라. 내가 아직 치마를 올리지 않았다."

이러한 말이 아름다운 여인의 입에서 나오고, 또 이러한 적막하고 음헌한 곳에서 들려오면 남자라면 모두 이상한 반응을 하게 될 것이다. 그 두 사람은 발걸음을 멈추지 않았다. 그 중의 한 사람이 "흐, 흐"거리며 말했다.

"무서워하지 말아라. 우리가 본다고 해도 덧나는 것이 아니니까."

윤산이 말했다.

"닥쳐라. 내 몸을 어찌 감히 너희가 마음대로 본 단말이냐."

쌍방이 일문일답하는 동안에 그들이 거의 가깝게 다가왔다. 그 두 사람의 인영은 갑자기 걸음을 멈추고 놀랐다. 원래 윤산은 의복을 갖춰져 있었고, 오른 손에 금필金筆을 쥐고, 왼손에 한 조각의 나파羅帕를 들고 있었다. 윤산 또한 그 두 사람을 또렷이 바라볼 수 있었다. 흑의 경장을 입고 병기를 차고 있었으며 나이는 삼십세 좌우로 보였고, 모두 건장하고 씩씩해 보였다. 그녀가 웃음을 흘리며 말했다.

"뭐하는 거냐. 지금은 감히 가까이 와서 보지 않느냐."

오른쪽에 있는 장한이 좌수를 들어 동반을 저지하며 말했다.

"낭자는 어떤 이유로 마차에서 나왔는가?"

윤산이 말했다.

"나는 특별히 너희들이 어떤 사람인지 보려고 했다! 누가 생각이나 했나 한번 보니 실망이 대단하군."

그 흑의 인물이 말했다.

"낭자는 무슨 이유로 실망을 했다고 하는가?"

윤산은 얼굴에 웃음을 가득 지으며 말했다.

"나는 담력도 있는 영웅 호걸을 만날 수 있을 것이라 생각했는데, 당신들처럼 얼굴이 잔뜩 얽고, 감히 가까이 다가올 용기도 없는 사람인지 누가 알았는가?"

흑의인이 말했다.

"감히라니. 낭자의 태도로 짐작하기 어려웠을 뿐이다. 거기에 낭자의 이름과 내력을 우리들이 전혀 알지 못하니 우리가 의도적으로 죄를 짓지 않으려고 한 것이다."

윤산은 "오"하고 소리치더니 말했다.

"원래 그렇구나. 그럼 내가 당신들을 잘못봤구나."

그녀의 교태로운 목소리와 아름다운 모습은 상대방으로 하여금 경계의 마음을 없애주었다. 그녀의 버들같은 허리를 흔들며 그들에게 다가올 때에도 두 명의 흑의인은 특별히 조심하지 않았다. 윤산이 말했다.

"당신들 남자들이 말하는 것은 조금도 믿을 것이 못되군요. 당신들이 나의 내력을 모른다면 왜 나를 정탐하려고 하는 것이지."

두 흑의인은 모두 웃는 낯을 지었다. 오른쪽에 있는 한 사람이 대답했다.

"우리들은 정말 너를 모른다. 그러나 우리들은 남경표국의 임봉을 알고 있지. 그래서 네가 누군지 알려고 하는 것이다. 너는 왜 그와 함께 있는 것이지."

윤산이 말했다.

"임봉이 무슨 일을 너희에게 잘못했느냐?"

그 흑의인이 말했다.

"맞다. 우리들 사이에 곡절이 있지."

흑의인이 말했다.

"그의 무공은 고강하다. 따라서 우리들이 현재로서는 그를 어찌할 수 없지."

윤산이 말했다.

"이제야 알겠다. 당신들이 그의 행방을 알아낸 후, 다른 사람에게 그 소식을 전하면 다른 사람이 와서 그를 상대하겠다는 것이군."

그 흑의인은 웃으며 말했다.

"낭자는 과연 임봉과 깊은 정은 없는 모양이군. 그렇다면 그에게 상관하지 않는 것이 좋겠어."

그가 비록 대답을 하지 않았지만, 이미 윤산의 말을 인정한 것이나 다름이 없었다. 윤산을 웃음을 흘리며 말했다.

"나는 지금 그를 떠났다. 당신들도 보지 않았느냐."

그녀의 말이 끝나자 돌연 손수건을 한번 흔들더니 짙은 향기가 상대방의 코끝으로 흘러들었다. 그 두 명의 흑의인은 모두 숨을 멈추고 뒤로 뛰어 나갔다. 윤산은 그림자처럼 그들을 따라 붙었으며, 손수건을 멈추지 않고 흔들었다. 오른손의 금필을 들어 번개처럼 찔러 나가면서 그 중 한 사람의 요혈을 찔렀다.

그녀의 동작은 한 숨에 일어난 것으로 먼저 손수건을 흔들어 상대방이 호흡할 수 없도록 만든 다음, 동시에 그를 날려 상대방의 시야를 혼란스럽게 하였다. 여기에 돌연간 기습을 하여 우세를 점하고, 그녀의 금필이 한번 휘둘러지니 한 명의 흑의인의 가슴 앞 대혈을 적중하게 되었다. 그 흑의인의 손이 칼자루를 잡고 미처 칼을 빼기도 전에 낮은 신음 소리를 내며 지상으로 거꾸러져 죽고 말았다.

다른 흑의인은 바로 먼저 말을 걸었던 사람으로 그의 신분은 비교적 높을 뿐만 아니라 무공 역시 조금 높았다. 그의 장도가 "쨍"하는 소리와 함께 발출되었고, 강렬한 바람 소리와 함께 섬전과 같이 윤산을 맹렬하게 찍어갔다. 이 사람의 도세는 날카롭기 그지 없었다. 하지만 윤산은 번쩍하는 순간 그 흑의인이 신속하게 뒤로 도약하더니 몸을 돌려 순식간에 숲 속으로 들어가는 것을 보았다. 윤산은 급히 그 뒤를 추적하였으나 홀연간 임봉이 뒤쪽에서 부르는 소리를 들었다.

"윤낭자, 도적을 쫓지 마시오."

그녀는 놀랐지만 추적의 기세를 멈추고 고개를 돌려 바라보니, 흑의인의 시체 옆에 한 사람이 서 있었으며, 이미 시체를 조사하고 있었다. 윤산은 다가가서 물었다.

"당신은 언제 도착했나요?"

임봉이 말했다.

"당신들의 대화를 모두 들었습니다. 솔직히 말해서 저는 당신이 손을 쓸 것이라는 기색을 느끼지 못했지요."

그는 땅 위의 시체를 바라보며 또 물었다.

"당신의 수단은 정말 독랄했습니다. 이 사람이 한 번에 사망했으며, 살 기회 조차 전혀 없었습니다."

윤산이 말했다.

"그들이 두 명이라 제가 만약 먼저 한 사람을 제거하지 않았다면 반대로 그들에게 당하는 것은 저였을 겁니다. 이것이야 말로 기선을 제압하는 수이고, 내가 마음을 악독하게 쓰는 것이 아닙니다."

임봉이 말했다.

"어쨌든 당신의 구혼염사라는 외호는 정말 잘못 붙여진 것이 아닌 것 같소. 당신과 함께 간다면 정말 마음을 조리지 않을 수 없군요."

윤산이 급히 말했다.

"당신 마음 놓으세요. 제가 다른 사람을 해할 수는 있어도, 당신을 행해 독수를 쓰지는 않을 거예요."

임봉이 말했다.

"어째서 그렇습니까? 내가 다른 사람보다 잘 생긴 것도 아니고, 또한 다른 사람들 보다 이름이 난 사람도 아닌데, 어떤 점이 당신 마음에 들었는지 모르겠습니다."

윤산은 잠시 침묵하더니 말을 이었다.

"좋아요. 당신에게 진실을 말씀드리죠. 만약 당신이 어제 갈령장에 감히 들어가려 하지 않았다면 제가 당신을 다른 눈으로 보지 않았을 겁니다."

임봉이 말했다.

"지금 하신 말씀은 무슨 뜻인가요?"

윤산이 말했다.

"그것은 당신이 안전하게 갈령장을 출입했다 것이 이미 당신의 무공과 담력이 모두 평범하지 않다는 것을 증명하는 것이고, 그것이 제 조건에 맞았다는 겁니다. 따라서 제가 당신을 존경하는 것은 비록 늦었지만, 어찌 당신에게 막대할 수 있겠습니까."

임봉이 말했다.

"당신이 저와 사실대로 말하자면 우리 모두 터놓고 한 번 이야기해 봅시다. 만약 우리가 합작할 수 없다면 각자 갈 길을 가거나, 아니면 당신이 수를 써서 나를 죽여도 모르겠습니다."

윤산은 금필과 그 미선파迷仙帕를 수습하면서 말했다.

"당신이 저를 도와주지 않는다고 해도 당신을 암산할 일은 없을 겁니다. 단지 당신이 제 말을 믿을 수 있는지 모르겠습니다."

임봉이 말했다.

"당신의 이 말은 사실로 증명했습니다. 실제로 저는 당신을 몰래 따라왔는데, 당신과 우리를 따르는 사람이 어떤 관계가 있나하고 의심했기 때문입니다. 따라서 한편에서 몰래 엿들은 것입니다. 만약 당신이 독수를 쓸 것을 알았다면 일찍이 모습을 드러냈을 겁니다."

윤산이 말했다.

"그 죽은 사람이 무슨 대단하기라도 한가요. 잠시 그 얘기는 하지 않기로 해요."

임봉이 말했다.

"좋습니다. 또 한가지 당신은 이번 여정 이전에 곳곳에 적당한 안배를 했습니다. 우리들이 식사할 때 회양에서 말을 바꿀 때 제가 한번 바라보니 수레를 끌던 두 마리 말이 이미 바뀌어 있었습니다. 아마 당신이 곳곳에서 사람을 배치한 것이 아닌가 합니다. 이런 사정들을 보면 정말 이상하다고 하지 않을 수 없습니다."

윤산이 말했다.

"당신의 안력은 참 고명하네요. 맞아요. 저는 이번 여정 곳곳에 사람들을 배치했어요. 이 사람들의 배경 내력을 지금 당신에게 알려드리지는 않겠어요. 다만 그들이 모두 려사의 원수들이고, 그 중에는 새롭게 원수가 된 자들도 있고, 과거에 원한을 가진 사람들도 있지요."

임동은 즉시 흥미가 크게 일었다. 동시에 그것이 사실임을 믿게 되었다. 만약 려사에 원한을 가진 자들이 서로 연합한다면 이 정도의 역량을 가진 사람들은 충분히 가능하며 이상한 것은 아니라고 생각했다. 려사의 원수들은 무림 중에서 이미 이름난 명가인 자들이 많았기 때문이며, 이들은 일반 사람들과 비할 바가 아니었다. 윤산이 또 말했다.

"원래 사람들은 모두 개봉開封에서 백의도객 려사가 출현하리라고는 생각지도 못했는데, 과연 그를 도용한 가짜였습니다. 당신들의 총표두 심우가 남경에서 려사는 이미 죽었다고 했고, 사천四川 쪽에서 려사가 출현했다는 소식을 접하고서 이 살인 마왕魔王이 진짜가 아니라고 생각했죠."

임봉이 말했다.

"그것도 이상하군요. 어떤 사람이라도 사칭하는 것을 그리 좋아하는 법은 아니오. 도리어 사람 죽이는 것을 좋아하는 사람을 사칭하고, 게다가 무림 명가를 죽이는 일들을 따라하다니? 이건 무슨 뜻이지요?"

윤산이 말했다.

"이 질문은 아마도 그 가짜 려사만이 해줄 수 있을 겁니다. 제가 려사의 원수들 모임을 고용하고, 사람들을 물색한 것은 한편으로는 려사를 격패시키려는 것이고, 다른 한편으로는 그의 진정한 본색을 알아내려는 것입니다."

임봉은 알았다는 듯이 말했다.

"원래 그랬군요. 도처에 당신을 도와주는 사람이 있다는 것이 이상한 일은 아닙니다."

윤산은 웃으며 또 말했다.

"어제 저녁의 갈령장은 당지에서 유명한 귀신이 나온다는 집입니다. 그것이 문제될 것은 없죠. 이곳에는 그 장원에 무사히 출입할 수 있는 사람은 반드시 무공과 담력을 십분 갖추고 있는 사람이라는 설이 있어요. 이러한 전설은 갈령장 부근에 사는 한 무림 세가 사람이 이야기 해 준 것입니다. 그래서 제가 당신을 데리고 가서 시험해 본 거예요."

임봉이 물었다.

"그 전설을 이야기해 준 무림 세가가 혹시 려사의 원수 중의 한 사람인가요?"

윤산은 고개를 끄덕이며 말했다.

"맞아요."

임봉이 또 물었다.

"그들도 아마 그 곳에 들어가 봤겠죠."

윤산이 말했다.

"없습니다. 그들 세가는 갈령장에 들어가는 것을 엄금하고 있습니다."

임봉은 낮게 읊조리듯 말했다.

"이상하군요. 제가 관찰한 바에 따르면 그 곳은 관들이 가득 차있던 영당靈堂이었고, 오랫동안 사람이 없었던 흔적이 없었습니다."

윤산은 크게 놀라며 말했다.

"누가 감히 그곳에 들어갔을까요."

임봉이 웃으며 말했다.

"제가 감히 들어가보았는데 다른 사람이라고 감히 들어가지 못하겠습니까. 현재로서는 잠시 이 일은 이야기 하지 않기로 하죠. 당신에게 죽임을 당한 저 흑의인은 어떤 내력일까요. 당신은 단서가 있습니까."

윤산이 말했다.

"그들은 당신을 따라서 온 겁니다. 제가 어찌 단서가 있겠어요."

임봉이 말했다.

"아닙니다. 당신은 식견이 넓으니 아마도 저 사람의 개인 신상의 물건으로 아마 단서를 찾을 수 있을 겁니다."

윤산이 듣고는 도리가 있어 바로 시체가 남긴 물건들을 조사하였다. 임봉은 마음속으로 생각했다.

'이 사람의 복장을 보니 그 날 범옥진을 향해 일을 탐문하던 홍의녀의 수하와 비슷하다. 혹시 그녀가 보낸 사람들인가?'

그는 그 날 홍의녀가 범옥진을 호옥진과 애림으로 오해해서 도전했던 일이 생각났다. 그후 그녀는 임봉이 심우 표국의 사람인 것을 알았을 것이다. 또한 주의를 기울이면서 그 홍의녀는 내력이 만만치 않은 터라 일류 고수들을 찾아 이러한 일들을 벌인 것이라 생각되었다. 그러나 그녀의 무공은 마음을 쓸 정도의 수준에 오르지 못했다. 결과적으로 그 홍의녀의 내력은 자세히 살펴볼 이유가 있었다. 윤산은 조사를 이미 마친 후 말했다.

"이 사람이 지닌 물건들을 봐도 어떤 내력인지 알아낼 수 없어요."

임봉이 그녀를 응시하며 낮게 말했다.

"그러나 당신의 눈동자에 걱정의 빛이 나타나는 것을 보니, 분명 마음속으로 의심하는 바가 있을 것이나 확정하지는 못하고 있는 것 같습니다."

윤산은 깊이 생각하더니 비로소 입을 열었다.

"맞아요. 저는 이사람이 양양襄陽 노군장老君莊의 흑무사黑武士 중의 한 사람 같군요."

임봉은 고개를 흔들며 말했다.

"당신은 어떻게 그 도적 집단을 생각해냈소. 그들의 기반은 한수漢水 유역인데 어찌 이곳까지 왔겠소."

윤산이 말했다.

"당연히 확신할 수는 없지만, 당신이 말한 것과 같이 그들의 세력 범위는 한수 일대이지요. 이곳까지 세력을 미치지는 않아요. 그러나 이러한 도적 집단의 사람들이래야 대체로 신상에 신분을 인식할 수 있는 물건을 지니지 않았을 것이라 생각되요. 따라서 제가 갑자기 노군장의 흑무사가 생각났던 것이구요."

임봉이 말했다.

"만약 노군장의 인마라면 더욱 조심해야 할거요. 듣기로 노군장에는 고수들이 많다고 하고, 그들은 원한이 있으면 반드시 갚는다고 하는 것이 그들의 작풍이라 합니다. 따라서 그들을 만난다면 아마 머리가 아플 것이오. 감히 경거망동하며 원한을 맺지 않으려 할 것이오."

윤산의 얼굴에 수심이 나타나며 말했다.

"만약 노군장의 흑무사라면 그들은 정말 잔인하게 손을 쓰죠. 제가 그들의 보복이 두려워서가 아니라 우리의 계획을 방해할까봐 걱정되요."

임봉이 말했다.

"당신의 말을 들으니 제가 당신의 도망친 흑기사를 추적하는 것을 저해한 것을 원망하는 것 같소. 하지만 당신은 그 사람의 무공이 약하지 않고, 아울러 어두운 수풀 속에서 당신이 혼자 추격한다고 하면 도리어 암산을 당할 수 있다는 것을 아셔야 하오."

윤산이 말했다.

"만약 제가 당신을 원망하는 뜻이 있다면 단지 당신이 왜 일찍 나서서 도와주지 않았나 하는 것 뿐입니다. 그러나 지나간 일은 다시 말할 필요 없어요."

임봉은 고개를 끄덕이며 말했다.

"좋소. 물이 밀려오면 흙으로 막고 병사들이 처들어오면 장수로 막듯이 우리 방법을 찾아 봅시다."

윤선은 걸음을 떼어 갔다. 임봉은 또 그녀를 멈추게 하더니 물음을 던졌다.

"당신 지금 떠나려는 겁니까. 이 시체는 어떻게 합니까."

윤산이 말했다.

"그 사람은 죽었습니다. 시체는 뭐가 급한 것이 있나요?"

임봉이 정색하며 말했다.

"안됩니다. 자고이래로 모두들 입토위안入土爲安이라, 이 사람이 생전에 당신과 어떤 일이 있었던 간에 일단 사망했다면 우리가 존중해 주어야 합니다."

윤산은 그의 눈을 잠시 응시하더니 비로소 말했다.

"이상하군요. 당신이 이렇게 예절을 중시하다니요."

임봉이 냉랭히 말했다.

"저와 같은 사람은 강호 도처에 있습니다. 아마도 당신이 이들처럼 잔폭하고 사악한 사람과 왕래하기를 즐기니 정상적인 사정을 오히려 이상하다고 보는 것입니다."

윤산은 돌연간 이 남자의 성격이 어떤 부분에서 십분 고집스럽다는 것을 느꼈다. 분명한 것은 그가 시비가 분명하다는 것이다. 따라서 그녀의 어떤 잘못을 대할 때 역시 참지 못하고 그것을 지적한 것이다. 이러한 표현은 오래 강호를 누빈 자에게서 쉽게 발견할 수 없는 점이었다. 비록 임봉이 그녀에게 무례하게 했고, 또 그녀를 경멸하는 태도를 감추지 않았다고 해도, 윤산은 도리어 그가 매우 사랑스럽다고 느꼈다. 이것은 일반 사람들과 다른 그녀의 태도였다. 그녀는 묵묵히 금필을 꺼내어 고개를 숙이고 땅을 파기 시작했다. 임봉 역시 칼과 손을 써서 순식간에 시체 하나를 묻을 만한 구덩이를 팠다. 윤산은 그가 일을 마치고 나기를 기다려 물었다.

"이렇게 하면 당신은 안심이 되나요?"

임봉은 대답하지 않고 숲 밖의 큰 길에 나서야 말을 이었다.

"만약 당신이 이미 양심이 없다고 해도, 이러한 형식적인 것은 적어도 당신이 예사롭지 않은 일을 했다고 느끼게 할 것이요."

그의 말은 매우 오묘해서, 깊은 뜻을 지니고 있는 것 같았다. 윤산은 잠시 생각해 보더니 어깨를 들썩거리고, 이 사건을 머리 뒤편에다 두어버렸다. 다음날 아침, 하룻밤 내내 멈추지 않고 길을 재촉한 후, 사람이나 말이나 모두 피로가 느껴졌다. 그들은 어떤 시전市廛에서 멈췄다. 윤산과 임봉은 모두 수레에서 내리지 않았다. 윤산은 눈을 비비고, 손으로 머리를 빗으며 임봉을 향해서 말했다.

"아! 이러한 모습은 분명 보기 싫을 거예요."

임봉은 고개를 저으며 대답하지 않았다. 윤산이 다시 되물으려고 할 때 하인으로 분장한 장한이 아침을 가져왔다. 아울러 윤산을 향해 낮은 목소리로 말했다.

“소인이 방금 들은 바에 따르면 저희가 도착하기 바로 전에 세 명의 말 탄 사람들이 이곳을 지나갔다고 합니다.”

윤산이 깜짝 놀라며 말했다.

“그 세 사람은 누구더냐?”

하인이 말했다.

“두 사람은 흑색 경장을 입은 대한이었고, 나머지 한 사람은 홍의 소녀라고 합니다. 듣기로는 아주 아름다웠다고 합니다.”

하인이 보고를 마친 후 물러난 후 윤산은 홀로 침음하며 생각했다. 윤봉은 고의적으로 그녀를 놀리며 물었다.

“당신 조금 전에 왜 자신이 보기 싫지 않냐고 했나요? 제가 보기엔….”

윤산은 이제 조금도 보기 좋은지 보기 좋지 않은 지를 이야기할 마음이 아니었다. 하지만 임봉이 마지막으로 교묘하게 말꼬리를 붙잡자 갑자기 흥미가 생겨 물었다.

“당신은 어떤가요?”

임봉이 말했다.

“제가 보기에는 당신의 눈은 게슴츠레하고, 머리도 봉두난발에 정말로 보기 좋은 점은 하나도 없소.”

윤산은 화가 머리 끝까지 뻗쳤지만 얼굴에 상관없다는 표정을 짓고 원래 풍모를 간직한 체 담소를 계속했다. 운봉은 원래 그녀를 한번 골려주고 싶었을 뿐이었다. 그는 말을 계속 이었다.

"다시 말하자면 당신의 그와 같은 모양은 특별한 교용풍운嬌慵風韻의 자태라 화장을 아름답게 하고 꾸민 것보다 더 사람을 매혹시킨다고 할 수 있소."

윤산은 갑자기 났던 화가 기쁨으로 바뀌었다. 그녀의 옥면에서 기쁨과 즐거움의 웃음이 피어나며 말했다.

"나를 속이지 말아요. 보기 싫다고 해놓고 어찌 매혹시킨다고 하는 거죠."

임봉이 말했다.

"제가 진심을 보기 싫다고 한 것이 아닙니다. 우아하지 못하다 한 것이죠. 보통의 부인들은 평상시에도 정숙하게 보이려고 하지 조금도 게으르거나 나태한 모습을 보이지 않죠."

윤산이 깔깔대고 웃으며 말했다.

"당신 내 비위를 맞추며 기쁘게 하려고 하지 말아요. 듣기에 우리 보다 앞서 이곳을 지나갔던 홍의녀도 아주 아름답다고 하는군요. 당신 속이려 하지 말아요."

임봉이 말했다.

"저는 여자를 보고 바로 넘어가는 그런 남자가 아닙니다."

윤산은 급히 말했다.

"당연히 아니죠. 당신은 정인군자입니다. 이 점은 제가 의심하지 않습니다."

그녀는 흑기사로 화제를 돌리며 말했다.

"그 두명의 흑색 경장을 입은 기사騎士들은 묻지 않아도 노군장의 흑무사라 할 수 있어요. 그런데 그 홍의녀는."

임봉이 말했다.

"검은 옷을 입은 사람들이라고 반드시 흑무사는 아닐 것이요. 모든 초목들이 군사가 아닌 것과 같소. 무릇 일이란 이런 선상에서 생각해 보아야 합니다."

윤산이 말했다.

"만약 당신이 그 홍의녀를 알고있고, 그녀가 노군장의 천금千金 소저라고 한다면, 당신은 제가 이리 놀란다고 이상해 하지 않을 겁니다."

임봉이 말했다.

"아! 노군장에 언제 이런 여자가 나왔습니까?"

윤산이 말했다.

"그녀는 노군장 장주 좌삼통左三通의 손 안의 보주인 좌강운左絳雲으로, 노군장에서는 봉황처럼 떠받든다고 합니다. 아주 드물게 장 밖 출입을 하는데, 당신이 그런 인물이 있다는 것을 모르는 것은 이상할 일이 아니죠."

임봉은 헤아리며 말했다.

"제가 비록 그녀의 출신 내력을 몰랐다고 하지만 그녀와 한번 무공을 겨뤄본 적이 있습니다. 당신은 어떻게 그녀를 알게 된 것이죠?"

그는 매우 주의하는 듯한 표정을 띠며 머리를 끄덕이며 말했다.

"당신이 그녀의 이름조차 알고 있으니 틀리지는 않았을 겁니다. 하지만 우리가 방법을 생각해서 하나 하나 살펴보아야 하지 않을까요?"

윤산이 말했다.

"그럴 필요 없어요! 그녀의 외호는 '일점홍一點紅'이고, 이 이름은 아마도 그녀가 홍의를 입었고, 한 점 불같은 구름 같기 때문에 붙여진 것이죠. 우리가 그녀를 찾는다면 그것은 아마도 노군장의 이 사건이 마무리되었을 때입니다."

임봉이 놀라며 말했다.

"어찌하여 이 사건이 마무리됩니까?"

윤산이 말했다.

"우리들이 그녀를 산채로 잡는다면 노군장의 사람이 우리와 협상하겠지만, 이것은 좋은 쪽으로 생각한 것입니다. 만약 우리가 산채로 잡지 못한다면 아마도 그녀를 죽인 것일 것이고 그렇다면 노군장에서 반드시 총력을 기울여 보복하려는 하나의 결과만 있을 것입니다. 다른 결과는 있을 수 없겠지요. 이것이 이 사건의 결말입니다."

마차가 홀연히 움직이며 앞을 향해 출발했다. 윤산은 가볍게 한숨을 쉬더니 말했다.

"정말 어렵게 휴식을 취했군요. 다시 끝도 없는 여정을 떠납니다."

임봉이 말했다.

"우리들은 잘 쉬었습니다. 다만 당신이 령을 내리지도 않았는데, 도리어 원성하고 탄식하니 어찌 우습지 않겠습니까?"

윤산이 말했다.

"맞아요. 저는 본래 쉬자고 하려고 했는데, 상대방의 생각도 이에 미쳤으리라 생각했죠. 그들은 분명 우리들이 하룻밤을 급히 달려왔으니 인마가 모두 피로해서 두세 시진時辰을 쉰다고 생각했을 거예요."

임봉은 마음속으로 의젓하게 생각했다.

"저 여마두의 모략과 지혜는 가볍게 볼 것이 아니구나."

그는 표면상 아무런 움직임 없이 담담히 말을 했다.

"당신이 말한 것이 일리가 있습니다. 우리가 이렇게 서두른다면 아마도 일점홍 좌강운 그들을 따라잡을 수 있을 겁니다."

마차가 크게 흔들렸다. 따라서 그들 둘은 때때로 서로 부딪쳤고, 어떤 때는 마차가 급히 돌게 되면 윤산은 그의 품에 안기기도 했다. 본래 그녀의 무공으로 보았을 때 어렵지 않게 참을 수 있었지만 그녀가 숙녀의 예법을 지키지 않고, 때로 임봉의 품으로 쓰러지는 것을 그대로 두었다. 한동안을 달리자 윤산이 다시 또 그의 품으로 넘어졌다. 끝내는 차라리 앉지 않겠다는 듯이 눈을 감고 그의 품에서 잠이 든 것같이 안겨있었다. 임봉은 고개를 숙여 그녀를 잠시 바라보고, 마음속에 의심을 품으며 생각했다.

"그녀의 행동거지가 제멋대로고 방탕하다는 이름을 얻고 있지만, 이번 여정으로 볼 때, 그녀는 나에 대하여 홀리거나 유혹하지 않았다. 그녀가 나에 대해 아무 뜻이 없다고 해도 분명 그렇게 하지 않았을 것이다. 그렇다면 그녀는 뼛속까지 음탕한 사람이 아니라는 것인가?"

그러나 이러한 생각은 그 스스로 생각해도 옳은 것 같지 않았다. 어떤 이유를 그가 말해봐도 이 여인의 본성은 분명 경망스러우며 방탕한 것임은 의심할 바 아니기 때문이다. 생각이 왔다갔다 여기까지 미치자 돌연 깨닫는 바가 있었다.

"그렇다. 그녀는 분명 다른 모의를 하고 있는 것이 아닐까. 따라서 나를 유혹하여 간통하지 않을 것이다. 그녀가 어떤 모의를 하고 있는지 모르겠지만, 내가 반드시 살펴보는 것이 좋겠다."

생각을 마치고, 즉각 그는 손을 뻗어 한 손을 그녀의 이마 위에 올려놓고 가볍게 문질렀다. 윤산은 눈동자를 뜨며 교태롭게 웃은 후 다시 눈을 감았다. 임봉은 손을 아래로 이동하여 그녀의 깃 단추를 푼 뒤 손을 내의 안쪽으로 넣고 그녀의 앞 가슴에 봉긋하게 올라와 있는 두 봉우리를 탐닉했다. 그는 이제까지 전혀 경박한 행동을 하지 않았는데, 이 시각 태도를 바꾸었을 뿐만 아니라 순식간에 난폭하게 행동을 취하니 윤산으로서는 크게 놀라서 의혹을 가질 수밖에 없었다. 그녀는 다시 한 번 눈을 떴는데 눈동자에는 무엇인가 물어볼 듯한 뜻을 담고 있었다.

임봉은 성격이 강직하고 의연했기 때문에 그가 한번 하겠다고 결정한 일은 도중에서 절대 물러서지 않았다. 바로 머리를 숙여 그녀의 두 조각 붉은 입술 위에 입을 맞췄다. 윤산은 처음에 그를 밀치려고 했으나, 이내 돌아서 남자답게 강하게 껴안은 것이 미혹되었으며, 충만한 남자의 향기가 느껴지는 입맞춤에 빠져 들었다. 두 사람은 한동안 입맞춤하더니 서로 떨어졌다. 윤산은 임봉의 손이 이미 자신의 옷을 풀어 헤친 것을 발견했고, 이어서 상반신은 백설같이 하얀 봉긋한 젖가슴이 나와있는 것을 보았다. 임봉은 더 진도를 나아가 윤산을 애무하기 시작했다. 윤산은 정욕을 품고 "아, 아"하는 소리를 발출하며 말했다.

"일찍이 당신이 이런 뜻이 있었다면 우리는 객점에 들어가서 쉬었을 거예요."

임봉이 말했다.

"당신은 시간이 늦으면 안된다고 하지 않았소."

윤산이 말했다.

"그것은 이제 상관할 필요가 없어요."

임봉이 말했다.

“만약 우리들이 단지 일찍 개봉에 도착하면 되고, 일점홍 좌강운을 염두에 두고 뒤쫓지 않는다면, 당신이 명을 내려 수레를 다시 돌리면 어떻겠소.”

윤산은 고개를 끄덕였으나, 명령을 내리지는 않았다. 그녀는 갑자기 마음속에서 어떤 심정으로 주의를 바꾸었는지 생각하더니 말했다.

“돌아가는 것은 좋지 않을 것 같아요. 앞으로 가는 것이 좋겠습니다. 저녁에 객점에 투숙해서 휴식을 취하면 우리는 시간이 있을 겁니다.”

윤산이 말할 때, 그녀는 그의 손을 밀며 자세를 바로 잡아 앉아서 의복 매무새를 고쳤다. 임봉이 먼저 그녀를 시험한 것이었으나, 그 자신도 그녀에 대해 정욕의 마음이 있었던 것이다. 그가 다시 그녀를 껴안고 더듬을 때 그녀가 거부한다면, 아마도 그는 계속 견디지 못했을 것이고, 그녀의 사람이 되었을 것이다. 그는 형세를 분석한 뒤에 그녀가 한 말을 생각하고 재차 시도하지는 않았다. 그가 말했다.

“제가 느끼기에는 당신은 오늘밤 저와 함께 하려고 하지 않는 것 같군요. 참으로 이상합니다. 무슨 이유라도 있나요.”

윤산은 뜻밖에도 부인하지 않으며 고개를 끄덕이며 말했다.

“맞아요. 우리들이 막대한 재부를 얻었을 때 함께 해도 늦지 않아요.”

임봉이 말했다.

“무슨 다른 점이 있나요.”

윤산은 생각하지 않고 말했다.

“만약 당신이 나에 대해 뜻이 없다면 저는 아마도 당신의 품에 들어가서 당신을 유혹하여 즐겼겠지요. 그런데 당신이 저에 대해 조금의 생각이 있었기에 저는 도리어 당신과 함께 즐길 수 없는 겁니다."

임봉이 놀라며 물었다.

"당신이 말할 수록 저는 더 이해할 수 없습니다."

윤산은 교태롭게 웃으며 말했다.

"당신은 당연히 이해할 수 없지요. 제가 남성들의 감성에 익숙하기 때문에 알 수 있는 것입니다. 얻지 못한 여인은 매순간 그리워하며 잊지 못하여 넋이 나가지만, 일단 손에 얻게 되면 헌신짝 버리듯이 버리는 것이 남자지요."

임봉은 거듭 "아"라고 소리내더니 큰 깨달음을 얻은 듯했다. 기실 그는 그녀가 말한 한 자도 이해할 수 없었다.

"그녀는 자신의 몸을 백옥처럼 지키는 사람이 아니다. 방금도 그녀는 욕정에 움직이지 않았는가. 어떻게 굳건히 지키면서 바꾸지 않고, 이와 같은 이론을 내놓을 때 생각할 겨를도 없이 바로 이야기하는 것으로 봐서 아마 이미 이 점을 고려한 것이 아닐까."

이렇게 생각을 하다 보니 한 가지 결론에 어렵지 않게 접근할 수 있었다. 그것은 바로 그녀가 분명 다른 의도가 있다는 것이다. 그리고 그 의도가 성공하느냐 실패하느냐는 그녀가 그의 몸을 지키느냐에 달려 있는 것이다. 임봉은 다시 말을 하지 않았으며, 그녀를 응시하며 깊은 생각에 잠겼다. 이 시각 그의 심정은 무공을 연마할 때 어려운 문제에 부딪친 것 같았다. 한동안 시간이 흐른 후에 그는 조금 깨닫는 바가 있었다. 그리고 그는 조용히 변화를 관찰한다 해서 되는 것이 아니라 반드시 공격으로 수비를 삼아야 비로소 승리의 기회를 잡을 수 있다는 것을 알았다. 그는 일곱 여덟가지 방법 중에서 단도직입單刀直入의 방법을 선택해서 나직하게 말했다.

“윤산, 저는 돌아가서 계속 보표 일을 하려고 합니다. 만약 당신이 저를 저해한다면 두가지 선택이 있을 겁니다.”

그의 몇 마디 말은 너무 갑작스러워, 신필이 휘둘러진 흔적이 없는 것 같았으며, 왜 이런 생각을 하고 있는지 짐작하기 어려웠다. 동시에 지극히 웅건한 힘이 실려있어 윤산으로 하여금 감당하기 어렵게 했다. 윤산의 얼굴색이 변하며 물었다.

“당신이 한 말이 진실인가요?”

임봉은 결단성있게 말했다.

“한 마디도 틀리지 않소. 저는 돌아가기로 결정했소. 당신이 한 방법을 선택하여 실행하지 않는다면 말이오.”

윤산은 두려워하며 말했다.

“좋아요. 당신은 두가지 방법을 말해보세요.”

임봉은 말했다.

“첫번째 방법은 손을 써서 나를 격패시키는 것이오.”

윤산은 고개를 저으며 말했다.

“제가 당신을 격패시킬 수 있다면 아마도 당신을 마음에 들어하지 않았을 거예요.”

임봉이 말했다.

“두번째 방법은 당신은 진정한 내막을 알려달라는 것이요. 만약 당신이 진실을 이야기 했다고 인정하면 나에게 불리하더라도 떠나지 않겠소.”

윤산은 그의 말투에서 결연함을 느꼈다. 마음속으로 수천가지 말로 그를 설득해도 그의 생각은 바뀌지 않을 것이라 생각했다. 따라서 그녀는 입장을 정리하고 말했다.

"좋아요. 제가 사정을 당신에게 모두 말해드릴게요."

윤산은 그를 바라보며 생각을 했다. 아마도 어디에서부터 무엇을 이야기할 지 정리하는 것 같았다. 잠시 후, 간결하며 급촉한 목소리로 말을 이었다.

"저는 려사의 원수들의 모임에 고용된 겁니다. 비록 당신 표국의 총표두는 려사가 이미 매장되어 죽었다는 소식을 전했지만, 려사의 원래 원수들은 아직도 완전히 믿고 있지 않아요. 그리고 가짜 려사와 새롭게 원한을 맺은 사람들은 절대 손을 놓지 않고 있죠. 만역 이 백의도객이 사칭한 것이라면 그들의 복수의 바람은 더더욱 클 겁니다."

이 말은 아마 일종의 서언같은 것이라 임봉은 묵묵히 말하지 않고 그녀가 계속 말을 잇기를 기다렸다. 윤산이 또 말했다.

"려사가 진짜인지 가짜인지 아마 오래지 않아 밝혀질 것이지요. 천하에 그를 알아볼 수 있는 사람으로 심우, 애림, 호옥진 등 네 명이 있습니다."

임봉이 바로 끼어들며 말했다.

"기다려요. 당신은 지금 세 명을 말하지 않았나요. 또 한 사람은 누군가요?"

윤산은 머뭇거리다가 말했다.

"한 사람은 여인으로 성이 진陳가인 것만 알고 있어요. 그녀의 이름을 저는 아직 모릅니다. 그녀를 보았던 사람이 말하기를 그녀는 천생 우아하며 성결한 풍도를 지니고 있다고 해요. 비록 십분 아름답지만, 어떠한 남자들도 그녀 앞에서는 모두 사념을 가질 수 없다고들 하지요."

임봉이 물었다.

"그 진낭자는 어느 곳에 살고 있습니까?"

윤산이 말했다.

"그녀는 본디 산동 지역에서 살았는데 목전에 어느 곳에 살고 있는지 어떤 사람들도 알지 못해요."

임봉이 말했다.

"좋아요! 계속 말해보시죠."

윤산이 말했다.

"저는 또 다른 사람의 요청을 받았는데, 그것은 몇몇 실종된 젊은 남자를 찾아달라는 것이에요."

임봉은 미혹스럽다는 기색을 띠고 물었다.

"당신의 두 건의 임무 중 하나는 려사의 비밀을 밝히는 것이고, 또 하나는 실종된 사람을 찾는 것이요. 그것이 저와 무슨 상관인지 이해할 수 없소."

윤산이 말했다.

"당신 스스로 말하지 않았어요. 만약에 제가 진실을 말한다면 당신에게 불리하다고 해도 가지 않겠다고 한 말입니다. 저와 함께 개봉으로 가서 금은보주를 취하는 것 말이죠. 그렇지 않나요?"

임봉이 말했다.

"맞습니다. 그러나 당신의 임무는 저와 아무 상관이 없으며, 더욱이 제가 뭐가 불리한지 이야기할 필요가 없는 것 아닌가요."

윤산이 말했다.

"제가 이야기하면 당신은 바로 알겁니다. 제가 요청을 받은 후 이 두 가지 임무에 대하여 조사를 하면서 두 사건이 서로 무관하지 않다는 것을 알게 되었습니다. 이 점은 잠시 놔두고, 간단히 말하자면 어떻게 려사의 비밀을 파헤치는가 제가 심기를 다해서 오랫동안 생각한 후 유일한 한 가지 방법을 결정했습니다. 바로 려사의 진면목을 아는 사람을 찾아 그 면전에서 진짜인지 가짜인지 식별하는 것이었지요."

임봉이 말했다.

"맞아요. 그러나 저는 려사를 본 적이 없습니다."

윤산이 말했다.

"저를 요청한 집단의 소식에 의하면 당신이 심우의 심복이라는 것을 알게 되었습니다. 그래서 당신을 관심있게 본 것입니다. 당연히 만약 당신이 이번 표물 운송을 그만둔다면 저도 당신을 조사할 필요가 없지요."

임봉이 말했다.

"당신은 이후 어떤 계획이 있소."

윤산이 말했다.

"당신이 저와 같이 행동하기만 하면 저는 심우가 조만간 올 것을 알고 있습니다. 이것이 제가 직접 가서 그를 청해오는 것보다 더 확실할 것이라 보고 있습니다."

임봉은 크게 놀라며 말했다.

"당신은 폐국의 사정을 아주 잘 알고 있군요."

윤산이 말했다.

"이것은 완전히 진짜든 가짜든 려사의 원수들이 연합하여 집단을 만든 것이죠. 그들은 무림에서 높은 위치에 있는 사람들이라 세력이 아주 크고 거대합니다. 만약 어떤 사정을 조사한다고 하면 아무 어려움도 느끼지 않을 겁니다."

임봉이 물었다.

"그렇군요. 그들이 려사의 비밀을 밝히려고 하는 것을 하필 왜 당신에게 요청하여 처리하는 것이죠."

윤산은 미소지으며 말했다.

"아마도 제가 사람들을 대신해서 의심스럽고 해결하기 어려운 일들을 처리하는 전문이기 때문입니다. 복수를 포함해서 말이죠. 따라서 제가 있는 곳에는 언제나 피비린내가 풍기죠. 아마 오래지 않아 강호상에 구혼염사의 명호가 퍼져나갈 겁니다."

임봉은 낮게 읊조리듯 말했다.

"당신이 내부 사정을 저에게 이야기 해주었는데 내가 마음이 변하는 것은 두렵지 않소?"

윤산이 말했다.

"당신은 일낙천금一諾千金인데, 제가 만약 이러한 점도 맞추지 못한다면 어찌 다른 사람의 요청을 받을 만한 사람이겠어요."

임봉이 말했다.

"그것은 꼭 그렇지만은 않소. 언제든 마음을 바꾸어 떠날 수 있소."

마차가 갑자기 정지하자 윤산은 눈동자를 돌려 바라보며 말했다.

"이 마차가 어떤 연고로 갑자기 멈췄는지 당신은 분명 알 수 있을 거예요. 그런데 더 이상은 임형 당신은 아마도 알 수 없을 겁니다."

임봉이 말했다.

"노군장의 일점홍 좌강운이 우리를 막아선 것이요."

윤산이 말했다.

"맞아요. 그런데 그녀가 노군장을 떠난 연고를 임형은 알아낼 수 있을까요?"

임봉이 말했다.

"그 일은 전혀 단서가 없으며, 우리들은 지금 심지어 외부에서 어떤 인물이 우리 길을 막고 섰는지도 모르지 않소. 한 발 물러서서 아마 좌강운이 막아섰다고 해도 추정할 수 없군요!"

윤산이 웃으며 말했다.

"당신과 내가 알고 있는 자료는 비슷합니다. 그러나 저는 그녀가 강호로 나온 이유를 생각해 낼 수 있어요. 그녀는 아마도 려사, 애림 등 새롭게 일어난 고수들을 따라 노군장을 떠난 것이에요."

임봉은 심중으로 놀라며 말했다.

"그녀가 추측한 것은 분명 도리가 있다. 좌강운은 분명 범옥진을 애림과 호옥진으로 오해하고 있었다."

그는 아무 표정을 짓지 않고 어깨를 들썩이고는 말했다.

"하지만 당신의 추측은 증명할 법이 없네요."

윤산이 말했다.

"거꾸로 우리들은 아주 빨리 그것을 증명할 수 있을 거예요. 만약 제가 이런 일도 못한다면 어찌 다른 사람의 중시를 받고 요청을 받을 수 있겠어요."

그녀가 손을 뻗쳐 마차의 주렴을 걷자 햇볕 아래 세 사람의 말 탄 사람이 큰 길가에서 마차가 진행하는 것을 막고 있었다. 그 중의 한 사람이 바로 홍의 소녀였고, 다른 두 사람의 기사는 흑의 경장을 입은 대한들이었다. 임봉이 한번 바라보자 이미 이 여인이 일전에 그와 범옥진과 연합으로 쫓아냈던 홍의녀였다. 만약 이 여인이 윤산이 생각한 것과 같이 양양 노군장의 좌강운이라면 많은 풍정을 가지고 있는 윤산은 분명 조심하지 않으면 안될 상대이며, 그렇지 않다면 크게 손해볼 것 같았다. 마차 앞에 앉은 차부와 하인은 모두 멍하니 앞의 아름다운 미모의 홍의녀를 바라보고 있었으며, 뭐라 힐난하지도 않고 뭐라 물리치려고 하지도 않았다. 윤산은 교소를 지으며 말했다.

"우리 길을 막은 사람이 혹시 일점홍 좌강운 낭자와 명망있으신 흑무사들이 아니신지요."

홍의녀는 빠르게 눈을 수레로 돌려 살펴보았다. 그러나 수레의 주렴이 조금밖에 열려있지 않아 한 사람 여인의 얼굴만 볼 수 있었다. 그녀는 노한 기색을 지으며 대답에 응하며 말했다.

"맞다. 우리 노군장의 흑무사가 해를 당했는데, 분명 네가 한 짓이렷다."

윤산은 말했다.

"그렇다. 그 사람은 내 손에 죽었다."

그녀는 계속 웃으며 말을 이었다.

"나는 신비막측한 일을 두려워하는 것 이외에는 어떤 사람도 두렵지 않다. 특히 다른 이의 추적을 받는 것은 더욱 싫어한다. 좌낭자는 영주潁州로부터 내 뒤를 밟지 않았나. 이것은 참을래도 참을 수 없었지. 그래서 한 명을 죽여 경고한 것이다."

좌강운은 화가 나자 더 이상 말을 할 수 없었다. 그러자 뒤에 있던 흑의 대한이 말했다.

"아가씨, 그녀와 알 필요 없습니다. 만약 화가 돈아 몸을 망치신다면 소인이 어떻게 감당하겠습니까. 저 윤낭자는 소인이 처리하겠습니다."

이 흑의대한는 침착했으며 화난 기색이 전혀 없었다. 그러나 그의 대화 중에는 자만심이 흘러넘쳤으며, 윤산같은 이는 그의 마음에도 두지 않는다는 태도였다. 구혼염사 윤산은 팔꿈치로 가볍게 임봉을 건드리며 낮은 목소리로 말했다.

"당신은 이 사람이 어떤 내력을 갖고 있는지 아시나요."

임봉이 말했다.

"이 사람의 기도는 굳건하며 신광이 안으로 갈무리되어 있으니 분명히 내외를 겸비한 고수일 것이오. 노군장에서 이런 정도의 흑무사를 거두었다는 것은 생각지도 못한 일이요."

윤산이 말했다.

"당신의 안력은 대단하군요. 이 사람이 말하기 전에 다른 사람이 그의 무공 깊이를 알 수 없게 하는 것하고, 이처럼 깊은 기도를 가지고 있는 것을 보면 일반 고수들과 비할 바 없는 것이죠."

이 시각 다른 한 흑의대한이 날카롭게 소리질렀다.

"방금 말한 늙다리 여편네는 어서 빨리 나오지 못할까?"

윤산은 침착하게 상대하지 않고 임봉을 향하여 분부하며 말했다.

"당신은 굳이 나가서 번거롭게 하실 필요 없습니다. 제 무공이 비록 한계가 있지만 도둔술逃遁術에는 매우 능하답니다. 당신이 계속 개봉부로 가신다면 자연히 제가 당신을 좇을 겁니다."

임봉은 당연히 더 간섭하고 싶지는 않았기에 그녀가 이러한 말을 하자 기꺼이 응대하였다. 윤산은 주렴을 걷고 마차에서 내린 후 가는 허리를 펴고 앞으로 걸어갔다. 그녀가 이렇게 모습을 내보이니 물씬 풍정이 느껴졌고, 상대편 흑무사들의 긴장하며 검을 바로 빼려던 기세가 많이 누그러졌다. 좌강운은 윤산을 바라보며 눈썹을 찌푸리고는 의외라는 표정을 지었다. 윤산이 냉랭하게 일소하면서 말했다.

"좌낭자 무슨 연고로 그것이 이상하다는 거지? 혹시 당신이 출도한 이래 누구라도 감히 당신에게 이런 죄를 지을 생각도 하지 못한다는 것인가?"

좌강운은 소리내지 않았고, 일찍이 대신 말했던 흑의대한이 말했다.

"듣던 바 구혼염사가 가는 곳에는 한 바탕 피바람이 분다고 하더니, 오늘 만나보니 그 말이 허언은 아니구나."

윤산의 눈빛은 그의 얼굴로 옮겨졌다. 그 사람은 각진 얼굴에 큰 입을 가지고 있었으며, 미간에 사람을 끌어드리는 위엄을 띠고 있었다. 어떻게 보든 간에 그냥 시위나 하는 부하가 아닌 것 같았다. 그녀는 생각을 굴렸다.

"이 사람이 만약 흑무사로 위장한 것이 아니라면, 아마도 다른 원인으로 이제 금방 노군장에 들어간 사람일 것이다."

그녀는 바로 그에게 무례할 필요가 없다고 느끼고 한결 부드러운 태도로 물었다.

"귀하의 성함은 어떻게 되시나요?"

흑의인이 말했다.

"저는 위공망衛公望이라 하오. 그리고 이쪽은 진지평陳志平 형이오."

그는 다른 흑의대한도 소개를 했으며, 자기의 신분 또한 밝히기를 잊지 않았다. 윤산은 진지평을 바라보지도 않고 위공망을 응시하면서 미소하며 말했다.

"위형께서 이제 하신 말씀은 잘못입니다. 만약 마지 못해서가 아니라면 누가 번거로운 일을 만들려고 하겠습니까?"

위공망은 머리를 끄덕이며 말했다.

"윤낭자의 말이 일리가 없는 것은 아니오. 그러나 당신은 이미 우리 한 사람을 살해했소. 오늘 우리들은 좋게 끝낼 수는 없을 것이오."

윤산이 말했다.

"제가 말한 것이 틀린 것이 있나요? 위형이 끝내 그리 핍박하신다면 어찌 제가 반항하지 않겠어요."

그녀가 손을 들어 머리를 쓰다듬으니, 그 자태는 아주 아름다웠다. 저 편에 있던 마차가 그녀의 동작을 보더니 갑자기 말을 재촉해 질풍처럼 좌강운 등 삼인을 뚫고 급히 길을 달려갔다. 위공망은 앙천대소仰天大笑하더니 말했다.

"윤낭자의 마차에 어떤 물건이 있길래, 우리가 겁탈할까봐 두렵소?"

윤산이 말했다. "당연히 두렵지요. 그렇지 않다면 당신들은 어떤 이유로 우리 뒤를 밟은 것이죠?"

좌강운이 드디어 입을 열었다.

"진지평, 빨리 그 마차를 쫓아가서 멈추시오."

진지평은 이에 응하며 말을 몰아 마차를 쫓았다.

위공망은 눈동자도 돌리자 않고 계속 윤산을 바라보며 말했다.

"윤낭자의 정말 지모가 대단하오. 그러나 오늘은 이 형제가 당신에게 넘어갈 것이라고 생각하지 마오."

윤산은 가벼운 웃음을 지으며, 교태롭게 사람을 움직이는 풍정을 발출하였다. 그러나 그녀는 위공망을 유혹하려는 의도는 없었다. 위공망은 기도 상이나 지혜 상 모두 일반 강호 인물과 비할 바가 아니였기 때문이다. 윤산이 마차를 이용해서 그의 주의를 끌려고 했는데, 위공망은 한 마디로 그 본의를 파악했으며, 모든 정신을 집중하여 그녀만을 바라보고 있었던 것이다. 위공망은 비록 신색의 변화가 없었으나, 옆에 있던 좌강운은 이를 바라보며 눈썹을 찌푸리며 말을 했다.

"위공망, 당신은 윤낭자가 아름답다고 생각하지 않나요?"

위공망은 평소와 다름없는 얼굴로 응하며 말했다.

"그렇습니다. 그녀는 아주 우아하며, 아주 적은 수의 남자들만이 그녀에게 넋이 나가지 않을 것 같습니다."

좌강운이 갑자기 공개적으로 이러한 문제를 꺼낸 것은 이 상황에 잘 맞지 않는 것이었다. 거기에 위공망의 대답 또한 상궤常軌를 벗어난 것이었다. 그것은 그가 답할 수 있는 것이 그렇다 아니면 아니다 뿐이었고, 더욱이 일개 소녀에 대한 해석이었기에 실제로 다른 말을 더 덧붙일 필요가 없는 것이기 때문이었다. 좌강운은 또 물었다.

"그녀의 무공은 어떠한가요?"

위공망이 말했다.

"윤낭자가 구혼염사로 이름을 날리고 있지만, 그녀의 자색에 기대는 부분이 적습니다. 그의 재능과 실력이 있기에 당대 고수라고 할 만합니다."

좌강운은 "아"하고 일성하며 말했다.

"그것은 생각지 못한 일이군요."

윤산은 냉랭하게 말했다.

"위형은 잘못알고 있어요. 저 윤산이 무림에 몸을 담을 수 있었던 것은 무공 이외에도 다른 사람보다 뛰어난 재지에 있다고 생각해요. 위형이 이 점을 언급하지 않은 것이 참으로 유감입니다."

위공망이 말했다.

"윤낭자의 책망하는 것이 옳습니다. 당신의 재지와 모략은 실재로 일반 사람들의 추측과 다릅니다."

윤산이 크게 웃더니 말했다.

"위형의 심침성부深沉城府도 역시 천하에 흔히 볼 수 있는 것이 아니죠."

좌강운이 말했다.

"이상한데. 진지평이 마차를 따라잡지 못했나?"

원래 그 마차와 이를 따라간 말 한 필은 이미 길을 돌아섰기 때문에 수림에 가려 보이지 않았다. 윤산이 비웃으며 말했다.

"그가 쫓아가는 것이 더 이상한 일일 것이다."

좌강운은 놀라며 말했다.

"윤낭자 그것이 무슨 말인가?"

그녀는 연이나 마음속에 어떠한 거리낌도 없는 천진무구한 소녀였기에 적을 앞에 둔 상황에서도 궁금한 것을 물어볼 수 있었다. 윤산은 넌지시 그녀를 주시하다가 천천히 말했다.

"진지평이 탄 말은 비록 먼거리를 빨리 달리는 쾌주마라고 할 수 있지만, 조금 전 살펴보니 풍진에 근육 피로가 상당한 상태였지요. 그러니 비록 짧은 거리를 달렸지만, 우리 마차를 따라 갈 수 없는 것이죠."

좌강운은 "아"하고 가볍게 소리내더니 말했다.

"원래 그랬군."

윤산은 "하하" 웃으며 말했다.

“위형, 당신이 감히 중인들이 눈을 부릅뜨고 주시하는데 저를 향해 손을 쓸 건가요?”

위공망의 얼굴에선 어떠한 내면도 읽어낼 수 없었다. 그는 담담히 대답했다.

“만약 좌강운 소저가 명령을 내려 당신을 잡으라고 한다면, 어떤 장소건 막론하고, 비록 그 곳이 금궁禁宮이라 하더라도 위모는 손을 쓸 것이오.”

그가 점점 더 신기막측해지니 윤산은 그에 대해 점차로 더 꺼리는 바가 커졌다. 또한 그녀가 생각하면 할수록 위공망의 신세 내력을 알아낼 수 없었고, 점차 의구심만 더해갔다. 위공망의 위력적인 기도와 그의 측정할 수 없을 정도의 신태를 알면 알수록 그는 분명 일류 고수인 것이 드러나게 되었다. 그리고는 윤산이 천하 무림의 정황을 많이 들었지만 앞에 있는 이 사람에 대해서 전혀 아는 바가 없다고 생각하자 자연적으로 두려워져 불안한 마음을 금할 수 없었다.

홀연히 말발굽 소리가 크게 들리자 윤산은 눈을 돌려 그를 바라보고는 크게 놀라고 말았다. 그가 고개를 돌리고서 본 것은 네 명의 흑기사가 말을 타고 그녀 쪽으로 다가 오고 있었다. 네 명의 흑기사가 더 많아진 것은 어찌할 수 없으나, 네 기사 앞에 한 사람이 걸어오고 있었는데 그가 바로 임봉이었던 것이다. 이내 흑기사 중에 진지평 또한 자리하고 있었다. 다행히 임봉이 네 기사에게 압송당해 오고 있었지만 보자하니 어떤 상처를 받은 것 같지는 않았고, 허리춤에 차고 있었던 장도 또한 그대로였다. 임봉이 큰 걸음으로 걸어와서 윤산의 옆에 서더니 눈을 좌강운에게로 돌렸다가 다시 위공망의 얼굴을 바라보았다. 윤산이 말했다.

"당신이 바라보고 있는 사람이 위공망이에요, 무공 깊이를 알 수 없는 정도입니다."

임봉이 말했다.

"저 또한 그의 기도와 위세가 곁의 사람과 다르다고 느끼고 있습니다."

좌강운이 말했다.

"어이! 임봉. 너는 알아보겠느냐?"

임봉이 고개를 들며 말했다.

"당연히 알아보겠다."

윤산이 듣고는 화를 내며 말했다.

"뭐요? 당신을 이전에 만난 적이 있다구요."

임봉이 말했다.

"한번 본 것이요. 이전에 영주穎州에서 본 적이 있소."

윤산은 성을 내며 말했다.

"당신은 제게 말하지 않았어요."

임봉이 담담히 말했다.

"당신이 물어보지 않았는데, 내가 뭐하러 더 말하겠소."

좌강운은 그들이 말다툼을 하자 이상하다 느끼고 물었다.

"임봉, 그 범가 여자는?"

임봉이 말했다.

"그녀는 집으로 갔다."

좌강운이 말했다.

"그녀는 당신을 떠나기 싫었을 텐데?"

임봉은 "흥"하고 소리치더니 대답하지 않았다. 좌강운이 또 말했다.

"당신은 밖으로 보면 성실한 것 같지만, 이렇게 풍류가 넘칠지 생각지도 못했다. 곁의 여자들은 언제나 아름답군. 이번에 당신을 쫓아온 것은 영주일 때문이 아니다."

임봉은 언짢게 말했다.

"그럼 무슨 일인가?"

좌강운이 말했다.

"당신이 갈령장을 지나지 않았는가?"

임봉이 말했다.

"그렇다. 좌낭자는 어떻게 알았지?"

좌강운이 말했다.

"나도 갈령장에 있었다!"

임봉이 말했다.

"그런데 나는 사람의 흔적을 보지 못했다. 좌낭자의 말이 진실이건, 거짓이건 간에 정말 생각하기 어렵군."

좌강운이 말했다.

"진실이건, 거짓이건 중요치 않다. 내가 하룻밤을 달려온 것은 갈령장에서 잃어버린 물건을 회수하러 온 것이다."

임봉은 두 눈썹을 찌푸리며 도리어 물었다.

"갈령장에서 물건을 잃었다고? 본인이 들어간 곳에서는 많은 목관만이 있었다. 무슨 물건 따위는 가지고 온 적이 없다."

그는 말을 갑자기 멈추더니 다른 사람들과 같이 오른쪽을 향해 고개를 돌렸다. 두 장 거리 밖에 왁자지껄한 군중들 사이에 한 기사가 나타나다. 말 위의 사람은 화려한 옷을 입었고 준수한 외모에 아마도 이십여 세쯤 되어 보이는 귀공자였다. 화려한 옷을 입은 공자는 시종이 따르지 않았고, 행장은 아주 간단했으며, 병기도 지니지 않고 있었다. 다만 말안장 부근에 육척쯤 되는 강창鋼槍 하나를 매달고 있었다. 그는 사람들의 이목을 끌었는데, 따라서 그의 안광이 번쩍거리는 것을 모든 이들도 느낄 수 있었다. 장내에 있던 사람은 누구도 그 화복공자華服公子를 아는 사람이 없었다. 그리고 그가 말위에서 두리번거리는 것 이외에 아무 행동도 하지 않는 것을 보고는 주변 사람들도 시선을 거두고 말했다. 좌강운은 임봉을 바라보며 말했다.

"이 사기꾼. 갈령장에서는 분명히 물건을 잃었다."

임봉이 어깨를 들썩이며 말했다.

"좌낭자 다시 한번 조사해 보시오. 사람 잘못 찾았다."

윤산이 이어서 말했다.

"어떤 물건을 잃었느냐? 좌낭자는 어찌하여 말하지 않지. 아마도 우리가 단서를 줄 수 있지 않을까?"

좌강운은 머뭇거리며 위공망을 바라보고 물었다.

"제가 이야기해도 될까요?"

위공망이 말했다.

"소저께서는 아직은 말하지 않는 것이 좋을 듯합니다. 외부로 알려지면 더 번거롭게 될 수 있습니다."

좌강운은 다시 윤산을 향해 말했다.

"당신들에게 말할 수 없다."

윤산이 말했다.

"그렇다면 우리들이 도울 수 없다는 것을 알아라. 임봉 갑시다."

임봉이 말했다.

"좌낭자가 반대하지 않는다면 우리는 할 일이 있어 더 머무르지 않고 물러갑니다."

좌강운이 말했다.

"안된다. 당신들이 한 말을 내가 믿으라는 것인가? 당치도 않다. 당신들이 부끄럽지 않다면 우리가 조사해 봐야 할 것이다."

윤산이 바로 응하며 말했다.

"알았다. 좌낭자는 당장 조사해보시지. 조사 후 우리를 더 난처하게 하지 말아라."

좌강운은 먼저 고개를 끄덕였다. 그러나 그녀는 다시 고개를 가로로 흔들더니 말했다.

"아니다. 당신은 우리 한 사람을 죽였다. 그 목숨은 우리가 돌려받아야겠다."

윤산은 냉소하며 말했다.

"나 윤산은 평생 무수히 사람을 죽였다. 매번 내가 책임을 진다는 것이 말이나 되는 소리냐? 말을 돌려 난처하게 하지말고 할 말이 있으면 바로 해라. 일은 분명히 하는 것이 좋겠다."

이를 구경하던 사람들은 그녀가 자칭 무수히 사람을 죽였다는 이야기를 듣자 모두 어깨를 움츠리며 얼굴색이 변했다. 그러나 그녀의 아름다운 미모를 보자 그녀가 살인 흉수같지 않자 모두 믿으려 하지 않았고, 단지 그녀의 허튼 소리로 치부해 버렸다. 좌강운은 진노하는 기색을 띠며 말했다.

"네가 무수히 사람을 죽였다고, 알았다. 내 오늘 너를 잡아야 겠다."

그녀가 말을 할 때 손은 검을 향했다. 비록 그녀가 검을 잡고 말에서 뛰어 내리지 않았지만 이미 날카로운 공격지세를 형성하게 되었다. 바로 이때 큰 길 오른쪽에서 방울 소리가 크게 일더니 수레바퀴가 굴러가는 소리가 났다. 아마도 그 마차는 매우 무거워 보였다. 모든 사람들이 모두 놀랍고 의아해서 눈을 돌려 바라보니 특히나 커다란 마차를 네 필의 건강한 말이 끌고 다가오고 있었다. 이 마차는 보통의 것보다 한 배나 컸는데 모두 여섯 개의 바퀴를 달고 있었다. 마차의 몸체는 장방형이었고, 위에 기름포를 덮었는데 마차의 몸체와는 달라보였다. 정말 장방형의 상자와 다름없었다. 본래 이 큰 길에서는 화물을 운송하는 마차의 대열을 흔히 볼 수 있어서 마차의 바퀴 소리가 무겁게 느껴지더라도 사람들의 주목을 그리 끌 수 없었다.

그러나 이번에는 대도 위에 열 필 이상의 준마가 서 있었고, 모두가 갈기를 세우고 굽을 들어올리는 등 불안한 모습을 보여주니 이 또한 기이한 형상이었다. 이것들은 모두 그 거대한 마차가 접근하면서 벌어진 형국이었다. 따라서 모든 사람들이 경이로운 시선을 던질 수밖에 없었다. 그 거대한 상자같은 마차 앞에는 세명의 대한이 있었다. 좌측의 한 사람은 만면이 수염으로 가득해서 그 모습이 매우 흉악스러웠다. 이때 그가 몸을 일으키더니 크게 말했다.

"제위는 좀 양보하여 주시오."

그는 대도 위에 적지않은 사람들이 떼지어 있는 것을 보았다. 동시에 그 중 많은 사람들이 병기를 지니고 있는 것을 알아차렸다. 또한 노군장의 흑무사들은 복장을 보고 알 수 있었는데, 그들을 보니 보통의 무림 인물같지 않았다. 따라서 규염대한虯髥大漢이 소리칠 때 감히 무례하게 소리칠 수 없었다. 갑자기 바닥에서 홍운紅雲이 일더니 좌강운이 말등에서 뛰어 내렸다. 그녀는 아름다울 뿐만 아니라 또한 전신을 홍의로 입었으니 많은 사람들의 서선을 받았다. 그녀는 내려오면서 검을 검집에서 발출하였고 이어서 윤산을 향하여 번개처럼 검기를 발출하여 나아 갔다. 이러한 동작은 신속함이 그지 없을 뿐아니라 분명히 우위를 차지할 수 있었다. 무공을 이해하지 못하는 많은 이들도 그 점을 명백히 알 수 있었다.

이 시각 어떤 사람이 갈채를 보냈는지 모르겠지만, 이를 들은 다른 사람들도 따라서 "좋다."하며 갈채를 보냈다. 번쩍거리는 홍운 중에 검망은 번개처럼 윤산의 정수리를 향하고 있었다. 윤산이 옥수를 휘두르자 금광이 찬란하게 눈부시도록 번뜩였으며, 공격 중의 좌강운의 장검과 부딪쳐 "쨍"하고 소리가 났다. 좌강운은 표연히 수장 밖으로 물러나 지상으로 내려섰다. 그녀의 이 한 수의 경공검법輕功劍法은 아름답고 절묘해서 사람들의 시선을 빼앗았다. 도로 위에 북적이던 사람들이 어디에서 이런 모습을 볼 것인가? 지금 친히 이와같은 아름다운 낭자가 허공을 나는 것을 보자 놀랍고 흥분되었으나 한편에서는 두려움이 크게 일어났다. 도창에는 눈이 달린 것이 아니어서 혹시 자신을 상하게 할 것이 두려웠던 것이다. 따라서 사람들은 자동적으로 뒤로 물러섰다. 순식간에 큰 길에는 공간이 생겼다.

따라서 사람들이 길을 비킨 옛 길의 공터에는 좌강운과 윤산이 가장 중심에 서 있는 것 이외에 주위에 네 무리의 인마가 자리하고 있었다. 그 중 한 무리는 다섯 명의 흑의 경장을 하고 말 위에 올라타고 있는 흑무사들이었다. 그리고 임봉이 고독하게 한 편을 차지하고 있었다. 그리고 화복공자가 단독으로 말을 타고 서 있었다. 마지막으로 그의 반대쪽에 상자처럼 생긴 육륜六輪 마차가 자리하고 있었다. 이들 네 무리의 인마는 좌, 윤 두 낭자를 에워싸고 있었는데 흑무사와 임봉이 서로 대치하고 있는 것을 제외하고 화복공자나 거대한 마차의 내력은 모두 알 수 없었다.

좌, 윤 두 낭자는 서로 일초를 교환하고 떨어져 대치하고는 잠시 손을 쓰고 있지 않았다. 윤산의 우수에는 금필 한 자루가 들려있었고, 좌수에는 비단 손수건을 들고 있었다. 그녀의 몸매는 풍만했으며, 성숙한 매력을 내뿜고 있어서 좌강운의 아름다움과는 서로 다른 느낌을 주었다. 그 거대한 마차는 감히 길을 뚫고 지나갈 수 없었다. 좌, 윤 두 낭자가 목숨을 걸고 일초를 나누었을 뿐만 아니라 이미 그녀들이 상승의 무공을 지닌 이들이라는 것을 알았기 때문이다. 말 위의 세 대한들이 두 여인의 협공을 받을 자신이 있지 않다면 어찌 감히 이들을 뚫고 지나갈 수 있단 말인가? 윤산이 가볍게 웃으며 말했다.

"좋은 검법이군. 좌낭자가 노군장의 장주의 명주明珠라지만, 일신의 절학을 지닌 내력이 있으니 정말 놀랍다고 할 수 있다."

좌강운도 이미 윤산의 금필이 변화가 대단하고 심후한 공력을 가지고 있는 것을 알아차리고는 놀랍기도 하고 화가 나기도 했다. 놀란 것은 상대방의 실력이 대단히 강하다는 것이고 이 일전에 위험이 도사리고 있다는 것이다. 화가 난 것은 앞 전 저녁에 범옥진을 보았을 때도 이기지 못했는데, 지금 이 윤산도 무공이 정묘하니 역시 쉽게 이길 수 없다는 것을 느껴졌기 때문이다. 그녀가 손을 쓴 이래 두 번 모두 강적을 만났고 승리를 취하지 못한 것이 마음속에서 분노를 불러 일으켰다. 두 여인이 대치하는 상황에서 좌강운이 성을 내며 소리치고는 아름다운 손목을 들어 휘두르며 장검을 통해 세 송이 검화劍花를 날리며 윤산을 날카롭게 공격해 들어갔다.

–5권에서 이어집니다.

무도연지겁 4

남경표국(南京鏢局)

1판 1쇄 펴낸날 2016년 8월 30일

지은이 사마령
옮긴이 중국무협소설동호회 중무출판추진회

펴낸이 서채윤
펴낸곳 채륜
책만듦이 김승민
책꾸밈이 이한희

등록 2007년 6월 25일(제2009-11호)
주소 서울시 광진구 자양로 214, 2층(구의동)
대표전화 02-465-4650 | **팩스** 02-6080-0707
E-mail book@chaeryun.com
Homepage www.chaeryun.com

책값은 뒤표지에 있습니다.
ISBN 979-11-85401-21-8 04820
ISBN 978-89-967201-3-3 (세트)

이 도서의 국립중앙도서관 출판예정도서목록(CIP)은 서지정보유통지원시스템 홈페이지(http://seoji.nl.go.kr)와 국가자료공동목록시스템(http://www.nl.go.kr/kolisnet)에서 이용하실 수 있습니다. (CIP제어번호 : CIP2016018716)